서울대 한국어

Student's Book 3A

서울대학교 언어교육원

3A

TWO PONDS

EZ Korea 教材 08

首爾大學韓國語 3A

서울대 한국어 3A(Student's Book)

作　　者：首爾大學語言教育院
譯　　者：鄭乃瑋
責任編輯：蕭瑋婷
校　　對：蕭瑋婷、曾晏詩
封面設計：曾晏詩
內頁排版：健呈電腦排版股份有限公司
錄音後製：純粹錄音後製有限公司

發 行 人：洪祺祥
副總經理：洪偉傑
副總編輯：曹仲堯
法律顧問：建大法律事務所
財務顧問：高威會計師事務所
出　　版：日月文化出版股份有限公司
製　　作：EZ 叢書館

地　　址：臺北市信義路三段 151 號 8 樓
電　　話：(02)2708-5509
傳　　真：(02)2708-6157
客服信箱：service@heliopolis.com.tw
網　　址：www.heliopolis.com.tw
郵撥帳號：19716071 日月文化出版股份有限公司

總 經 銷：聯合發行股份有限公司
電　　話：(02)2917-8022
傳　　真：(02)2915-7212
印　　刷：禹利電子分色有限公司
初　　版：2016 年 05 月
初版十刷：2023 年 08 月
定　　價：550 元
Ｉ Ｓ Ｂ Ｎ：978-986-248-549-1

國家圖書館出版品預行編目 (CIP) 資料

首爾大學韓國語 . 3A / 首爾大學語言教育院作；
鄭乃瑋譯 .-- 初版 .-- 臺北市：日月文化 , 2016.05
288 面；19 × 26 公分 . -- (EZ Korea 教材；8)
譯自：서울대 한국어 3A(Student's Book)
ISBN 978-986-248-549-1 (平裝附光碟片)

1. 韓語 2. 讀本

803.28　　　　　　　　　　　　　105003856

ⓒ Shutterstock p. 58, 62, 73, 74, 80, 90, 91, 95, 97, 100, 101, 106, 134, 150, 172, 194, 200, 201, 212, 216, 263
ⓒ 연합뉴스 p. 24, 34, 69, 106, 150, 200, 201 / ⓒ 두피디아 p. 90, 200 / ⓒ 뉴스뱅크 p. 34, 150 / ⓒ 문화재청 p.212

머리말 Preface

<서울대 한국어 3A Student's Book>은 한국어 성인 학습자를 위한 정규 과정용(약 200시간) 한국어 교재 시리즈 중 세 번째 책이다. 이 책은 400시간의 한국어 교육을 받았거나 그에 준하는 한국어 능력을 가진 성인 학습자들이 친숙한 사회적 주제와 기능에 대한 언어 구성 능력과 사용 능력을 익혀서, 기본적인 사회 생활이 가능한 한국어 의사소통 능력을 기르도록 하는 데 목적이 있다. 본 책은 다음과 같은 특징을 가지고 있다.

첫째, 말하기 의사소통 능력 신장에 중점을 두되 구어 학습과 문어 학습이 긴밀하게 연계되도록 구성하였다. 이를 위해 어휘와 문법의 연습, 대화문 연습, 담화 구성 연습으로 이어지는 단계적 말하기 학습을 도입하여 언어 지식의 학습이 언어 사용 능력 습득으로 자연스럽게 전이되도록 하였다. 또한 듣고 말하기, 읽고 쓰기 연습을 통해 구어와 문어의 통합적 학습이 이루어지게 하였다.

둘째, 실제적인 과제를 수행하는 과정에서 학습한 언어 지식을 충분히 활용하고 학습자 간 유의미한 상호작용이 활발하게 이루어지도록 구성하였다. 다양한 유형의 과제를 제시하고 필요한 경우 활동지를 별도로 제공하였다.

셋째, 어휘 및 문법, 발음 학습이 체계적으로 이루어지도록 구성하였다. 어휘는 각 과의 주제와 연계하여 의미 장을 중심으로 제시함으로써 효율적인 어휘 학습이 가능하게 하였다. 또한 문법 항목의 의미와 용법에 대한 핵심적인 기술을 예문과 함께 제시함으로써 종래 한국어 교재에 부족했던 문법 기술 부분을 보강하고자 하였다. 이를 위해 문법 해설을 부록에 별도로 제공하여 목표 문법에 대한 학습자의 이해를 도울 수 있게 하였다. 발음은 해당 과와 관련된 음운 규칙, 억양 등을 연습하여 발음의 정확성 및 유창성을 익히도록 하였다.

넷째, 문화 영역 학습이 수업에서 원활하게 이루어질 수 있도록 구성하였다. 이를 위해 그림, 사진 등의 시각 자료를 활용하거나 학습자의 숙달도가 고려된 간략한 설명으로 한국 문화 정보를 제시하였다. 또한 문화 상호주의적 관점에서 학습자 간 문화에 대해서 공유하는 기회를 가지도록 하였으며, 한국 문화에 대한 심화된 이해를 돕기 위해 부록에 문화 해설을 별도로 제시하였다.

다섯째, 말하기 대화문, 듣기, 발음 등의 오디오 파일이 담긴 MP3 CD를 함께 제공하여 수업용으로뿐만 아니라 자율 학습용으로도 사용하도록 하였다.

여섯째, 영어 번역을 병기하여 영어권 학습자의 빠른 의미 이해가 가능하도록 하였다. 말하기 1·2 대화문, 문법 해설, 문화 해설 등에 번역문을 함께 제공하였으며 주제 어휘 및 새 단어 등에도 번역을 병기하였다.

일곱째, 사진, 삽화 등의 시각 자료를 풍부하게 제공하여 실제적이고 흥미 있는 학습이 가능하도록 하였다. 내용을 이해하는 데 도움이 되는 시각 자료를 통해 의미와 상황을 정확하게 전달하고 학습자의 흥미를 유발함으로써 학습 효과를 높이고자 하였다.

이 책이 완성되기까지 많은 분들의 노력과 수고가 있었다. 무엇보다도 오랜 기간에 걸쳐 집필 및 출판 과정에 참여한 교재개발위원회 선생님들의 헌신으로 책이 만들어질 수 있었다. 또한 직접 수업에서 사용하면서 꼼꼼하게 수정해 주신 서울대학교 한국어교육센터의 여러 선생님들과 정확한 발음으로 녹음을 해 주신 성우 임채헌, 윤미나 선생님의 노고에 감사를 드린다. 아울러 책이 출판되기까지 오랜 기간 동안 작업을 도와주신 투판즈의 사장님과 도현정 부장님, 박형만 편집팀장님, 송솔내 대리님을 비롯한 편집진 여러분께도 고마운 마음을 전한다.

2015. 11.
서울대학교 언어교육원
원장 전 영 철

院長的話

　　《首爾大學韓國語3A Student's Book》是專為成人韓語學習者所制定的韓語正規課程系列教材中的第3冊。我們希望透過本書讓已修習400小時韓語課程，或具有與該課程時數相當之韓語能力的學習者，得以活用語言組織與使用能力，將其運用於平常所熟知的社會議題，並培養得以運用於基本社會生活的韓語溝通能力。本書具有下列特點。

　　第一，本書將重點擺在會話溝通能力，並將口語及書面語的學習做緊密的結合。為此，本書導入單字與文法練習、對話練習、談話架構練習等階段性的口說訓練，協助讀者自然地運用學到的語言知識。此外，透過聽力與會話、閱讀與寫作，讓口語和書面語得以全面學習。

　　第二，在實際的教學現場使用本書，可讓學習者充分活用學到的語言知識，促進學習者之間的互動。書中收錄多種課堂活動，在必要的情況下，亦額外提供活動學習單。

　　第三，本書亦針對單字、文法與發音學習進行系統化的編排。單字和每課的主題有關，提升讀者的學習效果。再精準說明文法意義及用法，搭配例句演練，彌補其他教材在這方面的不足。為此，本書附錄亦提供文法解說，幫助讀者理解重點文法。發音則讓讀者練習與該課相關的單音、音韻規則、語調等，使讀者學會如何正確且流暢地發音。

　　第四，方便教師於課堂上進行文化教學，本書採用圖片、照片等視覺資料，或提供符合學習者熟練度的簡單說明，介紹韓國文化資訊。此外，從文化交流觀點出發，也提供學習者分享文化體驗的機會；同時為加深學習者對韓國文化的了解，在本書最後的附錄亦有文化解說。

　　第五，提供收錄會話對話文句、聽力、發音等音檔的MP3 CD，不僅限於課堂上，就連自我學習時也可以使用。

　　第六，本書採韓英對照，讓英語圈讀者可快速理解吸收。書中會話1‧2、文法解說、文化解說等單元亦有提供翻譯，各大標題、新單字等皆以韓英對照方式呈現。

　　（中文版為單字、會話1‧2、文法說明例句為中、韓對照，課文指示及標題替換為中文。）

　　第七，提供照片、插畫等豐富的視覺資料，增添學習樂趣。視覺資料可幫助讀者理解內容，傳達正確的意義和情境，並刺激讀者的學習興趣，提升學習效果。

　　本書的出版，有賴許多人的努力與付出。其中，多虧教材開發委員會的老師們投入編撰及出版的漫長過程，才得以完成此書。另外還要感謝於課程講授過程中，親自使用本系列教材，並細心給予修正意見的首爾大學韓國語教育中心老師們，還有為本書錄製準確發音的林采憲、尹美娜配音老師的辛勞。同時也要感謝TWO PONDS出版公司的老闆與陶賢貞部長，以及包含朴炯萬編輯組長與宋率奈代理在內的編輯團隊，在本書出版之前，長期所給予的協助。

2015.11.

首爾大學語言教育院

院長 **全永鐵**

일러두기 本書使用方法

《首爾大學韓國語3A Student's Book》共有1～9課，每課皆由「字彙練習」、「文法與表現1·2」、「會話1·2」、「聽力與會話」、「閱讀與寫作」、「課堂活動」、「文化漫步」、「發音」、「自我評量」等單元構成，每課均有8小時的授課分量，詳細內容請看下方說明。

透過圖片描述課程主題與相關狀況，讓學習者得以準備即將學習的內容。

●학습 목표 學習目標

提供各領域的學習目標和內容。

일러두기 本書使用方法

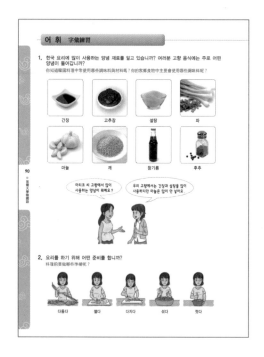

●**어휘** 字彙練習

以重點單字先進行「字彙練習」，豐富的圖片可供
學生推測單字的意思，進而達到圖像記憶的效果。

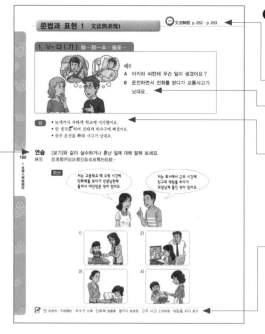

●**문법과 표현** 文法與表現

分成「對話範例」、「例句」與「相關練習」三部分。

．若看到 😊 文法解說標誌，可翻至附錄【文法解說】查閱詳細說明。

對話範例
重點文法搭配情境圖的典型對話實例。

例句
提供例句，讓學習者能夠理解文法含意與各類型
態變化。

單字補充
若出現本課範圍外的單字，於該頁的最下方皆有單
字提示，千萬不要忘了一起背起來唷！

練習
透過實際的練習，使學習者更加熟悉文法的使用。

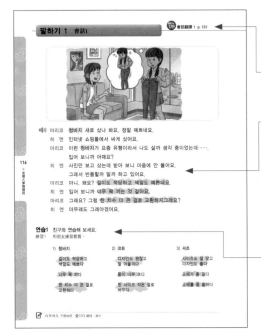

●말하기 會話

分成「對話」、「交替練習」與「會話練習」三部分。

· 若看到 🔵 會話翻譯標誌，可翻至該課【課程資料夾】查閱會話的中文翻譯。

對話

包含重點單字和重點文法的對話，使學習者能夠練習與日常生活情境相關的溝通技巧。

練習1

透過套用色塊裡的單字，來熟悉每課的會話技巧。

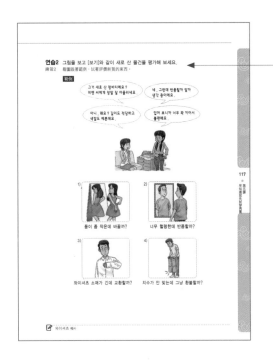

練習2

以原有對話為基礎，進行口語會話練習。

일러두기 本書使用方法

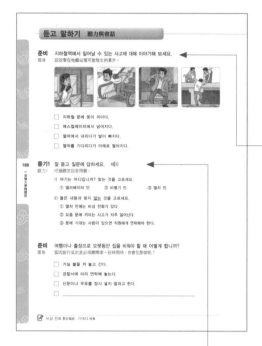

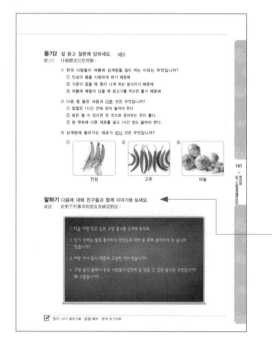

●듣고 말하기 聽力與會話

分成「暖身」、「聽力1・2」與「會話」三部分。

暖身

在進入聽力練習前，提供學習者可以預測聽力內容的題目，及足以推測單字或表現等的圖片。

聽力

提供有關聽力內容的習題。

會話練習

聽力練習結束後，會有和聽力主題、技巧相關的會話內容與練習。

●읽고 쓰기 閱讀與寫作

分成「暖身」、「閱讀」與「寫作」三部分。

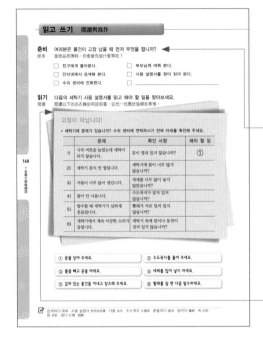

暖身

在進入閱讀練習前，先提供學習者可預測閱讀內容的題目，及足以推測單字或表現等圖片。

閱讀

提供符合學習者程度、生活化且多元的文章，以及簡單的閱讀測驗。

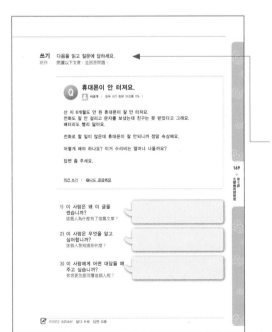

寫作

和閱讀文章類型相似的寫作練習。

일러두기 本書使用方法

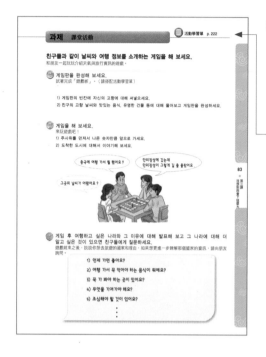

●과제 課堂活動

由3～4個階段的活動任務所組成，在活動的過程中，學習者透過互動活用單字與文法，進而提高語言使用的流暢性。

・若看到 📋 活動學習單標誌，可依標示的頁碼，取得課堂活動學習單。

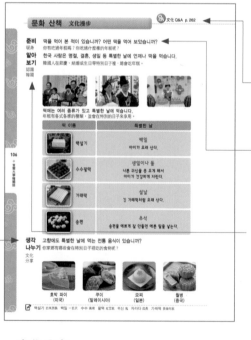

●문화 산책 文化漫步

分成「暖身」、「認識韓國」與「文化分享」三部分。

・若看到 😊文化Q&A標誌，可翻至附錄【文化Q&A】查閱關於本課文化主題的問答集。

暖身

提供和文化主題相關的題目、插畫與照片等內容。

認識韓國

提供和該課主題相關的韓國文化圖片或簡單說明。

文化分享

從文化交流的觀點上，讓學習者比較韓國文化與自己國家文化的不同。

●발음 發音

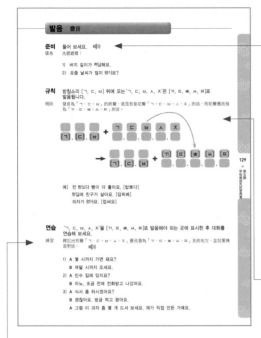

分成三步驟。學習者可以練習和該課單字或文法相關的音韻現象。

Step 1：先聽聽看

先聽聽重點單字或句子，進而了解要學習的內容。

Step 2：了解規則

將發音規則圖示化，使學習者能輕鬆了解。

Step 3：複誦練習

為了使學習者熟記規則，採取先聽再跟著複誦的練習方式。

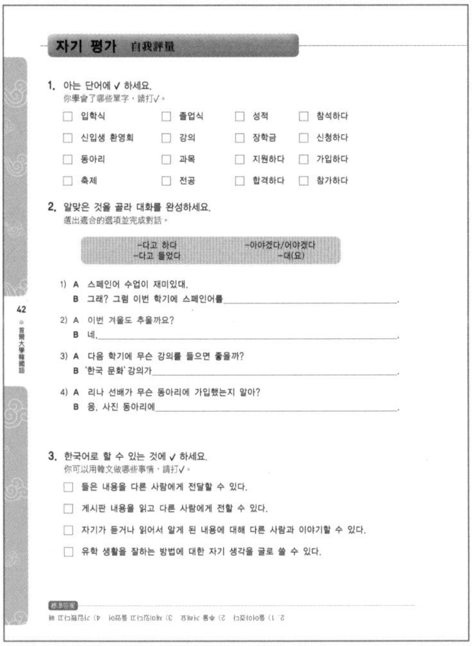

● 자기 평가 自我評量

以單字和文法為中心，讓學習者得以檢測自我學習進度與吸收程度。

The left-side page content (sample page):

발음 發音

준비 順序 들어 보세요. ➍))
先聽聽看！
　1) 바지 길이가 적당해요.
　2) 요즘 날씨가 많이 �y지요?

규칙 規則 받침소리 [ㄱ, ㄷ, ㅂ] 뒤에 오는 'ㄱ, ㄷ, ㅂ, ㅅ, ㅈ'은 [ㄲ, ㄸ, ㅃ, ㅆ, ㅉ]로 발음됩니다.
發音為「ㄱ、ㄷ、ㅂ」的終聲，後面若接初聲「ㄱ、ㄷ、ㅂ、ㅅ、ㅈ」的話，則初聲應改發為「ㄲ、ㄸ、ㅃ、ㅆ、ㅉ」的音。

129

예) 전 밥보다 빵이 더 좋아요. [밥뽀다]
　　 앞집에 친구가 살아요. [압찌뻬]
　　 의자가 없어요. [업써요]

연습 練習 'ㄱ, ㄷ, ㅂ, ㅅ, ㅈ'을 [ㄲ, ㄸ, ㅃ, ㅆ, ㅉ]로 발음해야 되는 곳에 표시한 후 대화를 연습해 보세요.
標記出初聲「ㄱ、ㄷ、ㅂ、ㅅ、ㅈ」應改發為「ㄲ、ㄸ、ㅃ、ㅆ、ㅉ」音的地方，並試著練習對話。 ➍))
　1) A 몇 시까지 가면 돼요?
　　 B 여덟 시까지 오세요.
　2) A 민수 집에 있지요?
　　 B 아뇨, 조금 전에 전화받고 나갔어요.
　3) A 식사 좀 하시겠어요?
　　 B 괜찮아요, 방금 먹고 왔어요.
　　 A 그럼 이 과자 좀 몇 개 드셔 보세요. 제가 직접 만든 거예요.

42

자기 평가 自我評量

1. 아는 단어에 ✔ 하세요.
你學會了哪些單字，請打✔。
　□ 입학식　　□ 졸업식　　□ 성적　　□ 참석하다
　□ 신입생 환영회　□ 강의　　□ 장학금　□ 신청하다
　□ 동아리　　□ 과목　　□ 지원하다　□ 가입하다
　□ 축제　　　□ 전공　　□ 합격하다　□ 참가하다

2. 알맞은 것을 골라 대화를 완성하세요.
選出適合的選項並完成對話。
| -다고 하다 -다고 들었다 | -아야겠다/어야겠다 -대(요) |

　1) A 스페인어 수업이 재미있대.
　　 B 그래? 그럼 이번 학기에 스페인어를 _____
　2) A 이번 겨울도 추울까요?
　　 B 네. _____
　3) A 다음 학기에 무슨 강의를 들으면 좋을까?
　　 B '한국 문화' 강의가 _____
　4) A 리나 선배가 무슨 동아리에 가입했는지 알아?
　　 B 응, 사진 동아리에 _____

3. 한국어로 할 수 있는 것에 ✔ 하세요.
你可以用韓文做哪些事情，請打✔。
　□ 들은 내용을 다른 사람에게 전달할 수 있다.
　□ 게시판 내용을 읽고 다른 사람에게 전할 수 있다.
　□ 자기가 듣거나 읽어서 알게 된 내용에 대해 다른 사람과 이야기할 수 있다.
　□ 유학 생활을 잘하는 방법에 대한 자기 생각을 글로 쓸 수 있다.

일러두기 本書使用方法

● 부록 附錄

分成「活動學習單」、「文法解說」、「文化Q&A」、「聽力原文」、「標準答案」與「單字索引」六部分。

活動學習單

提供練習或課堂活動等所需要的活動學習單。

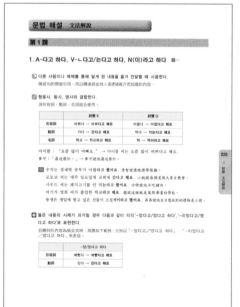

文法解說

針對每課「文法與表現」中所學習的文法進行解說,提供文法意義及功能、和不同詞類結合的變化、豐富的例句和使用上需注意的事項等,進而提升學習者對文法的理解,減少錯誤的產生。

文化Q&A

搭配「文法漫步」單元，讓學習者可以了解更多韓國文化小常識。

聽力原文

提供「聽力與會話」部分的聽力原文。

일러두기 本書使用方法

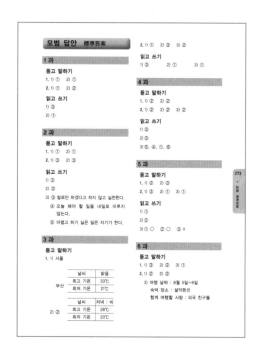

標準答案

提供每課「聽力與會話」、「閱讀與寫作」的正確解答。

單字索引

按字母順序整理教材中出現的所有單字。

차례 目錄

교재 구성표 課程大綱

單元	會話	聽力與會話	閱讀與寫作
第 1 課 聽說要舉辦迎新活動	· 傳遞訊息	**聽力：** · 聽聽有關加入社團的對話 · 聽聽有關大學慶典的報導 **會話：** · 聊聊學校生活	· 閱讀有關留學的資訊 · 寫一篇有關留學的建議
第 2 課 跟他說要換房間看看	· 說明習慣 · 抱怨與辯解	**聽力：** · 聽聽有關面試的對話 · 聽聽有關健康習慣的對話 **會話：** · 聊聊有關習慣的話題	· 閱讀有關習慣的書籍介紹文章 · 寫一篇有關習慣的文章
第 3 課 沒想到雨會下這麼大	· 確認氣象資訊 · 表現意料之外的情況 · 變更計畫	**聽力：** · 聽聽天氣預報 · 因天氣而改變計畫 **會話：** · 聊聊天氣	· 閱讀體驗營的介紹 · 閱讀朋友寄來的電子郵件並回信
第 4 課 吃了之後發現蠻好吃的	· 說明煮菜的方法 · 做個簡單的建議 · 說明旅行的經驗	**聽力：** · 聽聽有關知名餐廳、點心的對話 · 聽聽料理節目 **會話：** · 說說有關飲食的經驗	· 閱讀製作海鮮煎餅的方法 · 寫一篇介紹家鄉食物的文章

課堂活動	字彙練習	文法與表現	發音	文化漫步
• 用採訪的內容來介紹朋友	• 大學生活與文化	• A- 다고 하다 , V- ㄴ다고 / 는다고 하다 , N(이) 라고 하다 • V- 아야겠다 / 어야겠다 • A- 다고 들었다 , V- ㄴ다고 / 는다고 들었다 , N(이) 라고 들었다 • A- 대 (요), V- ㄴ대 / 는대 (요), N(이) 래 (요)	• 有氣音化	• 韓國人的稱謂
• 聽聽對方的煩惱並給予建議	• 習慣	• V- 자마자 • V-(으) 라고 하다 • V- 느라고 • 누구나 , 언제나 , 어디나 , 무엇이나 , 무슨 N(이) 나	• 命令句的聲調	• 有關習慣的民間故事
• 玩一玩介紹世界天氣與地區資訊的遊戲	• 天氣	• A/V-(으) ㄹ 텐데 • A-(으) 냐고 하다 [묻다], V- 느냐고 하다 [묻다], N(이) 냐고 하다 [묻다] • A/V-(으) ㄹ 줄 몰랐다 • V- 자고 하다	• 感嘆句的聲調	• 有關天氣的比喻
• 創新點心的製作方法	• 食物與料理	• A-(으) ㄴ가 보다 , V- 나 보다 , N 인가 보다 • N(이) 나 • V- 아 / 어 보니 (까) • A/V- 던데 (요)	• 終聲「ㅎ」的發音	• 年糕

교재 구성표 課程大綱

單元	會話	聽力與會話	閱讀與寫作
第 5 課 早知道就先試穿再買	• 評價商品 • 要求退貨	**聽力：** • 聽聽以電話訂購物品的對話 • 聽聽要求更換商品的對話 **會話：** • 聊聊購物的經驗	• 閱讀更換物品與退款的聲明 • 寫一篇在網路布告欄上詢問退貨事宜的文章
第 6 課 星期天沒有任何約會	• 更改約定 • 變更約會地點	**聽力：** • 說明約會遲到的理由 • 聽聽變更住房預約的電話 **會話：** • 說說約會的時間與地點	• 閱讀咖啡店的使用心得 • 寫一篇介紹聚會地點的文章
第 7 課 先關機再開開看	• 說明問題狀況 • 請求修理物品	**聽力：** • 聽聽有關影印機故障的對話 • 聽聽打電話請求修理物品的對話 **會話：** • 聊聊有關物品故障與修理的經驗	• 閱讀洗衣機的使用說明書 • 閱讀網路諮詢文章並留言給予建議
第 8 課 你說發生了車禍？	• 傳達發生事故的訊息 • 探病	**聽力：** • 聽聽地下鐵的廣播 • 聽聽報警的內容 **會話：** • 說說發生事故與探病的經驗	• 閱讀事故發生的新聞 • 寫一篇有關事件或事故的文章
第 9 課 你聽過「韓文日」嗎？	• 說說有關紀念日的內容 • 說說心得感想	**聽力：** • 聽聽有關「植樹節」的介紹 • 聽聽有關「成年節」的對話 **會話：** • 聊聊紀念日	• 閱讀「韓文日」的介紹 • 寫一篇介紹自己家鄉紀念日的文章

課堂活動	字彙練習	文法與表現	發音	文化漫步
• 演一齣更換商品、退款的情境劇	• 尺寸與購買物品	• V-(으)ㄹ까 말까 (하다) • V- 지그래 (요)? • V-(으)ㄹ걸 (그랬다) • N(이) 라도	• 硬音化 1 (덥지요)	• 衣服與鞋子的尺寸
• 開設一間特別的餐廳	• 地點與約會	• A/V- 거든 (요), N(이) 거든 (요) • 아무 N 도 • V- 이 / 히 / 리 / 기 -(피동)	• 「 거든요」的聲調	• 韓國的茶館
• 發想開發新產品	• 故障與修理	• V- 았다가 / 었다가 • A-(으)ㄴ데도, V- 는데도 , N 인데도 • A/V- 더니 • V- 도록 하다	• 外來語的標記與發音	• 與身體部位相關的表現
• 探病的情境劇	• 事故	• V- 다 (가) • A- 다고 (요), V- ㄴ다고 / 는다고 (요), N(이) 라고 (요) • 아무리 A/V- 아도 / 어도 • A/V- 아야 / 어야 할 텐데 (요)	• 「ㄴ」添加	• 警告標誌
• 有關紀念日的猜謎大會	• 紀念日	• N 을 / 를 위해 (서), V- 기 위해 (서) • V- 아지다 / 어지다 • A-(으)ㄴ데도 불구하고 , V- 는데도 불구하고 , N 인데도 불구하고 • N 에 대해 (서), N 에 대한 N	• 硬音化 2 (장난감)	• 年輕人的紀念日文化

켈리　凱莉 (27)
澳洲
LEI學生、研究生

최정우　崔正宇 (23)
韓國
大學生

스티븐　史提芬 (23)
美國
LEI學生、大學生

박유진　朴宥珍 (23)
美國
大學生

샤오밍　小明 (21)
中國
LEI學生、大學生

히엔　小賢 (24)
越南
LEI學生

알리　阿里 (20)
沙烏地阿拉伯
LEI學生、大學生

마리코　麻里子 (30)
日本
LEI學生、家庭主婦

이지연　李智妍 (30)
韓國
家庭主婦

줄리앙　朱利安 (25)
法國
LEI學生、研究生

아키라　阿旭 (28)
日本
LEI學生、上班族

김민수　金民秀 (28)
韓國
上班族

신입생 환영회를 한다고 해요

聽說要舉辦迎新活動

잘 듣고 이야기해 보세요. 02))

仔細聽並説説看。

1. 남자는 뭘 하려고 합니까?

男生打算做什麼呢?

2. 그것을 하려면 어떻게 해야 합니까?

想要申請的話,應該怎麼做呢?

| 학 습 목 표 | 學習目標 |

| 어 휘
字彙練習 | • 대학 생활과 문화
大學生活與文化 |

문법과 표현 1
文法與表現 1
- A- 다고 하다 , V- ㄴ다고 / 는다고 하다 ,
  N (이) 라고 하다
- V- 아야겠다 / 어야겠다

말하기 1
會話 1
- 정보 전달하기
  傳遞訊息

문법과 표현 2
文法與表現 2
- A- 다고 들었다 , V- ㄴ다고 / 는다고 들었다 ,
  N (이) 라고 들었다
- A- 대 (요), V- ㄴ대 / 는대 (요), N (이) 래 (요)

말하기 2
會話 2
- 정보 전달하기
  傳遞訊息

듣고 말하기
聽力與會話
- 동아리 가입에 대한 대화 듣기
  聽聽有關加入社團的對話
- 대학교 축제에 대한 보도 듣기
  聽聽有關大學慶典的報導
- 학교 생활에 대해 이야기하기
  聊聊學校生活

읽고 쓰기
閱讀與寫作
- 유학 생활 안내문 읽기
  閱讀有關留學的資訊
- 유학 생활에 대한 조언 쓰기
  寫一篇有關留學的建議

과 제
課堂活動
- 인터뷰한 내용으로 친구 소개하기
  用採訪的內容來介紹朋友

문화 산책
文化漫步
- 한국의 호칭
  韓國人的稱謂

발 음
發音
- 유기음화
  有氣音化

1. 그림을 보고 알맞은 단어를 골라 쓰세요. 그리고 그 단어를 이용해서 [보기]와 같이 이야기해 보세요.

看圖選出並寫下合適的單字後，使用這些單字，跟著範例説説看。

| 입학식 | 오리엔테이션 | 신입생 환영회 | 동아리 | 축제 | 졸업식 |

(　　　　)

(　　　　)

(　　　　)

(　　　　)

(　　　　)

(　　　　)

範例

> 신입생 환영회 때 뭘 해요?

> 선배와 후배가 만나서 자기소개를 해요.

> 동아리 활동을 해 본 적이 있어요?

> 네, 고등학교 때 춤 동아리에서 춤을 배웠어요.

2. 여러분의 학교생활에 대해 [보기]와 같이 이야기해 보세요.
跟著範例說說看你的學校生活。

| 강의 | 과목 | 전공 | 성적 | 학점 | 장학금 |

範例

대학교에서 제일 인기 있는 강의가 뭐예요?

대학교에서 뭘 전공하고 싶어요?

고등학교 때 제일 좋아한 과목이 뭐였어요? 성적이 좋았어요?

졸업하려면 몇 학점을 들어야 해요?

3. 다음의 표현을 사용해서 [보기]와 같이 자기 경험을 말해 보세요.
使用以下語彙，跟著範例說說看自己的經驗。

| (대학교에) 지원하다 | (시험에) 합격하다 | (입학식에) 참석하다 |
| (장학금을) 신청하다 | (동아리에) 가입하다 | (체육 대회에) 참가하다 |

範例

저는 내년에 서울대학교에 지원하고 싶어요.

저는 운전면허 시험에 합격했을 때 정말 기뻤어요.

문법과 표현 1　文法與表現1

1. A- 다고 하다, V- ㄴ다고 / 는다고 하다, N(이) 라고 하다 說…

03 🔊))

A　게시판 봤어요 ?

B　네 , 신입생 환영회를 한다고 해요 .

例
- 크리스 씨는 요즘 바쁘**다고 해요** .
- 마이클 씨는 모임에 참석 못 **한다고 했어요** .
- 민수 씨 동생은 고등학생**이라고 해요** .

연습　친구와 이야기를 한 후 [보기]와 같이 들은 내용을 이야기해 보세요 .
練習　和朋友聊完後，跟著範例說說看聽到的內容。

> 줄리앙 씨는
> 어느 나라에서 왔어요 ?

> 저는 프랑스에서 왔어요 .

> 지금 사는 곳이 어디예요 ?

> 학교 기숙사예요 .

> _____ ?

> _____ .

範例

> 줄리앙 씨는 프랑스에서 왔다고 해요 .
> 그리고 지금 사는 곳은 학교 기숙사라고 해요 .

게시판 布告欄　고등학생 高中生

2. V-아야겠다 / 어야겠다 應該…、得…

A 신입생 환영회에 참석하면 여러 사람들과 인사할 수 있어서 좋다고 해요.

B 그럼 저도 꼭 가야겠네요.

例
● A : 이 책이 정말 재미있어요.
   B : 저도 한번 읽어 봐**야겠네요**.
● 방이 엉망이에요. 이번 주말에는 방을 청소해**야겠어요**.
● 약을 먹고 쉬**어야겠어요**. 감기에 걸린 것 같아요.

연습 자기가 들어서 알고 있는 정보에 대해 [보기]와 같이 친구와 이야기해 보세요.
練習　就自己聽到而知悉的資訊，跟著範例和朋友説説看。

範例

사진 동아리가 정말 재미있다고 해요.
여행도 많이 가고 일 년에 한 번 전시회도
한다고 해요.

저도 사진 찍는 것을 좋아하는데
그 동아리에 가입해야겠네요.

동아리	식당
영화	노래

✏ 엉망이다 亂七八糟

05))) **유진**　알리 씨, 게시판 봤어요?

알리　아직 안 봤는데, 왜요?

유진　우리 대학 신입생 환영회를 한다고 해요.

알리　그래요? 언제 하는데요?

유진　이번 주 금요일 저녁 6시예요.

알리　유진 씨도 신입생 환영회에 참석할 거예요?

유진　네, 선배들도 많이 오고 교수님도 오실 거라고 해요.
　　　　여러 사람들과 인사할 수 있는 좋은 기회일 것 같아요.

알리　그럼 저도 꼭 가야겠네요.

연습1 친구와 연습해 보세요.

練習1　和朋友練習看看。

1) 신입생 환영회를 하다
(참석하다)

이번 주 금요일 저녁 6시

선배들도 많이 오고
교수님도 오실 것이다

여러 사람들과 인사할 수 있다

2) 한국어 말하기 대회를
하다 (참가하다)

10월 9일

상금이 많을 것이다

말하기를 연습할 수 있다

3) 시험 설명회가 있다
(참석하다)

다음 주 토요일

시험 볼 때 도움이 될 것이다

시험 정보를 들을 수 있다

기회 機會　상금 獎金　설명회 説明會　도움이 有幫助

연습2 다음 게시판을 보고 친구에게 전달해 주세요.

練習2　請看下面布告欄的內容，並將資訊傳達給朋友。

게시판

외국인 글쓰기 대회

장소 : 덕수궁
일시 : 10월 8일(금)
　　　　10:00～15:00

· 한국에 사는 외국인만 참가
　할 수 있습니다.
· 인터넷으로 신청하면 됩니다.
　http://lei.snu.ac.kr

신입생 오리엔테이션

장소 : 102동 2층 대회의실
일시 : 2월 23일(화)
　　　　10:00～18:00
강의 : 이민준 교수
　　　　'행복한 대학 생활'

●점심 식사는 학교에서 제공
　합니다.

외국인 노래자랑

장소 : KBC 방송국
일시 : 10월 7일(목)
　　　　저녁 7:00
참가 대상 : 한국에 사는
　　　　　　　외국인

●춤을 잘 추거나 재미있는 이
　야기를 잘하는 사람도 신청
　할 수 있습니다.

졸업식

장소 : 서울대학교 강당
일시 : 2월 26일(목)
　　　　오전 11시

●주차장이 매우 복잡합니다.
　지하철이나 버스를 이용하시면
　더 편합니다.

게시판 봤어요?
외국인 글쓰기 대회를 한다고 해요.

그래요? 어디에서 한다고 해요?

일시 日期時間　제공하다 提供　노래자랑 歌唱大賽　강당 禮堂　주차장 停車場

문법과 표현 2　文法與表現2

1. A-다고 들었다, V-ㄴ다고 / 는다고 들었다, N(이)라고 들었다　聽說…

🔊 06

A 다음 학기에 무슨 강의 들을까?

B '한국 문화'라는 강의가 좋다고 들었어.

例
- 수미 씨가 요즘 회사 일 때문에 바쁘**다고 들었어요**.
- 다니엘 씨가 방학에 고향에 **간다고 들었어요**.
- 한국 사람들은 매일 김치를 먹**는다고 들었는**데 맞아요?
- 10월 9일이 한글날**이라고 들었어요**.

연습 한국에 오기 전에 어떤 이야기를 들었어요? 들은 이야기를 쓰고 [보기]와 같이
친구와 이야기해 보세요.

練習 來到韓國之前，你有聽過什麼和韓國有關的描述呢？寫下你聽過的內容，跟著範例和朋友說
說看。

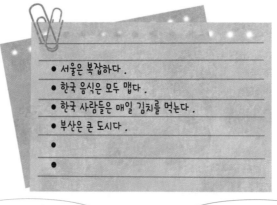

- 서울은 복잡하다.
- 한국 음식은 모두 맵다.
- 한국 사람들은 매일 김치를 먹는다.
- 부산은 큰 도시다.
-
-

範例

한국에 오기 전에
서울이 어떻다고 들었어요?

서울이 복잡하다고 들었어요.

✏️ 학기 學期　한글날 韓文日

2. A-대(요), V-ㄴ대/는대(요), N(이)래(요) 說…

A 무슨 과목을 들으면 좋을까?

B 외국어 수업을 하나쯤 들으면 좋대.

例

● 요즘 아침을 안 먹는 사람들이 많**대요**.

● 이번 학기에 시험을 두 번 **본대요**.

● 토니 씨의 취미는 요리하는 것**이래요**.

연습 친구의 대답을 듣고 귓속말로 전달해 보세요. 마지막 사람이 들은 내용을 큰 소리로 이야기해 주세요.

練習 聽完朋友的回答後，請把答案用說悄悄話的方式告訴下一個人，最後一個人請把聽到的內容大聲說出來。

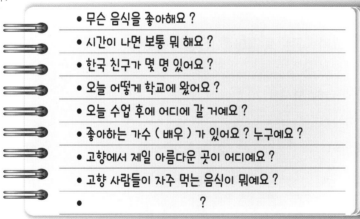

● 무슨 음식을 좋아해요?

● 시간이 나면 보통 뭐 해요?

● 한국 친구가 몇 명 있어요?

● 오늘 어떻게 학교에 왔어요?

● 오늘 수업 후에 어디에 갈 거예요?

● 좋아하는 가수(배우)가 있어요? 누구예요?

● 고향에서 제일 아름다운 곳이 어디예요?

● 고향 사람들이 자주 먹는 음식이 뭐예요?

●   ?

귓속말 耳語、悄悄話

말하기 2 會話2

정우   다음 학기에 무슨 강의를 들을까?

유진   김현 선생님의 '한국 문화'라는 강의가 좋대.

정우   나도 그 수업이 인기가 많다고 들었어.

유진   그러면 수강 신청하기가 어렵지 않을까?

정우   응, 그 수업 수강 신청하기가 하늘의 별 따기래.

유진   또 무슨 과목을 들으면 좋을까?

정우   선배가 외국어 수업을 하나쯤 들으면 좋다고 해서 난 중국어를 들어
        볼까 해.

유진   그럼 나는 독일어를 신청해야겠다.

연습1 친구와 연습해 보세요.
練習1   和朋友練習看看。

1) 한국 문화   2) 철학의 이해   3) 한국인과 한국 사회

  인기가 많다   재미있다   유명하다

  들으면 좋다   신청하면 좋다   들으면 도움이 되다

  독일어   스페인어   아랍어

인기가 많다 受歡迎   수강 聽課   하늘의 별 따기 摘天上的星星（比喻事情非常困難）   독일어 德語   철학 哲學
이해 理解   사회 社會   아랍어 阿拉伯語

연습2 한국에 대해서 얼마나 알고 있는지 써 보세요. 그리고 자기가 아는 정보를 [보기]와 같이 친구에게 전달해 보세요.

練習2　寫寫看你對韓國的認識有多深，並跟著範例，試著將你所知道的資訊傳達給朋友。

| 여행 준비물 | 나홀로 여행 | 연인과 여행 | 친구들과 여행 | 가족 여행 | 고객 센터 | • SITEMAP • LOG IN |

대한민국 여기저기
행복 여행

㉮ 장소 : 제주도 , 남이섬…

- 제주도는 어떤 곳이에요 ?
  제주도는 경치가 매우 아름다운 섬이에요 .
  그리고 _____ .

- 제주도에서 꼭 가 봐야 하는 곳이 어디예요 ?
  제주도에 가면 한라산에 꼭 가 봐야 해요 .
  그리고 _____ .

㉯ 음식 : 불고기 , 닭갈비…

- 한국에 가서 꼭 먹어야 하는 음식이 있어요 ?
  불고기가 정말 맛있어요 .
  또 _____ .

㉰ _____ : _____ , _____ …

- _____ ?
  _____ .

範例

한국 사람들이 휴가 때 많이 가는 곳이 어디래요 ?

제주도에 많이 간다고 들었어요 .

제주도가 어떤 곳이래요 ?

_____ .

준비 대학 생활에서 가장 중요하다고 생각하는 활동은 무엇입니까? 중요하다고 생각하는
순서대로 말해 보세요.

暖身 你認為大學生活中最重要的活動是什麼？依照重要順序來說說看。

여행

동아리
활동

이성 친구
만나기

공부

아르바이트

자원
봉사

듣기1 잘 듣고 질문에 답하세요. 🔊))

聽力1 仔細聽並回答問題。

1) 두 사람이 지금 가려고 하는 곳은 어디입니까?

① 동아리 설명회

② 자원봉사 설명회

③ 유학 생활 안내 모임

2) 다음 중 맞는 것을 고르세요.

① 남자는 자원봉사에 관심이 많다.

② 여자는 사진 동아리에 가입하고 싶다.

③ 남자는 스키 동아리에 가입하고 싶다.

준비 대학교 축제에 가 본 적이 있습니까? 무엇이 재미있었습니까?

暖身 你曾參加過大學的慶典嗎？你覺得什麼活動最有趣？

1)

2)

3)

4)

?

듣기2 잘 듣고 질문에 답하세요. 🔟))

1) 다음 중 맞는 것을 고르세요.

① 축제 기간 동안 노래자랑을 할 것이다.

② 이 학교의 씨름 대회는 모두가 가장 기다리는 행사다.

③ 학생들이 만든 음식을 이웃에게 무료로 나눠 줄 것이다.

2) 이 학교의 축제에서 볼 수 <u>없는</u> 것은 무엇일까요?

① 　　②

③ 　　④

말하기 다음에 대해 친구들과 함께 이야기해 보세요.

會話　針對下列事項和朋友來練習對話。

1. 여러분의 학교 생활은 어땠습니까? 수업 후에 뭘 했습니까?

2. 고향의 학교(고등학교, 대학교) 축제에서는 보통 무엇을 합니까?

3. 다시 중학생이나 고등학생이 되면 꼭 해 보고 싶은 것은 무엇입니까?
   왜 그렇습니까?

4. 가입하거나 만들고 싶은 동아리가 있습니까? 동아리에서 어떤 활동을 하면
   좋겠습니까?

씨름 摔角

준비
暖身

유학 오기 전에 무엇에 대해 알고 싶었어요?
來留學之前，你曾想知道些什麼？

☐ 날씨　　☐ 음식　　☐ 물건값　　☐ 교통

☐ 숙소　　☐ 학교　　☐ ＿＿＿＿＿　　☐ ＿＿＿＿＿

읽기
閱讀

다음은 유학 생활 안내문입니다. 잘 읽고 질문에 답하세요.
以下是留學生活的相關資訊，請仔細閱讀並回答問題。

<한국 유학 생활 안내>

1. 외국인 등록

외국인 유학생은 입국 후 90일 안에 출입국관리사무소에 가서 외국인 등록을 하고 외국인등록증을 받아야 합니다. 이 외국인등록증은 항상 가지고 다녀야 합니다.

2. 숙소

대학교 기숙사는 매년 2월과 8월에 신청합니다. 학교 밖에서 방을 구할 때에는 부동산을 이용하는 것이 좋습니다. 이때 인터넷이 되는지 쓰레기는 어떻게 버리는지 물어보는 것이 좋습니다. 또 세탁기나 냉장고가 있는지 알아봐야 합니다.

3. 교통

버스나 지하철을 탈 때 교통 카드를 사용하는 것이 좋습니다. 교통 카드를 사용하면 버스나 지하철을 갈아탈 때 환승 할인을 받을 수 있습니다.

4. 쓰레기 버리기

종이, 캔 등의 재활용 쓰레기와 음식물 쓰레기, 일반 쓰레기를 모두 따로 버려야 합니다. 쓰레기봉투는 편의점이나 슈퍼마켓에서 살 수 있습니다.

* 자세한 내용은 한국 유학 안내 홈페이지에 나와 있습니다.

1) 이 글은 누구를 위해 쓴 글입니까?

① 한국에서 살 한국인　② 외국에서 살 한국인　③ 한국에서 살 외국인

2) 이 글의 내용과 같은 것을 고르세요.

① 교통 카드를 사용하면 환승 할인을 받을 수 있다.

② 재활용 쓰레기는 꼭 쓰레기봉투를 사서 버려야 한다.

③ 외국인 유학생은 시청에 가서 외국인등록증을 받아야 한다.

입국 入境　버리다 丟棄　환승 할인 換乘優惠　캔 鐵鋁罐　재활용 쓰레기 可回收垃圾　일반 쓰레기 一般垃圾
쓰레기봉투 垃圾袋　리터 公升　약 大約

쓰기 다음 달에 한국으로 유학을 오는 대니 씨의 글입니다. 대니 씨에게 어떤 말을 해 주면 좋을까요?

寫作 下面是下個月要來韓國留學的丹尼所撰寫的文章，我們應該怎麼回覆丹尼呢？

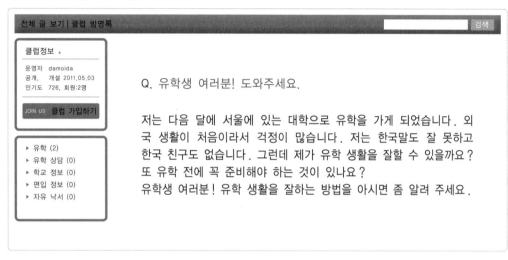

1) 유학 생활 잘하는 방법에 대해 친구들에게 묻고 대답을 써 보세요.
向朋友詢問適應留學生活的好方法，並將回答寫下來。

<유학 생활 잘하는 방법>

| 스티븐 | 그 나라의 말을 배우는 것도 중요하지만 먼저 그 나라의 문화를 이해해야 한다. |
| 진호 | 유학 생활을 잘하려면 먼저 그 나라 친구를 사귀는 것이 좋다. |

2) 유학 생활을 잘하는 방법에 대해 써 보세요.
　　寫寫有關適應留學生活的好方法。

유학 생활을 잘하려면

과제　課堂活動

새로 만난 친구를 인터뷰하고 다른 친구들에게 인터뷰한 친구를 소개해 보세요.
採訪新認識的朋友，並向其他人介紹這位受訪朋友。

친구에게 묻고 싶은 질문을 써 보세요.
寫下想向朋友詢問的問題。

질문	친구의 대답
• 왜 한국어를 배워요?	한국 노래가 좋아서요.
• 이름이 뭐예요?	
• 어느 나라에서 왔어요?	
• 한국어를 배운 후에 무엇을 할 거예요?	
•	
•	
•	

친구를 인터뷰하면서 친구의 대답을 쓰세요.
採訪朋友，並寫下朋友的回答。

왜 한국어를 배워요?

한국 노래가 좋아서요.

인터뷰한 내용으로 친구를 자세히 소개해 보세요.
以採訪內容，仔細介紹一下這位朋友。

제 옆에 있는 친구는 앙리라고 해요. 프랑스 파리에서 왔다고 했어요.
앙리 씨는 한국 노래가 좋아서 한국어를 배우게 되었대요.
앙리 씨의 취미는 한국 가수들의 노래와 춤 따라 하기래요.
유학 생활을 하면서 가장 힘든 것은 여자 친구를 만날 수 없는 것이라고 해요.
그래서 컴퓨터로 얼굴을 보면서 자주 통화한대요.
한국어를 배운 후에는 고향에 돌아가서 한국어를 가르칠 거라고 해요.

✎ 따라 하다 跟著做

문화 산책 文化漫步

준비
暖身

어떻게 부르면 좋을까요?
如何稱呼比較好呢?

1) 선배가 저보다 나이가 어려요.

2) 동기인데 저보다 나이가 많아요.

3) 제 사촌이 저하고 나이가 같은데 학교에선 선배예요.

알아 보기
認識 韓國

전체 글 보기 | 클럽 방명록

 투투

저는 이번에 서울대학교에 입학한 신입생입니다. 얼마 전 신입생 환영회 때 여학생들이 남자 선배를 오빠라고 불러서 깜짝 놀랐습니다. 가족도 아닌데 왜 오빠라고 불러요? 그냥 이름을 부르면 안 되나요?

 유진

한국에서는 자기보다 나이가 많은 사람을 부를 때 그냥 이름을 불러서는 안 됩니다. 대학교에서는 선배라고 부르면 되는데 가족처럼 친한 느낌을 주기 위해서 요즘에는 오빠라고 부르는 일도 많아졌습니다.
사회생활을 할 때도 자기보다 나이가 많은 사람을 친근하게 부르고 싶으면 언니, 누나, 오빠, 형이라고 합니다.

생각 나누기
文化 分享

여러분 나라에서는 선배를 어떻게 부릅니까?
在你的國家,怎麼稱呼年紀比你大或資歷比你深的人呢?

 동기 同期   사촌 堂兄弟姐妹   깜짝 驚嚇地   사회생활 社會生活   친근하다 親近   당신 您

발음 發音

준비 들어 보세요. 🔊
暖身 先聽聽看！

1) 서울이 어떻다고 들었어요?

2) 신입생 환영회에 참석할 거예요?

규칙 1. 받침 'ㅎ'은 뒤에 오는 'ㄱ,ㄷ,ㅈ'과 합쳐져서 [ㅋ,ㅌ,ㅊ]로 발음됩니다.
規則 當終聲「ㅎ」與後面初聲「ㄱ、ㄷ、ㅈ」結合時，應發成「ㅋ、ㅌ、ㅊ」的音。

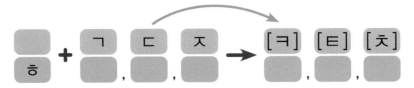

예] 전화가 끊겼어요.

그 영화가 어떻대요?

일이 좀 많지만 재미있어요.

2. 받침소리 [ㄱ,ㄷ,ㅂ,ㅈ]은 뒤에 오는 'ㅎ'과 합쳐져서 [ㅋ,ㅌ,ㅍ,ㅊ]로 발음됩니다.
當終聲「ㄱ、ㄷ、ㅂ、ㅈ」與後面初聲「ㅎ」結合時，應發成「ㅋ、ㅌ、ㅍ、ㅊ」的音。

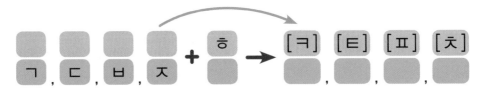

예] 길이 많이 막히나 봐요.

몇 호선으로 갈아타야 돼요?

한국말을 몰라서 답답해요.

아기를 여기에 앉히세요.

연습 발음에 주의해서 읽어 보세요. 🔊
練習 注意發音，並練習唸唸看。

1) A 반찬이 없는데 어떡하죠?

B 밥하고 김치만 있으면 돼요.

2) A 입학한 지 3개월이 지났어.

B 벌써 그렇게 됐어?

3) A 민수 씨는 운동하기 싫대요?

B 그렇지는 않지만 좀 피곤하다고 했어요.

자기 평가 自我評量

1. 아는 단어에 √ 하세요.
你學會了哪些單字，請打√。

☐ 입학식	☐ 졸업식	☐ 성적	☐ 참석하다
☐ 신입생 환영회	☐ 강의	☐ 장학금	☐ 신청하다
☐ 동아리	☐ 과목	☐ 지원하다	☐ 가입하다
☐ 축제	☐ 전공	☐ 합격하다	☐ 참가하다

2. 알맞은 것을 골라 대화를 완성하세요.
選出適合的選項並完成對話。

> -다고 하다   -아야겠다/어야겠다
> -다고 들었다   -대(요)

1) A 스페인어 수업이 재미있대.
   B 그래? 그럼 이번 학기에 스페인어를_____.

2) A 이번 겨울도 추울까요?
   B 네,_____.

3) A 다음 학기에 무슨 강의를 들으면 좋을까?
   B '한국 문화' 강의가_____.

4) A 리나 선배가 무슨 동아리에 가입했는지 알아?
   B 응, 사진 동아리에_____.

3. 한국어로 할 수 있는 것에 √ 하세요.
你可以用韓文做哪些事情，請打√。

☐ 들은 내용을 다른 사람에게 전달할 수 있다.

☐ 게시판 내용을 읽고 다른 사람에게 전할 수 있다.

☐ 자기가 듣거나 읽어서 알게 된 내용에 대해 다른 사람과 이야기할 수 있다.

☐ 유학 생활을 잘하는 방법에 대한 자기 생각을 글로 쓸 수 있다.

42

●
首爾大學韓國語

標準答案

2. 1) 들어야겠다 2) 추울 거래요 3) 재미있다고 들었어 4) 가입했다고 해

單字

입학식	開學典禮	강의	課程
오리엔테이션	新生訓練	과목	課目
신입생 환영회	迎新活動	전공	主修
동아리	社團	성적	成績
축제	慶典	학점	學分
졸업식	畢業典禮	장학금	獎學金

（대학교에）지원하다	申請（大學）
（시험에）합격하다	（考試）合格
（입학식에）참석하다	參加（開學典禮）
（장학금을）신청하다	申請（獎學金）
（동아리에）가입하다	加入（社團）
（체육 대회에）참가하다	參加（體育大會）

會話翻譯 1

宥珍	阿里，你有看到布告欄嗎？
阿里	我還沒看，怎麼了嗎？
宥珍	我們學校聽說要舉辦迎新活動。
阿里	這樣啊？什麼時候舉辦呢？
宥珍	這週五晚上6點。
阿里	宥珍妳也會參加迎新活動嗎？
宥珍	會啊！聽說很多學長姐們會來，教授也會參加。似乎是個可以跟許多人打招呼的好機會。
阿里	那麼，看來我也應該要去一下。

會話翻譯 2

正宇	下學期要聽什麼課好呢？
宥珍	金賢老師的「韓國文化」聽說不錯。
正宇	我也聽說那門課很受歡迎。
宥珍	那要選那門課會不會很難啊？
正宇	嗯，聽說要選上那門課如同「登天摘星」一樣。
宥珍	還要聽什麼課好呢？
正宇	之前學長建議可以再選一門外文課，所以我在思考要不要選一堂中文課。
宥珍	那麼我要來選一下德文課了。

잘 듣고 이야기해 보세요. 🔊
仔細聽並說說看。

1. 두 사람은 무엇에 대해 이야기하고
   있습니까?
   兩人正在聊些什麼呢？

2. 무슨 문제가 있습니까?
   有什麼問題嗎？

1. 그림을 보고 [보기]와 같이 이야기해 보세요.
   看圖跟著範例說說看。

손톱을 깨물다

다리를 떨다

코를 골다

한숨을 쉬다

머리를 긁다

그래서 내가……
잠꼬대를 하다

다리를 꼬다

이를 갈다

範例

저는 잘 때 잠꼬대를 하는 버릇이 있어요.

그래요? 제 동생은 창피할 때 머리를 긁는 습관이 있어요.

2. 습관이나 버릇 때문에 다른 사람에게 안 좋은 말을 들은 적이 있어요? [보기]와 같이
이야기해 보세요.

你是否曾經聽過別人批評你的習慣呢？跟著範例說説看。

| 불평을 하다/듣다 | 야단을 치다/맞다 |
| 잔소리를 하다/듣다 | 조언을 하다/듣다 |

範例

어제 룸메이트한테
불평을 들었어.

내가 아침에 화장실을
너무 오래 써서 불편하대.

왜?

3. 고치고 싶은 버릇에 대해 [보기]와 같이 이야기해 보세요.

針對想改掉的習慣，跟著範例説説看。

| | 버릇을 고치다 | | 습관을 기르다 | |
| 마음먹다 | | 실천하다 | | 포기하다 |

範例

저는 지각하는 버릇을 고치기로 마음먹었어요.
앞으로 아침에 일찍 일어나는 게 힘들어도
포기하지 않을 거예요.

문법과 표현 1   文法與表現1

1. V-자마자 —…就…

🔊 14

A 요즘 피곤해 보여. 잠을 잘 못 자?
B 응, 룸메이트가 눕자마자 코를 골아서 잠을 잘 수가 없어.

例
- 시험이 끝나**자마자** 고향에 돌아갈 거예요.
- 내 친구는 항상 밥을 먹**자마자** 이를 닦아.
- 집에 가**자마자** 컴퓨터 게임을 해서 엄마한테 야단을 맞았어.

연습 [보기]와 같이 이야기해 보세요.
練習   跟著範例說說看。

1) 졸업하다

2) 대학생이 되다

3) 방학하다

4) 귀국하다

5) 월급을 받다

6) _____

範例

졸업하면 뭘 할 거예요?

저는 졸업하자마자 유학을 갈 거예요.

2. V-(으)라고 하다 叫（某人）做（某事）

15))

A 룸메이트 때문에 힘들 때 어떻게 했어?

B 기숙사 조교한테 방을 바꿔 달라고 했어.

例
- 동생한테 청소하**라고 했어요**.
- 어머니께서 게임을 하지 말**라고 하셨어요**.
- 친구가 나에게 돈을 빌려 달**라고 했어요**.
- 선생님께서 나나 씨에게 책을 보여 주**라고 하셨어요**.

연습 [보기]와 같이 이야기해 보세요.
練習 跟著範例說說看。

1)

2)

3)

4)

範例

병원에 입원한 친구에게
뭐라고 말해요?

빨리 나으라고 말해요.

조교 助教

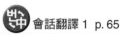

16))) 켈 리 피곤해 보이네요. 눈도 빨개요.

줄리앙 네, 요즘 잠을 잘 못 자서 그래요.

켈 리 왜요? 할 일이 많아요?

줄리앙 그런 건 아니고요. 어제도 룸메이트 때문에 한숨도 못 잤어요.

켈 리 룸메이트가 어떤데요?

줄리앙 매일 새벽에 들어와요. 그리고 눕자마자 코를 골아요.

게다가 밤새도록 시끄럽게 잠꼬대도 해요.

켈 리 그거 정말 괴롭겠네요. 저도 기숙사에 살 때 방 친구와 생활 습관이

달라서 많이 힘들었어요.

줄리앙 그래서 어떻게 했어요?

켈 리 기숙사 조교한테 방을 바꿔 달라고 했어요. 줄리앙 씨도 한번 얘기해

보세요.

연습1 친구와 연습해 보세요.

練習1 和朋友練習看看。

1) 새벽에 들어오다　　　2) 불을 켜놓고 자다　　　3) 음악을 크게 틀어 놓다

코를 골다　　　　　　이를 갈다　　　　　　몸을 뒤척거리다

기숙사 조교 / 방을 바꿔 주다　친구 / 생활 습관을 바꿔 보다　기숙사 조교 / 1인실로 옮겨
　　　　　　　　　　　　　　　　　　　　　　　　주다

 한숨도 못 자다 沒能好好睡覺　게다가 除此之外　밤새도록 徹夜　괴롭다 難受、痛苦　음악을 틀다 開音樂
뒤척거리다 來回翻身　1인실 1人房　옮기다 搬遷

연습2 [보기]와 같이 다른 사람의 버릇이나 습관에 대해 친구들과 이야기해 보세요.

練習2　跟著範例和朋友說說別人的習慣。

範例

> 제 룸메이트 때문에 좀 힘들어요.

> 왜요? 룸메이트가 어떤데요?

> 집에 오자마자 컴퓨터를 켜요.
> 그리고 밤늦게까지 시끄럽게
> 게임을 해요.

> 정말 괴롭겠네요. 룸메이트한테
> 밤에는 조용히 해 달라고
> 얘기해 보세요.

```
┌─────────────────────┐
│                     │  의 나쁜 습관
└─────────────────────┘

• 집에 오자마자 게임을 한다.

• 말하지 않고 내 물건을 쓴다.

• 방 청소를 하지 않는다.

•

•

•

•

•
```

1. V- 느라고　為了…

🔊 17

A　오늘 좀 피곤해 보이네요.

B　어젯밤에 숙제하느라고 잠을
　　못 자서 그래요.

例

- 청소하느라고 점심을 못 먹었어요.
- 요즘 결혼 준비하느라고 바쁘시죠?
- 어젯밤에 책을 읽느라고 잠을 못 잤어요.

연습　[보기]와 같이 이야기해 보세요.
練習　　跟著範例說說看。

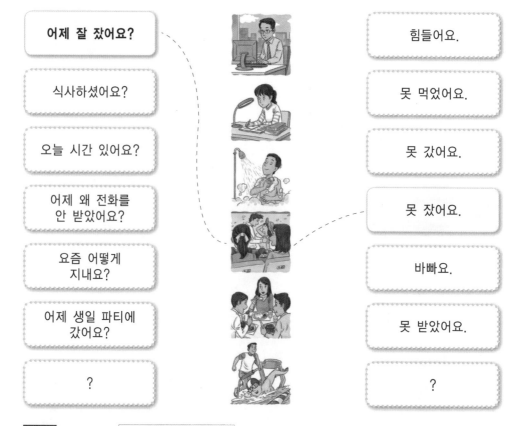

어제 잘 잤어요?	힘들어요.
식사하셨어요?	못 먹었어요.
오늘 시간 있어요?	못 갔어요.
어제 왜 전화를 안 받았어요?	못 잤어요.
요즘 어떻게 지내요?	바빠요.
어제 생일 파티에 갔어요?	못 받았어요.
?	?

範例

어제 잘 잤어요?

늦게까지 영화 보느라고 못 잤어요.

2. 누구나, 언제나, 어디나, 무엇이나, 무슨 N(이)나 不管…、不論…

🔊

A 스티븐은 좀 늦을 거라고 했어요.

B 스티븐은 약속할 때마다 언제나 늦게 오네요.

例
- 한국 사람은 **누구나** 김치를 좋아하는 것 같아요.
- 출퇴근 시간에는 **어디나** 길이 막혀요.
- 스티븐 씨는 **무슨** 운동**이나** 잘해요.

연습 우리 반 학생 중에서 찾아보고 [보기]와 같이 이야기해 보세요.

練習 班上同學中，誰最符合下面問題所要找的人呢？跟著範例説説看。

1)	우리 반 학생 중에서 언제나 학교에 일찍 오는 사람은 누구일까요?
2)	우리 반 학생 중에서 어디나 혼자 잘 가는 사람은 누구일까요?
3)	우리 반 학생 중에서 무슨 일이나 열심히 하는 사람은 누구일까요?
4)	우리 반 학생 중에서 무슨 운동이나 잘하는 사람은 누구일까요?
5)	우리 반 학생 중에서 누구하고나 이야기를 잘하는 사람은 누구일까요?
6)	우리 반 학생 중에서 어느 나라 음식이나 다 잘 먹는 사람은 누구일까요?

範例

우리 반 학생 중에서 언제나 학교에 일찍 오는 사람은 누구일까요?

마리코 씨예요. 마리코 씨가 언제나 제일 먼저 학교에 와요.

말하기 2 會話2

🔊 스티븐 미안해. 내가 너무 늦었지?

유 진 지금이 몇 시니? 한 시간이나 늦게 오면 어떡해?

스티븐 나도 어쩔 수가 없었어. 택시를 탔는데 길이 너무 막혔어.

유 진 왜 택시를 탔어? 퇴근 시간엔 언제나 길 막히는 거 몰랐어?

스티븐 실은 어제 숙제하느라고 못 자서 낮에 깜빡 잠이 들었어.
　　　　택시를 타면 빨리 올 수 있을 거라고 생각했는데…….

유 진 나는 여기 오느라고 개강 파티에도 못 갔는데 어떻게 이럴 수가 있어?

스티븐 정말 미안해. 대신 내가 맛있는 저녁 사 줄 테니까 그만 화 풀어.

유 진 늦을 때마다 미안하다고만 하지 말고 늦게 오는 버릇 좀 고쳐.

연습1 친구와 연습해 보세요.
練習1 和朋友練習看看。

1) 어쩔 수가 없다

　언제나

　숙제하다

　늦게 오는 버릇을 고치다

2) 사정이 있다

　어디나

　축구 경기 보다

　일찍 오는 습관을 기르다

3) 하는 수 없다

　항상

　발표 준비하다

　지각하는 버릇을 고치다

✏️ 어쩔 수가 없다 沒辦法 실은 其實、事實上 깜빡 一下子 개강 파티 始業派對 대신 補償、以…取代…
화를 풀다 消氣 사정이 있다 有事情 하는 수 없다 無奈

연습2 [보기]와 같이 불평과 변명을 해 보세요.

練習2　跟著範例，試著抱怨與辯解。

[範例]

너는 어떻게 만날 때마다 늦니?

미안해. 중요한 메일을 보내고 나오느라고 늦었어.

언제나 미안하다고만 하지 말고 제발 늦게 오는 버릇 좀 고쳐.

알았어. 다음부터는 절대로 늦지 않을게.

1)

영화를 볼 때
언제나 여자 친구가 잠을 잔다.

2)

청소를 할 때
언제나 룸메이트가 도망간다.

3)

회의를 할 때마다
민수 씨가 지각한다.

4)

전화를 할 때마다
남자 친구가 전화를 안 받는다.

절대로 絕對（不）…　도망가다 逃跑

준비 긴장될 때 여러분은 어떤 행동을 합니까?
暖身　當緊張的時候，你會怎麼做呢？

☐ 다리를 떤다.

☐ 한숨을 쉰다.

☐ 머리를 만진다.

☐ 손톱을 깨문다.

듣기1 잘 듣고 질문에 답하세요. 🔊
聽力1　仔細聽並回答問題。

1) 여자는 무엇을 하려고 합니까?

　① 취직을 하려고 한다.

　② 유학을 가려고 한다.

　③ 전공을 정하려고 한다.

2) 여자는 긴장하면 어떤 행동을 합니까?

　① 다리를 떤다.

　② 손톱을 깨문다.

　③ 머리를 만진다.

준비 약속 시간에 많이 늦은 적이 있습니까? 왜 늦었습니까?
暖身　你曾經遲到過很久嗎？為什麼遲到呢？

☐ 길이 막혀서

☐ 버스가 안 와서

☐ 중요한 전화를 받느라고

☐ _____

듣기2 잘 듣고 질문에 답하세요. 🔊

聽力2 仔細聽並回答問題。

1) 지금은 몇 시입니까?

    ① 8시 30분

    ② 9시

    ③ 9시 30분

2) 남자가 여자에게 화를 내는 이유는 무엇입니까?

    ① 여자가 서류를 집에 놓고 왔다.

    ② 여자가 회의 내용을 모른다.

    ③ 여자가 지각을 자주 한다.

말하기 다음에 대해 친구들과 함께 이야기해 보세요.

會話 針對下列事項和朋友來練習對話。

1. 여러분 나라에서 안 좋다고 생각하는 버릇이 있습니까?

2. 자신의 버릇 때문에 문제가 생긴 적이 있었습니까?

3. 약속 때마다 언제나 늦는 친구의 버릇을 고칠 수 있는 좋은 방법을 이야기해 주세요.

4. 건강에 좋은/나쁜 버릇에는 어떤 것들이 있습니까?

5. 내가 알고 있는 다른 사람의 재미있는 버릇이 있습니까?

✏️ 화를 내다 發脾氣

준비　다음은 무슨 뜻일까요?
暖身　下面的句子代表什麼意思呢？

　세 살 버릇 여든까지 간다.

읽기　다음 글을 읽고 질문에 답하세요.
閱讀　閱讀以下文章並回答問題。

실패하는 사람들의 5가지 습관

　사람들은 누구나 성공하기를 바란다. 돈, 명예, 권력 등 성공하고 싶은 이유는 달라도 성공하는 방법을 알고 싶은 마음은 마찬가지다. 그래서 성공에 대한 책들은 항상 인기가 많다. 그런데 최근에 '실패하는 사람들의 5가지 습관'이라는 책이 나왔다. 이 책에서 말하는 실패하는 사람들의 습관은 다음과 같다.

1. 약속 때마다 늦는다.
2. 언제나 "할 수 없어."라고 말한다.
3. 말로만 하겠다고 하고 실천하지 않는다.
4. 오늘 해야 할 일을 언제나 내일로 미룬다.
5. 어렵고 하기 싫은 일은 무엇이나 다 다른 사람에게 하라고 한다.

　위에서 말한 내용을 반대로 바꾸면 성공하는 습관이 될 것이다. 예를 들면 약속에 늦지 않고 언제나 할 수 있다고 자신 있게 말하는 것이다. 이 책도 결국 성공한 사람들의 습관을 알려 주고 있다. 그러나 이 책에서는 다른 사람이 성공한 방법을 아는 것보다 자기가 실패하는 이유를 아는 것이 더 중요하다고 말한다. 왜냐하면 그 이유를 알면 고쳐서 성공하는 습관을 (　　　　　) 수 있기 때문이다.

1) (　　　　　)에 들어갈 말을 고르세요.

　① 고칠　　　　　　② 기를　　　　　　③ 알려 줄

2) 이 글에서 말한 내용이 <u>아닌</u> 것은 무엇입니까?

　① 항상 자신 없다고 말하면 실패하기 쉽다.

　② 사람들은 모두 돈 때문에 성공하려고 한다.

　③ 약속을 잘 지키는 것은 성공하는 습관이다.

 실패하다 失敗　성공하다 成功　명예 名譽　권력 權力　마찬가지 一樣　미루다 拖延　반대 反對　예를 들면 舉例來說
자신 있다 有自信　왜냐하면 因為

3) 이 글에서 말한 실패하는 습관을 성공하는 습관으로 바꿔 써 보세요.

① 약속 시간에 늦지 않는다.

② 언제나 "할 수 있다."라고 자신 있게 말한다.

③ _____.

④ _____.

⑤ _____.

쓰기
寫作

1) 올해/미래에 꼭 하고 싶은 일이 있습니까? 그 이유는 무엇입니까?
你今年／未來有一定想要做的事情嗎？理由是什麼呢？

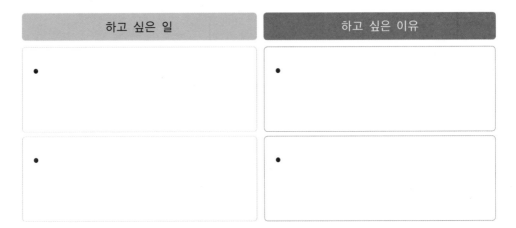

하고 싶은 일	하고 싶은 이유
•	•
•	•

2) 그 일에 성공하려면 어떤 습관을 고치고 어떤 습관을 길러야 하는지 써 보세요.
如果想要成功做到那件事，應該改掉並養成哪些習慣呢？試著把它寫出來。

고쳐야 할 습관	길러야 할 습관
①	①
②	②
③	③

3) '내가 기르고 싶은 3가지 습관'이라는 제목으로 글을 써 보세요.
　　請試著以「我想養成的3種習慣」為題，寫一篇文章。

내가 기르고 싶은 3가지 습관

나는 올해 꼭 (　　　　　　　　　　　　　)기로 마음먹었다. 왜냐하면

　　　　　　　　　　　　　　　　　　　　　　　　　　　기 때문이다.

그런데

첫째,

둘째,

셋째,

친구들의 고치고 싶은 습관이나 버릇에 대해 듣고 조언해 주세요.
聽聽看朋友想要改掉哪些習慣，並給予建議。

고치고 싶은 습관이나 버릇을 적어 옆 친구에게 전달하세요.
寫下你想改掉的習慣，並告訴身旁的朋友。

- 저는 불안하면 손톱을 깨물어요.
-
-
-

친구의 습관이나 버릇을 읽고 고칠 수 있는 방법에 대해 써 주세요.
閱讀朋友的習慣，並寫下改善的方法。

저는 불안하면 손톱을 깨물어요.

- 손톱에 매니큐어를 칠해 보세요. 더 이상 깨물지 않게 될 거예요.
- 손톱을 깨물고 싶을 때에는 껌을 씹어 보세요.
-
-

친구들의 조언을 소개해 보고 발표해 보세요.
以報告的方式，介紹一下朋友所給的建議。

저는 불안하면 언제나 손톱을 깨무는 버릇이 있어서
부모님께 항상 버릇을 고치라는 말을 들었습니다.
그런데 친구가 손톱에 매니큐어를 칠해 보라고 했습니다.
그리고 껌을 씹어 보라고 한 친구도 있습니다.
그래서 앞으로 손톱을 깨물고 싶을 때마다 껌을 씹고
매니큐어도 칠해 보려고 합니다.

61

✎ 적다 填寫　매니큐어 指甲油　칠하다 塗、漆　껌을 씹다 嚼口香糖

준비
暖身
여러분 나라의 옛날이야기에 나오는 동물에 대해 이야기해 보세요.
説説看那些曾出現在你國家民間故事中的動物。

소   양   호랑이   말

알아
보기
認識
韓國
'소가 된 게으름뱅이'라는 한국의 옛날이야기를 읽어 봅시다.
閱讀韓國民間故事「變成牛的懶人」。

옛날에 아주 게으른 아이가 살았는데, 이 아이는 밥을 먹자마자 누워 자는 나쁜 버릇이 있었다.

어머니가 밥을 먹자마자 자면 소가 된다고 언제나 말했지만 아이는 버릇을 고치지 않았다.

하루는 아이가 일어나 보니 소가 되어 있었다. 소가 된 아이는 쉬지 않고 일을 하느라고 너무 힘들었다.

너무 힘들어서 죽으려고 마음먹었을 때 아이는 잠에서 깼다. 그 후 아이는 버릇을 고쳐서 부지런한 사람이 되었다.

생각
나누기
文化
分享
여러분이 알고 있는 버릇과 관련된 이야기를 해 보세요.
説説看你所知道跟習慣有關的故事。

게으름뱅이 懶人   게으르다 懶惰   부지런하다 勤勞

발음 發音

준비 들어 보세요. 🔊))
暖身　先聽聽看！

1) 시간 좀 잘 지켜.

2) 좀 천천히 이야기해 주세요.

규칙 1. 명령문은 동사의 첫음절을 강하고 높게 발음하고 마지막 음절을 내리면서 짧게 발음합니다.
規則　命令句中，動詞的第一個音節語氣要強、聲調要高，最後一個音節則應於降低聲調的同時，短促發音。

예] 먼저 가지 말고 기다려.

　　좀 조용히 하세요.

2. 명령보다 부탁의 뜻이 강할 때는 끝을 약간 올려서 말하기도 합니다.
若請託含義大於命令時，則可在句子結尾稍稍拉高聲調。

예] 잠깐만 기다리세요.

　　내일은 꼭 9시까지 오세요.

연습 억양에 주의하면서 대화해 보세요. 🔊))
練習　注意聲調，並練習對話。

1) A 방 좀 깨끗이 정리해.

　 B 알았어. 너도 잔소리 좀 그만해.

2) A 선생님, 다시 한 번 설명해 주세요.

　 B 좋아요. 잘 들으세요.

3) A 아저씨, 좀 깎아 주세요. 네?

　 B 그럼 2만 원만 내세요.

1. 아는 단어에 ✓ 하세요.
你學會了哪些單字，請打✓。

☐ 코를 골다 ☐ 다리를 꼬다 ☐ 불평을 하다 ☐ 버릇을 고치다

☐ 손톱을 깨물다 ☐ 머리를 긁다 ☐ 조언을 듣다 ☐ 실천하다

☐ 잠꼬대를 하다 ☐ 한숨을 쉬다 ☐ 야단을 맞다 ☐ 포기하다

2. 알맞은 것을 골라 대화를 완성하세요.
選出適合的選項並完成對話。

| -자마자 | -(으)라고 하다 | -느라고 | 무슨 N(이)나 |

1) **A** 선생님이 뭐라고 하셨어요?
   B 내일까지 _____

2) **A** 왜 이렇게 피곤해 보여요?
   B 어제 _____

3) **A** 마이클 씨는 어디에 있어요?
   B 아까 _____

4) **A** 유진 씨는 한국 영화만 좋아해요?
   B 아뇨, _____

3. 한국어로 할 수 있는 것에 ✓ 하세요.
你可以用韓文做哪些事情，請打✓。

☐ 고민을 설명하고 조언할 수 있다.

☐ 불평하고 변명할 수 있다.

☐ 버릇과 습관에 대해 듣고 말할 수 있다.

☐ 기르고 싶은 습관을 소개하는 글을 쓸 수 있다.

單字

손톱을 깨물다	咬手指甲	불평을 하다	抱怨	버릇을 고치다	改掉習慣
다리를 떨다	抖腳	야단을 치다	罵人	습관을 기르다	養成習慣
코를 골다	打呼	잔소리를 하다	嘮叨	마음먹다	下決心
한숨을 쉬다	嘆氣	조언(을) 하다	給予建議	실천하다	實踐
머리를 긁다	抓頭			포기하다	放棄
잠꼬대를 하다	說夢話				
다리를 꼬다	蹺腳				
이를 갈다	磨牙				

會話翻譯 1

凱莉 你看起來很累，眼睛也紅紅的。

朱利安 對啊，因為最近沒睡好覺。

凱莉 為什麼？要做的事情很多嗎？

朱利安 不是那樣的。昨天我又因為室友的關係，沒能好好地睡上一覺。

凱莉 室友他怎麼了呢？

朱利安 他每天都凌晨才回來，還有一躺下去就開始打呼。
除此之外，整夜都在說夢話，吵死人了。

凱莉 那真的很難受。我以前住在宿舍的時候，也因為跟室友的生活習慣不同，
過得很辛苦。

朱利安 所以後來妳怎麼處理？

凱莉 我就要求宿舍助教幫我換房間。朱利安你也跟助教説説看吧！

會話翻譯 2

史提芬 對不起，我太晚到了，對吧？

宥珍 現在都幾點了？你怎麼可以遲到1個小時之久呢？

史提芬 我也沒辦法啊！我搭了計程車，但是路實在是太塞了。

宥珍 幹嘛搭計程車呢？你難道不知道下班時間總是會塞車嗎？

史提芬 其實，我昨天為了做作業沒睡好覺，所以早上一下子就睡著了。
我以為搭計程車會比較早到…。

宥珍 我為了來這裡，沒能去參加始業派對，你怎麼可以這樣子呢？

史提芬 真的很抱歉。我請你吃好吃的晚餐來補償妳，不要再生氣了嘛！

宥珍 你不要每次遲到就只會説對不起，改一改你那遲到的習慣吧！

잘 듣고 이야기해 보세요. 24))
仔細聽並說說看。

1. 오늘 날씨는 어떻습니까?
   今天的天氣如何呢？

2. 주말 날씨는 어떻다고 합니까?
   週末的天氣說是怎麼樣？

1. 날씨 때문에 문제가 생긴 적이 있습니까?
你是否曾因為天氣而遇到問題呢？

> 제 고향은 여름에 자주 홍수가 나요.

> 작년에 오랫동안 비가 내리지 않아서 고향에 가뭄이 들었어요.

소나기가 오다

폭우가 내리다

폭설이 내리다

태풍이 오다

홍수가 나다

가뭄이 들다

안개가 끼다

번개가 치다

천둥이 치다

2. 일기 예보를 보고 말해 보세요.
看氣象預報並説説看。

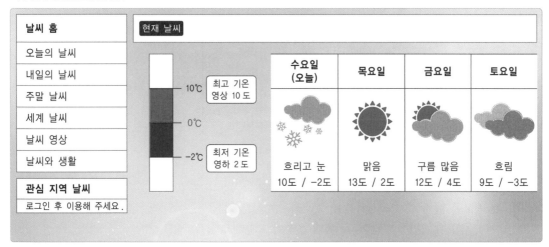

	수요일 (오늘)	목요일	금요일	토요일
	흐리고 눈	맑음	구름 많음	흐림
	10도 / −2도	13도 / 2도	12도 / 4도	9도 / −3도

오늘은 흐리고 눈이 오겠습니다.
최고 기온은 영상 10도이고 최저 기온은
영하 2도입니다.

3. 다음 단어를 사용해서 이야기해 보세요.
使用以下單字來説説看。

쓰러지다	부서지다	떨어지다	무너지다

3호 태풍 '개구리'가 오고 있습니다.
우리 모두 조심합시다.

• 도로 위로 나무가 **쓰러질** 수 있습니다.
• 창문이 **부서질** 수 있습니다.
• 머리 위로 간판이 **떨어질** 수 있습니다.
• 벽이 **무너질** 수 있습니다.

지금 3호 태풍 '개구리'가 오고 있다고 들었
습니다. 무엇을 조심해야 할까요?

태풍이 오면 머리 위로 간판이 떨어질 수
있으니까 길을 걸을 때 조심해야 합니다.

문법과 표현 1 文法與表現1

1. A/V-(으)ㄹ 텐데 應該…、可能…

A 이번 주말에 제주도로 여행 가자.

B 주말에는 제주도에 가는 사람들이 많을 텐데 비행기 표가 있을까?

例
- 배고플 **텐데** 어서 식사하세요.
- 집들이 때 사람들이 많이 **올 텐데** 음식이 모자라지 않을까요?
- 이번에 새로 시작하는 사업이 잘되면 좋**을 텐데**요.

연습 그림을 보고 [보기]와 같이 말해 보세요.
練習 看圖跟著範例說說看。

範例

밖이 추울 텐데 따뜻한 옷을 입으세요.

네, 그럴게요!

1)

2)

3)

4)

사업 事業

2. A-(으)냐고 하다 [묻다], V-느냐고 하다 [묻다], N(이)냐고 하다 [묻다] 問說…

A 주말에 부산에 가고 싶은데 기차표가 있을까?

B 내가 여행사에 전화해서 표가 있느냐고 물어볼게.

例
- 히엔 씨에게 밖의 날씨가 어떠**냐고 물어봤어요**.
- 사무실에 가서 신청서를 언제까지 내면 되**느냐고 물어보세요**.
- 할아버지께 연세가 어떻게 되시**느냐고 여쭤** 봐도 될까요?
- 친구가 제 동생을 보고 남자 친구**냐고 물어서** 웃었어요.

연습 다음 상황을 보고 [보기]와 같이 이야기해 보세요.
練習 依據下面提示的狀況，跟著範例說說看。

켈리 씨가 살을 빼서 날씬해졌다.

範例

저도 켈리 씨처럼 날씬해지고 싶어요.

그럼 켈리 씨에게 어떻게 살을 뺐느냐고 물어보세요.

1) 샤오밍 씨가 좋은 회사에 취직했다.

2) 지연 씨가 김치를 맛있게 담갔다.

3) 히엔 씨가 유명한 연예인을 만났다.

4) 알리 씨가 한국에 와서 한국 친구를 많이 사귀었다.

여쭈다 詢問（敬語） 살을 빼다 減肥 연예인 演藝人員

말하기 1　會話1

유진　이번 주말에 제주도에서 올레길 걷기 대회를 한대요.

히엔　그래요? 올레길이 아주 좋다고 들었는데 우리도 한번 가 볼까요?

유진　주말에는 관광객이 많을 텐데 비행기 표가 있을지 모르겠어요.

히엔　제가 여행사에 전화해서 표가 있느냐고 물어볼게요.

유진　그럼 저는 인터넷으로 날씨를 알아볼게요.

히엔　날씨가 어떻대요?

유진　주말에 바람이 약간 불지만 비는 안 온대요.

　　　아침에는 좀 쌀쌀하지만 낮에는 최고 기온이 25도까지 올라간대요.

히엔　그래요? 그럼 너무 춥지도 덥지도 않아서 여행하기 좋겠네요.

유진　스티븐도 같이 가면 좋을 텐데요.

히엔　그럼 스티븐 씨한테 전화해서 같이 가겠느냐고 물어보세요.

연습1　친구와 연습해 보세요.
練習 1　和朋友練習看看。

1) 제주도 / 올레길 걷기 대회　　2) 진해 / 벚꽃 축제　　3) 부산 / 국제 영화제

올레길이 아주 좋다　　　　　　벚꽃 길이 아름답다　　　국제 영화제가 재미있다

비행기 표　　　　　　　　　　버스표　　　　　　　　기차표

바람이 약간 불다　　　　　　　날씨가 흐리다　　　　　구름이 많다

올레길 濟州小路　관광객 觀光客　약간 稍微　진해 鎮海（地名）

연습2 여행 갈 곳의 날씨 정보를 확인하고 [보기]와 같이 친구들과 이야기해 보세요.

練習2　確認一下旅遊地點的天氣資訊，跟著範例和朋友說說看。

가고 싶은 곳	가고 싶은 이유	그곳의 날씨	함께 가고 싶은 사람
안동 홍콩 모스크바 · · ·	탈춤 축제, 한옥 마을	안개 → 맑음	유진

範例

이번 주말에 안동에서 탈춤 축제를 한대요.

그래요? 한옥마을도 유명하다고 들었는데 우리도 한번 가 볼까요?

이번 주말 날씨가 어떨까요?

아침에는 안개가 끼지만 오후부터 맑아진대요.

그럼 날씨도 좋아서 괜찮겠네요.

유진 씨도 같이 가면 좋을 텐데요.

홍콩 香港　탈춤 축제 假面舞慶典

1. A/V-(으)ㄹ 줄 몰랐다 沒想到會…

A 비가 오네요. 우산 가져왔어요?

B 아니요, 비가 올 줄 몰랐어요.

例
- 교통 카드가 이렇게 편리**할 줄 몰랐어요**.
- 나나 씨가 그렇게 빨리 귀국**할 줄 몰랐어요**.
- 알리가 김치를 그렇게 잘 먹**을 줄 몰랐어요**.

연습 한국에 와서 처음 해 보거나 놀란 것이 있습니까? 친구에게 이야기해 주세요.
練習　來韓國後，有沒有第一次嘗試或感到驚訝的事情呢？向朋友說說看。

> 서울에 와서 지하철을 처음 타 봤어요.
> 정말 빠르고 편리했어요.
> 지하철이 이렇게 편리할 줄 몰랐어요.

1)　2)　3)

4)　5)　6) ?

2. V-자고 하다 提議一起…

A 알리 씨가 오늘 뭐 하자고 했어요?

B 날씨가 좋으면 수영하러 가자고 했어요.

例
- 민수 씨가 비빔밥을 시키**자고 했**는데 내가 불고기를 먹**자고 했어요**.
- 친구가 저녁 먹고 공원에 가서 걷**자고 했어요**.
- 정우가 비가 오니까 등산 가지 말**자고 했어요**.

연습 [보기]와 같이 이야기해 보세요.
練習   跟著範例說說看。

範例

친구들과 무슨 약속을 했어요?

한국어 수업 시간에 열심히 공부하자고 했어요.

우리의 약속

*한국어 수업 시간에	1) 열심히 공부합시다.
	2) 전화를 받지 맙시다.
	3) 항상 한국어로 이야기합시다.
	4)
	5)
	6)

유진 　하늘이 흐려지는데요. 비가 올 것 같네요.

히엔 　어, 빗방울이 떨어져요. 유진 씨, 우산 가져왔어요?

유진 　아니요, 저도 안 챙겨 왔어요. 주말 내내 맑을 거라고 했는데 이렇게
　　　비가 올 줄 몰랐어요.

히엔 　그냥 지나가는 소나기 아닐까요? 잠깐 오다가 그치겠지요.

유진 　그러면 좋겠는데 빗줄기가 점점 굵어지는 것 같아요.

히엔 　유진 씨, 여기 좀 보세요. 일기 예보에서 오늘 하루 종일 비가 온대요.

유진 　그래요? 스티븐이 오후에 바다에 가서 수영하자고 했는데 안 되겠네요.

히엔 　오늘 수영하기는 어렵겠어요. 대신 박물관에 가는 게 어때요?

유진 　그게 좋겠네요. 제주도에 재미있는 박물관이 많다고 들었어요.

연습1 친구와 연습해 보세요.
練習1 　和朋友練習看看。

1) 비 / 오다

　　하루 종일 비가 오다

　　바다에 가서 수영하다

　　박물관 / 재미있는 박물관이
　　많다

2) 일기 예보 / 틀리다

　　하루 종일 폭우가 내리다

　　한라산으로 등산을 가다

　　식물원 / 특이한 식물이 많다

3) 날씨 / 나빠지다

　　태풍이 올라오고 있다

　　유람선을 타다

　　수족관 / 큰 수족관이 있다

빗방울 雨滴　챙기다 帶、準備　그치다 停止　빗줄기 雨勢　굵다 粗大　특이하다 獨特　유람선 遊覽船
수족관 水族館

연습2 [보기]와 같이 예상이 빗나간 것에 대해 친구들과 이야기해 보세요.

練習2   跟著範例和朋友聊聊意料之外的事情。

範例

> 나나 씨가 다음 주에 귀국한대요.

> 어머, 저는 나나 씨가 다음 주에 귀국할 줄 몰랐어요.

> 귀국하면 다시 만나기 어려울 텐데 이번 주말에 환송회를 하는 게 어때요?

> 좋아요. 그럼 제가 나나 씨에게 전화해서 주말에 만날 수 있느냐고 물어볼게요.

1) 나나 씨가 다음 주에 귀국한다. 귀국하면 다시 만나기 어려울 것이다. 그래서 환송회를 하고 싶다.

2) 줄리앙 씨가 다음 주에 이사한다. 혼자서 짐을 옮기려면 힘들 것이다. 친구들이 가서 도와주는 게 좋겠다.

3) 파티에 손님이 생각보다 많이 왔다. 음식이 모자랄 것 같다. 켈리 씨에게 김밥을 사 오라고 해야겠다.

4) 예약한 호텔 방이 생각보다 너무 작다. 이 방에서 네 명이 자면 불편할 것 같다. 호텔 직원에게 다른 방으로 바꿔 달라고 해야겠다.

준비 일기 예보를 자주 확인합니까? 어떻게 날씨를 알 수 있습니까?
暖身　你經常看氣象預報嗎？你是如何得知天氣訊息的呢？

- ☐ 텔레비전
- ☐ 전화
- ☐ 인터넷
- ☐ _____

듣기1 잘 듣고 질문에 답하세요. 🔊
聽力1　仔細聽並回答問題。

1) 잘 듣고 쓰세요.

서울

날씨	
최고 기온	℃
최저 기온	℃

부산

날씨	저녁 :
최고 기온	℃
최저 기온	℃

2) 내일 제주도 날씨에 어울리는 옷을 고르세요.

① 　② 　③

준비 날씨 때문에 계획을 취소하거나 변경한 적이 있습니까?
暖身　你有沒有因為天氣而取消或變更計畫呢？

- ☐ 폭설　　☐ 폭우
- ☐ 홍수　　☐ 장마

듣기2 잘 듣고 질문에 답하세요. 🔊32))

聽力2 仔細聽並回答問題。

1) 남자는 여자에게 왜 전화했습니까?

① 약속을 취소하려고

② 날씨를 알려 주려고

③ 약속을 알려 주려고

2) 들은 내용과 <u>다른</u> 것을 고르세요.

① 어젯밤에 천둥 번개가 쳤다.

② 지금 교통이 아주 복잡하다.

③ 태풍 때문에 나무가 쓰러졌다.

3) 여자는 전화를 끊고 무엇을 할까요?

① 친구들과 한강에 갈 것이다.

② 친구들한테 전화를 할 것이다.

③ 친구들과 박물관에 갈 것이다.

말하기 다음에 대해 친구들과 함께 이야기해 보세요.

會話 針對下列事項和朋友來練習對話。

1. 이번 주말 고향의 날씨는 어떻습니까?

2. 비가 오거나 눈이 오는 날 가면 좋은 곳을 추천해 주세요.

3. 일기 예보를 보지 않고 날씨를 알 수 있는 방법이 있습니까?

4. 세계 여러 곳에서 일어나는 날씨 변화와 이상 기온에 대해 알고 있는 것이 있습니까? 서로 이야기해 보세요.

읽고 쓰기　閱讀與寫作

준비　여행을 가면 어떤 체험을 해 보고 싶습니까?
暖身　去旅行的話，你想做哪些體驗呢？

　　☐ 전통 문화 체험　☐ 요리 체험　☐ 운동 체험　☐ 오지 체험　☐ ＿＿＿＿＿＿

읽기　다음 안내문을 잘 읽고 질문에 답하세요.
閱讀　閱讀以下文章並回答問題。

1박 2일 사막 체험 여행을 신청해 주셔서 감사합니다.

여러분은 눈처럼 하얀 모래와 수많은 별들이 빛나는 사막에서 잊을 수 없는 하룻밤을 보내시게 될 겁니다. 자세한 일정은 함께 보내 드리는 일정표를 봐 주시고 여기에서는 사막 체험 여행에 대한 간단한 정보와 준비물을 알려 드리려고 합니다.

이곳은 1년 내내 덥고 건조한 편이지만 12월은 기온이 20도 정도로 가장 여행하기 좋은 때입니다. 하지만 일교차가 커서 낮에는 덥지만 밤이 되면 기온이 많이 떨어집니다. 보통 낮에는 최고 기온이 25도, 밤에는 최저 기온이 10도 정도입니다. 사막의 밤이 추울 줄 모르고 여름옷만 가져 오시는 분들이 많습니다. 하지만 따뜻한 겨울옷과 양말을 반드시 준비해 오셔야 합니다. 음식과 텐트는 모두 저희가 제공하니까 준비하실 필요가 없습니다.

둘째 날 아침에는 낙타를 타고 사막을 산책하는 프로그램도 준비되어 있으니 원하시는 분은 따로 신청해 주세요. 감사합니다.

사하라 여행사 드림

1) 왜 이 글을 썼습니까?
　① 사막 체험 여행을 신청하려고
　② 여행의 자세한 일정을 알려 주려고
　③ 여행지의 정보와 준비물을 알려 주려고

2) 이 여행을 신청한 사람이 가져가지 <u>않아도</u> 되는 것은 무엇입니까?
　① 음식　　② 겨울옷　　③ 따뜻한 양말

3) 이 글의 내용과 같은 것을 고르세요.
　① 사막의 날씨는 낮과 밤의 기온 차이가 크다.
　② 사막 체험 여행은 추운 겨울에만 할 수 있다.
　③ 이 여행에 참가한 사람은 모두 낙타를 타고 사막을 산책한다.

 오지 偏僻地區　모래 沙　수많은 許多的　빛나다 發光　하룻밤 一夜　준비물 準備物品
일교차 日夜溫差　기온이 떨어지다 降溫　반드시 務必　따로 另外　사하라 撒哈拉

首爾大學韓國語

쓰기 친구가 여러분에게 이메일을 보냈습니다. 읽고 답장을 써 보세요.

寫作　　朋友寫了電子郵件給你，閱讀完後試著回信。

편지 쓰기		검색 상세

⟶ 보내기 | 임시 저장 | 미리 보기 | 자주 연락한 사람 ▾

보낸 사람　　유진 〈eugene@snu.ac.kr〉

받는 사람　　나나 〈nana1992@hotmail.com〉

제목　　나나에게

에디터 ▾ ‖ 휴응 ▾ ‖ 10pt ▾ ‖ 가 갸 갸 가 갚 ▾ ‖ ▦ ▾ ‖ ▤ ▤ ▤ ▦ ‖ ⊙ URL ▦ ▦ ▦ ‖ ☰ ‖ ▥ ▣ ⊘ ⬚ ‖ ✳ ▥ ▥ ▣ | 편지지 서식

　　나나야, 안녕? 그동안 잘 지냈니? 정말 보고 싶다. 네가 그렇게 빨리 귀국할 줄 몰랐어. 그곳은 요즘 날씨가 어떠니? 여기는 장마라서 덥고 비가 많이 와.

　　너도 내 동생 알지? 내 동생이 다음 주에 2주일 정도 네 고향으로 여행을 갈 텐데 그곳 날씨가 어떠냐고 너한테 물어봐 달래. 요즘 네 고향도 여기처럼 날씨가 덥니? 날씨가 더울 때는 한 몇 도쯤 되니? 밤에도 날씨가 더워? 참, 우산도 준비해 가야 할까?

　　내 동생이 비자 받을 준비를 하느라고 바빠서 내가 대신 물어봐 주겠다고 했어. 또 무엇을 준비해야 할까? 준비해야 하는 것이 있으면 가르쳐 줘.

　　그럼 답장 기다릴게. 안녕.

　　유진이가

1) 여러분의 고향에 대해 간단히 써 보세요.
　　簡單描寫一下你的家鄉。

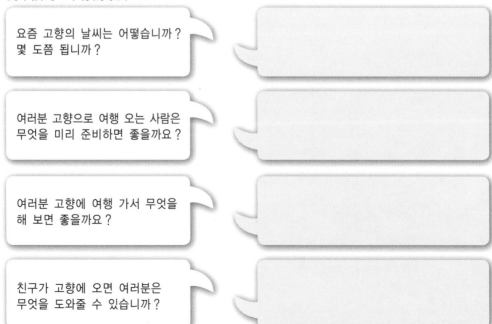

요즘 고향의 날씨는 어떻습니까?
몇 도쯤 됩니까?

여러분 고향으로 여행 오는 사람은
무엇을 미리 준비하면 좋을까요?

여러분 고향에 여행 가서 무엇을
해 보면 좋을까요?

친구가 고향에 오면 여러분은
무엇을 도와줄 수 있습니까?

2) 앞에서 쓴 내용으로 친구에게 답장을 써 보세요.
用前面的內容，撰寫給朋友的回信。

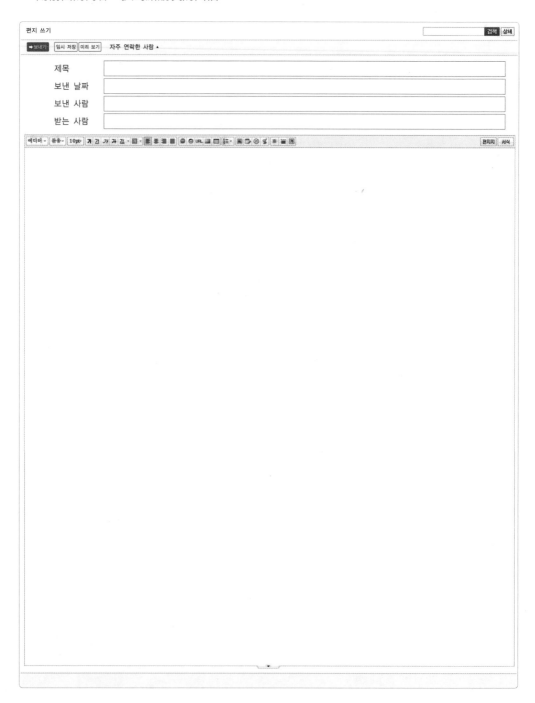

과제　課堂活動

친구들과 같이 날씨와 여행 정보를 소개하는 게임을 해 보세요.
和朋友一起玩玩介紹天氣與旅行資訊的遊戲。

 게임판을 완성해 보세요.
試著完成「遊戲板」。（請搭配活動學習單）

  1) 게임판의 빈칸에 자신의 고향에 대해 써넣으세요.

  2) 친구의 고향 날씨와 맛있는 음식, 유명한 건물 등에 대해 물어보고 게임판을 완성하세요.

 게임을 해 보세요.
來玩遊戲吧！

1) 주사위를 던져서 나온 숫자만큼 앞으로 가세요.

2) 도착한 도시에 대해서 이야기해 보세요.

> 중국에 여행 가서 뭘 했어요?
>
> 만리장성에 갔는데 만리장성이 그렇게 길 줄 몰랐어요.
>
> 그곳의 날씨가 어땠어요?

 게임 후 여행하고 싶은 나라와 그 이유에 대해 발표해 보고 그 나라에 대해 더 알고 싶은 것이 있으면 친구들에게 질문하세요.
遊戲結束之後，說說你想去旅遊的國家和理由，如果想更進一步瞭解那個國家的資訊，請向朋友詢問。

  1) 언제 가면 좋아요?

  2) 여행 가서 꼭 먹어야 하는 음식이 뭐예요?

  3) 꼭 가 봐야 하는 곳이 있어요?

  4) 무엇을 가져가야 해요?

  5) 조심해야 할 것이 있어요?

문화 산책　文化漫步

준비
暖身

'여우비'라는 말을 들어 본 적이 있습니까? 어떤 날씨를 '여우비'라고 할까요?

你有聽過「여우비」嗎？什麼樣的天氣會稱為「여우비」呢？

알아 보기
認識 韓國

다음 글을 읽고 알맞은 단어를 연결해 보세요.

閱讀以下文章，連結正確的單字。

> 3월이라서 따뜻할 줄 알았어.
>
> (　　　　) 야. 겨울이 꽃이 피는걸 싫어하는 것 같아.

● 여우비

내일의 날씨

내일은 (　　　　　)이 찾아와 전국이 꽁꽁 얼어붙겠습니다. 서울의 아침 기온은 영하 10도 아래로 떨어져 매우 춥겠으며 이번 추위는 주말까지 계속될 것으로 보입니다.

● 꽃샘추위

> 어, 갑자기 비가 와. 하늘에 구름도 없는데……
>
> (　　　　) 가 내리네? 여우가 시집가나 보다.

● 동장군

생각 나누기
文化 分享

여러분 고향에도 날씨에 대한 재미있는 표현이 있습니까?

你的家鄉也有跟天氣相關的有趣描述嗎？

monkey's wedding

狐の嫁入

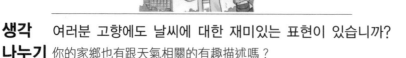

원숭이의 결혼

여우가 시집간다.

 꽁꽁 （凍得）硬梆梆　얼어붙다 凍結　시집가다 出嫁

발음 發音

준비 들어 보세요. 🔊⑶
暖身 先聽聽看！

1) 어, 빗방울이 떨어지네요.
2) 그게 좋겠군요.

규칙 감탄문은 마지막 음절을 약간 내렸다가 다시 올리면서 다른 음절보다 좀 더 길게 발음합니다.
規則 感嘆句最後一音節的聲調要先稍微降低再拉高，同時音要發得比其他音節稍長。

예] 이거 정말 짜네!

피아노 잘 치네요!

벌써 밥을 다 먹었구나.

들어 보니까 정말 그렇군요.

연습 억양에 주의하면서 대화해 보세요. 🔊⑷
練習 注意聲調，並練習對話。

1) A 지금 제주도에 태풍이 오고 있대요.
   B 그래서 그런지 정말 바람이 많이 부네요.
2) A 와! 너 시험 잘 봤구나!
   B 뭘. 네 개나 틀렸는데.
3) A 비가 오네!
   B 큰일이네. 우산이 없는데……

1. 아는 단어에 ✓ 하세요.
　你學會了哪些單字，請打✓。

☐ 폭설이 내리다　☐ 번개가 치다　　☐ 일기 예보　☐ 쓰러지다

☐ 폭우가 내리다　☐ 안개가 끼다　　☐ 최고 기온　☐ 부서지다

☐ 가뭄이 들다　　☐ 홍수가 나다　　☐ 영하　　　☐ 떨어지다

2. 알맞은 것을 골라 대화를 완성하세요.
　選出適合的選項並完成對話。

-(으)ㄹ 텐데	-냐고 하다
-(으)ㄹ 줄 몰랐다	-자고 하다

1) **A** 왜 우산을 안 가져왔어요?
　B 오늘＿＿＿＿＿＿＿＿＿＿＿＿＿＿＿＿＿＿＿＿＿＿.

2) **A** 일기 예보에서 오후에 폭설이 내린다고 했어요.
　B 친구가 같이＿＿＿＿＿＿＿＿＿＿＿＿＿＿＿＿＿ 어떡하죠?

3) **A** 나나 씨에게 환송회를 해 주고 싶은데 언제 시간이 된대요?
　B 이따가 전화해서 ＿＿＿＿＿＿＿＿＿＿＿＿＿＿＿＿＿＿

4) **A** 저 내일 친구들하고 등산 가기로 했어요.
　B 어, 눈이 많이 와서 ＿＿＿＿＿＿＿＿＿＿＿＿＿＿＿＿

3. 한국어로 할 수 있는 것에 ✓ 하세요.
　你可以用韓文做哪些事情，請打✓。

☐ 여행 갈 곳의 날씨 정보를 확인할 수 있다.

☐ 빗나간 예상을 표현하고 변경할 수 있다.

☐ 일기 예보를 듣고 날씨 정보를 전달할 수 있다.

☐ 날씨 및 여행 정보에 대한 글을 읽고 쓸 수 있다.

課程資料夾

單字

소나기가 오다	下陣雨	일기 예보	氣象預報
폭우가 내리다	下暴雨	최고 기온	最高氣溫
폭설이 내리다	下暴雪	최저 기온	最低氣溫
태풍이 오다	刮颱風	영상	零上
홍수가 나다	鬧水災	영하	零下
가뭄이 들다	鬧乾旱	도	度
안개가 끼다	起霧	쓰러지다	傾倒
번개가 치다	閃電	부서지다	破裂
천둥이 치다	打雷	떨어지다	掉落
		무너지다	倒塌

會話翻譯 1

宥珍	這週末聽說濟州島要舉行「濟州小路徒步大會」。
小賢	這樣啊？聽說濟州小路很不錯，我們要不要也去參加呢？
宥珍	週末觀光客應該很多，不曉得還有沒有機票。
小賢	我打電話到旅行社，問問看有沒有票。
宥珍	那我來上網查看一下天氣狀況。
小賢	天氣說怎麼樣呢？
宥珍	週末說會刮點風，但是不會下雨。 還說早上會有點涼涼的，白天最高氣溫會達25度。
小賢	這樣啊？這不太冷也不太熱的天氣，去旅行最好了。
宥珍	史提芬如果也一起去的話就好了。
小賢	那妳打電話問史提芬看要不要一起去。

會話翻譯 2

宥珍	天空雲變多，好像要下雨了。
小賢	啊！雨滴下來了。宥珍，妳有帶雨傘嗎？
宥珍	沒有，我也沒帶雨傘。本來聽說週末都會是好天氣，沒想到會下雨。
小賢	會不會是短暫陣雨啊？應該一下就停了吧。
宥珍	如果這樣是最好…但雨勢好像逐漸變大。
小賢	宥珍，妳看這裡。氣象預報說今天一整天都會下雨。
宥珍	這樣啊？史提芬還約我下午一起去海邊游泳，看來是不能去了。
小賢	今天要游泳是有點困難。要不然去博物館如何呢？
宥珍	好啊！聽說濟州島有很多好玩的博物館。

질 듣고 이야기해 보세요. 35 🔊
仔細聽並說說看。

1. 두 사람은 무엇에 대해 이야기하고 있습니까?
   兩人正在聊些什麼呢？

2. 대화가 끝난 후 두 사람은 무엇을 할까요?
   對話結束後，兩人會做什麼呢？

학습목표 學習目標

어 휘 字彙練習	• 음식과 요리 食物與料理
문법과 표현 1 文法與表現 1	• A-(으)ㄴ가 보다, V-나 보다, N 인가 보다 • N(이)나
말하기 1 會話 1	• 조리법 설명하기 說明煮菜的方法 • 가벼운 제안하기 做個簡單的建議
문법과 표현 2 文法與表現 2	• V-아/어 보니(까) • A/V-던데(요)
말하기 2 會話 2	• 여행 경험 설명하기 說明旅行的經驗
듣고 말하기 聽力與會話	• 맛집, 간식에 대한 대화 듣기 聽聽有關知名餐廳、點心的對話 • 요리 프로그램 듣기 聽聽料理節目 • 음식 관련 경험 말하기 說說有關飲食的經驗
읽고 쓰기 閱讀與寫作	• 해물 파전 만드는 법 읽기 閱讀製作海鮮煎餅的方法 • 고향 음식 소개하는 글 쓰기 寫一篇介紹家鄉食物的文章
과 제 課堂活動	• 간식 조리법 개발하기 創新點心的製作方法
문화 산책 文化漫步	• 떡 年糕
발 음 發音	• 받침 'ㅎ'의 발음 終聲「ㅎ」的發音

1. 한국 요리에 많이 사용하는 양념 재료를 알고 있습니까? 여러분 고향 음식에는 주로 어떤 양념이 들어갑니까?

你知道韓國料理中常使用哪些調味料與材料嗎？你的家鄉食物中主要會使用哪些調味料呢？

간장	고추장	설탕	파

마늘	깨	참기름	후추

마리코 씨 고향에서 많이 사용하는 양념이 뭐예요?

우리 고향에서는 간장과 설탕을 많이 사용하지만 마늘은 많이 안 넣어요.

2. 요리를 하기 위해 어떤 준비를 합니까?

料理前要做哪些準備呢？

다듬다	썰다	다지다	섞다	젓다

3. 그림에 맞는 요리 방법을 써 보세요. 그리고 그 방법으로 만든 음식을 이야기해 보세요.
寫下符合圖片的烹調方式，同時說說使用該烹調方式製成的食物。

| 볶다 | 찌다 | 튀기다 | 삶다 | 부치다 | 굽다 | 끓이다 |

요리 방법		음식
	튀기다	야채 튀김,
		생선구이,
		찐만두,
		해물 파전,
		볶음밥,
		삶은 계란,
		라면,

4. 음식을 맛있게 먹는 방법에 대해 이야기해 보세요.
說說看怎麼吃最好吃。

 (상추)에 싸다

 (간장)에 찍다

 (국)에 말다

 (빵)에 바르다

고기를 상추에 싸 먹으면 더 맛있어요.

파전은 보통 간장에 찍어 먹어요.

1. A-(으)ㄴ가 보다, V-나 보다, N인가 보다　似乎…、好像…

36))
A 식당 앞에 사람들이 많이 서 있네요.
B 저 식당 음식이 맛있나 봐요.

例
- 스티븐 씨가 이번 주엔 바쁜**가 봐요**. 다음 주에 만나자고 해요.
- 맛있는 냄새가 나요. 어머니가 요리를 하시**나 봐요**.
- 영화가 끝났**나 봐요**. 사람들이 극장 밖으로 나오고 있어요.
- 지금은 쉬는 시간**인가 봐요**. 학생들이 복도에 나와 있네요.

92

연습 그림을 보고 [보기]와 같이 이야기해 보세요.
練習　看圖跟著範例説説看。

範例

일이 많은가 봐요.

아직 숙제를 다 못 했나 봐요.

1)

2)

3)

4)

밖 外面　복도 走廊

2. N(이)나 …之類的

🔊 37

A 배고픈데 먹을 게 없네요.

B 그럼 라면이나 끓여 먹을까요?

例
- 일요일에 영화**나** 보러 가요.
- 방학 때 집에서 책**이나** 읽으려고 해요.
- 시간 있으면 차**나** 한잔 할래요?

연습 그림을 보고 [보기]와 같이 이야기해 보세요.

練習 看圖跟著範例說說看。

範例

오후에 뭘 할 거예요?

심심해서 낮잠이나 자려고 해요.

그럼 나하고 영화나 보러 갈래요?

1)

2)

3)

4)

第四課
吃了之後發現蠻好吃的

말하기 1 會話1

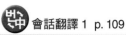

히엔   유진 씨, 우리 라면이나 하나 끓여 먹을까요?

유진   히엔 씨, 배고픈가 봐요.

히엔   네, 좀 출출하네요. 저녁을 대충 먹어서 그런가 봐요.

유진   나도 입이 좀 심심했는데 떡볶이 만들어 먹을까요?
       마침 냉장고에 재료가 있어요.

히엔   좋아요. 그런데 떡볶이를 만들려면 무슨 재료가 필요해요?

유진   떡하고 고추장이 필요하고 야채나 어묵을 넣으면 더 맛있어요.

히엔   그래요? 어떻게 만들어요?

유진   먼저 프라이팬에 떡을 넣고 살짝 볶아요.
       그 다음에 물과 고추장 양념을 넣어서 끓이면 돼요.

히엔   생각보다 간단하네요. 저도 도울게요. 같이 만들어요.

연습1   친구와 연습해 보세요.
練習1   和朋友練習看看。

1) 떡볶이	2) 김치전	3) 볶음밥
떡하고 고추장 / 야채나 어묵	김치와 밀가루 / 새우나 오징어	여러 가지 야채와 밥 / 고기나 햄
프라이팬 / 떡 / 살짝 볶다	밀가루 / 물 / 잘 섞다	프라이팬 / 고기와 야채 / 볶다
물과 고추장 양념을 넣어서 끓이다	김치 썬 것을 넣고 프라이팬에 부치다	밥을 넣고 좀 더 볶다

출출하다 有點餓   대충 大概   입이 심심하다 想吃東西   어묵 黑輪、魚板   프라이팬 平底鍋   살짝 稍稍、輕輕地
양념 調味料   간단하다 簡單   밀가루 麵粉   새우 蝦   오징어 魷魚   햄 火腿

연습2 여러분 고향에서 많이 먹는 간식에 대해 이야기하고 조리법을 설명해 보세요.
練習2　説説看你在家鄉最常吃的點心，並介紹一下它的做法。

1) 고향 사람들이 출출할 때 많이 먹는 음식은 무엇입니까?
當家鄉人們感到有點餓的時候，最常吃什麼食物呢？

고향 사람들이 출출할 때 많이
먹는 음식이 있어요?

우리
고향에서는
바나나 튀김을
많이 먹어요.

2) 그 음식을 만드는 데 필요한 재료는 무엇입니까?
做那道食物時，需要哪些食材呢？

바나나 튀김을 만들어 먹으려면
무슨 재료가 필요해요?

밀가루하고 달걀, 베이킹파우더가
필요하고 잘 익은 바나나가 있으면 돼요.
코코넛 밀크를 넣으면 더 맛있어요.

3) 그 음식을 어떻게 만듭니까?
要如何做那道食物呢？

만들기는 어렵지 않아요?

네, 밀가루에 물과 다른 재료를 넣고
잘 섞어요. 그 다음에 바나나를 넣어서
튀기면 돼요.

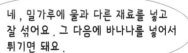
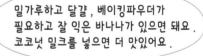

간식 點心　베이킹파우더 泡打粉　익다 熟　코코넛 밀크 椰奶

1. V-아/어 보니(까) 做了…之後發現…

🔊 39

A 춘천에 가 보니까 어땠어요?

B 경치도 아름답고 음식도 맛있었어요.

例
- 민수 씨를 만나 **보니까** 좋은 사람인 것 같아요.
- 그 책을 읽어 **보니까** 생각보다 재미있었어요.
- 스티븐 씨에게 전화해 **보니까** 감기에 걸려서 아프대요.

연습 [보기]와 같이 경험한 일에 대해 친구들과 이야기해 보세요.
練習　跟著範例和朋友說說自身經歷。

範例

떡볶이 먹어 봤어요?
맛이 어땠어요?

떡볶이를 먹어 보니까
매콤하고 맛있었어요.

1)

2)

3)

4)

5)

6)

매콤하다 稍辣

2. A/V- 던데 (요) 記得是⋯、印象中⋯

🔊 40

A 춘천에서 뭘 먹었어요 ?

B 닭갈비를 먹었는데 맛있던데요 .

例
- 준석 씨 여자 친구가 예쁘**던데요**.
- 민수 씨가 노래를 정말 잘 부르**던데요**.
- 유진 씨한테 전화를 걸었는데 계속 전화를 안 받**던데요**.

연습 [보기]와 같이 이야기해 보세요.

練習 跟著範例說說看。

範例

어제 뭘 했어요 ?

어제 명동에 갔는데
사람이 많던데요 .

1)

2)

3)

4)

97

第四課
吃了之後發現驚好吃的

말하기 2　會話2

41)))　샤오밍　마리코 씨, 주말에 뭐 했어요?

　　　　마리코　부산에 갔다 왔어요.

　　　　샤오밍　그래요? 부산에 가 보니까 어땠어요?

　　　　마리코　해운대 해수욕장에 가 보니까 정말 좋던데요. 경치도 아름답고 음식도
　　　　　　　맛있어서 또 가고 싶어요.

　　　　샤오밍　저도 다음 주말에 친구들하고 부산에 가려고 하는데 부산에 가면 꼭
　　　　　　　먹어 봐야 하는 음식이 있어요?

　　　　마리코　여러 가지가 있지만 파전이 아주 유명해요. 파전을 양념장에 찍어서
　　　　　　　먹어 보니까 정말 맛있던데요.

　　　　샤오밍　파전이라고 했지요? 저도 꼭 먹어 봐야겠네요.

연습1　친구와 연습해 보세요.
練習1　和朋友練習看看。

1) 부산	2) 전주	3) 담양
해운대 해수욕장에 가 보다	한옥 체험을 해 보다	대나무 숲길을 걸어 보다
파전	해장국	떡갈비
파전을 양념에 찍다 / 맛있다	해장국에 밥을 말다 / 시원하다	떡갈비를 상추에 싸다 / 고소하다

해수욕장 海水浴場　해장국 醒酒湯　담양 潭陽（地名）　대나무 竹子　숲길 樹林小徑　고소하다 美味可口

연습2 [보기]와 같이 친구들과 여행 경험에 대해 이야기해 보세요.

練習2　跟著範例和朋友聊聊旅行的經驗。

範例

어디에 갔다 왔어요 ?

부산에 갔다 왔어요 .

부산에서 뭘 했어요 ?

해운대에서 수영을 했어요 .

해운대에 가 보니까 어땠어요 ?

해운대에 가 보니까 사람도 많고 복잡하던데요 . 하지만 바다가 정말 아름다웠어요 .

거기에서 뭘 먹었어요 ?

생선회요 . 생선회를 먹어 보니까 서울에서 먹는 회보다 싱싱하고 맛있던데요 .

질문	유진	친구 1 :	친구 2 :
여행지	부산		
한 일	수영		
먹은 음식	생선회		

준비 언제 줄을 섭니까? 줄 서서 기다려 음식을 먹어 본 적이 있습니까?
暖身 你什麼時候會排隊呢？你有排隊買東西吃的經驗嗎？

듣기1 잘 듣고 질문에 답하세요. 🔊42))
聽力1 仔細聽並回答問題。

1) 들은 내용과 맞는 것을 고르세요.

① 두 사람은 호떡을 사러 시장에 왔다.

② 여자는 이 시장 야채 호떡을 먹어 본 적이 없다.

③ 호떡 가게 줄이 너무 길어서 호떡 먹는 것을 포기했다.

2) 두 사람이 앞으로 할 행동으로 맞는 것을 고르세요.

① 호떡 재료를 사러 간다.

② 다른 가게에 만두를 먹으러 간다.

③ 호떡 가게 앞에서 줄을 서서 기다린다.

준비 고향에서 몸이 아프거나 기운이 없을 때 먹는 음식이 있습니까?
暖身 你的家鄉有身體不舒服或無精打采時吃的食物嗎？

✎ 꿀 蜂蜜

듣기2 잘 듣고 질문에 답하세요. 🔊))

聽力2 仔細聽並回答問題。

1) 한국 사람들이 여름에 삼계탕을 많이 먹는 이유는 무엇입니까?

    ① 인삼이 몸을 시원하게 하기 때문에

    ② 기운이 없을 때 힘이 나게 하는 음식이기 때문에

    ③ 여름에 배탈이 났을 때 닭고기를 먹으면 좋기 때문에

2) 다음 중 들은 내용과 <u>다른</u> 것은 무엇입니까?

    ① 찹쌀은 1시간 전에 씻어 놓아야 한다.

    ② 닭은 될 수 있으면 큰 것으로 준비하는 것이 좋다.

    ③ 닭 뱃속에 다른 재료를 넣고 1시간 정도 끓여야 한다.

3) 삼계탕에 들어가는 재료가 <u>아닌</u> 것은 무엇입니까?

①	②	③
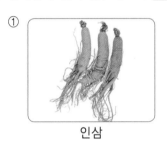		
인삼	고추	마늘

말하기 다음에 대해 친구들과 함께 이야기해 보세요.

會話   針對下列事項和朋友來練習對話。

> 1. 지금 가장 먹고 싶은 고향 음식을 소개해 보세요.
>
> 2. 먹기 전에는 별로 좋아하지 않았는데 먹어 본 후에 좋아하게 된 음식이 있습니까?
>
> 3. 여행 가서 음식 때문에 고생한 적이 있습니까?
>
> 4. 고향 음식 중에서 한국 사람들의 입맛에 잘 맞을 것 같은 음식은 무엇입니까? 왜 그렇습니까?

✎ 힘이 나다 產生力量 찹쌀 糯米 뱃속 肚子內部

준비   만들어 보고 싶은 한국 음식이 있습니까?
暖身   你想做哪些韓國料理呢？

☐ 불고기   ☐ 떡볶이   ☐ 파전   ☐ 김밥   ☐ 비빔밥

읽기   다음 글을 읽고 질문에 답하세요.
閱讀   閱讀以下文章並回答問題。

맛있는 한국 음식 만들기

검색어를 입력하세요   SEARCH

비가 오면 생각나는 해물 파전 만들기

오늘도 하루 종일 비가 내렸어요. 남편이 비가 오니까 파전이나 부쳐 먹자고 해서 저녁에 파전을 만들었어요. 빗소리가 파전 부치는 소리하고 비슷해서 비 오는 날에는 파전 생각이 난다고 하던데 여러분도 그러세요? 그럼 지금부터 '맛집' 부럽지 않은 해물 파전을 만들어 봐요.

〈재료〉
밀가루 반 컵, 물 반 컵, 달걀 1개, 소금 약간, 파 한 줌,
오징어 1마리, 새우 10마리

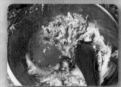

〈만드는 법〉
먼저, 파를 다듬어서 5cm 정도로 썰어 주세요. 해물은 손질해서 소금물에 씻어 주세요. 그 다음에 밀가루, 달걀, 물, 소금을 잘 섞어서 반죽을 만드세요. 밀가루 반죽에 파와 해물을 넣고 뜨거운 프라이팬에 부쳐요. 아래쪽이 익으면 뒤집어서 양쪽 모두 바삭하게 잘 부쳐 주세요. 마지막으로 예쁘게 접시에 담아 주세요. 저는 간장에 식초와 깨를 넣어 양념장도 만들었어요. 파전은 그냥 먹어도 맛있지만 양념장에 찍어 먹으면 더 맛있어요.

역시 비 오는 날에는 파전이 잘 어울리는 것 같아요. 하늘이 흐린 걸 보니 내일도 비가 오려나 봐요. 여러분도 비 오는 날, 맛있는 파전 한 장 어때세요?

1) 왜 이 글을 썼습니까?

   ① 파전이 먹고 싶어서

   ② '맛집'을 소개하고 싶어서

   ③ 파전 만드는 법을 소개하고 싶어서

빗소리 雨聲   부럽다 羨慕   줌 把（單位詞）   마리 隻（單位詞）   손질하다 修整   반죽 麵糊、麵團
뒤집다 翻轉   바삭하다 酥脆   마지막으로 最後   접시 盤子   담다 盛、裝   역시 果然還是

2) 이 글의 내용과 <u>다른</u> 것을 고르세요.

① 해물은 소금물에 씻어서 손질한다.

② 해물 파전을 양념장에 찍어 먹으면 더 맛있다.

③ 프라이팬이 뜨거워지기 전에 반죽을 넣으면 맛있다.

3) 해물 파전 만드는 법을 순서대로 써 보세요.

① 프라이팬에 넣어 부친다.	② 파전을 접시에 예쁘게 담는다.
③ 파와 해물을 깨끗이 손질한다.	④ 밀가루 반죽에 해물을 넣는다.
⑤ 밀가루에 물, 소금을 넣고 잘 섞는다.	⑥ 아래쪽이 익으면 뒤집어 바삭하게 부친다.

(③ → → → → → ②)

쓰기 고향에서 특별한 날 자주 먹는 음식의 조리법을 써 보세요.
寫作　在你家鄉的特別日子會吃些什麼呢？寫下它的製作方法。

1) 고향에 특별한 날에 자주 먹는 음식이 있습니까?
在家鄉特別的日子有常吃什麼東西嗎？

한국	비 오는 날	파전
고향		

2) 그 음식을 만들 때 필요한 재료는 무엇입니까?
製作該食物的時候，需要哪些食材呢？

3) 음식 만드는 법을 써 보세요.
寫下製作食物的方法。

▶ 재료

▶ 만드는 방법

먼저

그 다음에

그리고

마지막으로

▶ 먹는 방법

과제 課堂活動

새로운 떡볶이나 김밥을 개발하고 친구와 만들어 보세요.
開發辣炒年糕或壽司的新口味，並試著和朋友做做看。

새로운 음식의 이름에 대해서 이야기해 보세요.
說說看新料理的名稱。

> 우리 무슨 떡볶이를 만들어 볼까요?

> 저는 매운 음식을 잘 못 먹어요.
> 맵지 않은 떡볶이를 만들면 좋겠어요.

> 그럼 고추장 대신 크림소스를 넣어 볼까요?

> 크림소스가 하야니까 요리 이름은 '하얀 떡볶이'로 하면 어때요?

필요한 재료와 조리법에 대해 이야기하고 결과를 정리해 보세요.
說說看需要哪些食材與料理方法，並整理一下討論結果。

하얀 떡볶이	
재료	떡볶이 떡 2인분, 베이컨 100g, 양파 1/4개, 생크림 200g, 우유 100g
조리법	1. 프라이팬에 양파를 넣고 볶는다. 2. 양파가 익으면 떡볶이 떡과 베이컨을 넣고 볶는다. 3. 생크림과 우유를 넣는다. 4. 가끔 저으면서 10분 정도 더 끓인다.

친구들과 함께 만들어 보세요.
和朋友一起做做看。

개발하다 開發 크림소스 奶油醬 베이컨 培根 양파 洋蔥 생크림 鮮奶油

준비
暖身

떡을 먹어 본 적이 있습니까? 어떤 떡을 먹어 보았습니까?
你有吃過年糕嗎？你吃過什麼樣的年糕呢？

알아
보기
認識
韓國

한국 사람은 명절, 결혼, 생일 등 특별한 날에 언제나 떡을 먹습니다.
韓國人在節慶、結婚或生日等特別日子裡，總會吃年糕。

떡에는 여러 종류가 있고 특별한 날에 먹습니다.
年糕有各式各樣的種類，並會在特別的日子來享用。

떡 이름	특별한 날
백설기	백일 아이가 오래 산다.
수수팥떡	생일이나 돌 나쁜 귀신을 못 오게 해서 아이가 건강하게 자란다.
가래떡	설날 긴 가래떡처럼 오래 산다.
송편	추석 송편을 예쁘게 잘 만들면 예쁜 딸을 낳는다.

생각
나누기
文化
分享

고향에도 특별한 날에 먹는 전통 음식이 있습니까?
你家鄉有哪些會在特別日子裡吃的食物呢？

호박 파이
(미국)

쿠이
(말레이시아)

모찌
(일본)

월병
(중국)

백설기 白米蒸糕　백일 一百天　수수 高粱　팥떡 紅豆糕　귀신 鬼　자라다 成長　가래떡 長條年糕

106
首爾大學韓國語

발음 發音

준비 들어 보세요. 🔊
暖身　先聽聽看！

1) 물이 끓으면 재료를 넣어요.

2) 식당 앞에 사람이 많네요.

규칙 1. 받침 'ㅎ'은 뒤에 모음이 오면 발음되지 않습니다.
規則　　終聲「ㅎ」後面若為母音，則終聲「ㅎ」不發音。

　　예] 놓아요[노아요]　　　많은[마는]　　　끓여서[끄려서]

　　2. 'ㅅ'이 받침 'ㅎ'뒤에 오면 [ㅆ]로 발음되고 'ㅎ'은 발음되지 않습니다.
　　　初聲「ㅅ」若位於終聲「ㅎ」後面時，「ㅅ」應改發為「ㅆ」音，「ㅎ」則不發音。

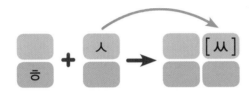

　　예] 놓습니다[노씁니다]　　　많습니다[만씁니다]

　　3. 받침 'ㅎ,ㄶ'은 뒤에 'ㄴ'이 오면 [ㄴ]으로 발음됩니다.
　　　終聲「ㅎ、ㄶ」後若為初聲「ㄴ」時，則終聲「ㅎ、ㄶ」應改發為「ㄴ」音。

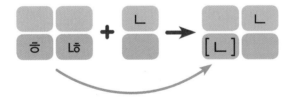

　　예] 놓는[논는]　　　많네요[만네요]

연습 'ㅎ' 받침의 발음에 주의하면서 대화해 보세요. 🔊
練習　注意終聲「ㅎ」的發音，並練習對話。

1) A 이 책상은 어디에 놓을까요?

　　B 창문 옆에 놓는 게 좋겠어요.

2) A 짐이 너무 많네요. 도와줄까요?

　　B 괜찮습니다. 혼자 들 수 있어요.

3) A 라면에 계란도 넣어 줄까요?

　　B 좋아요. 파도 많이 넣어서 끓여 주세요.

자기 평가　自我評量

1. 아는 단어에 √ 하세요.
你學會了哪些單字，請打√。

☐ 간장　☐ 썰다　☐ 볶다　☐ 싸다

☐ 마늘　☐ 다지다　☐ 부치다　☐ 말다

☐ 후추　☐ 섞다　☐ 굽다　☐ 바르다

2. 알맞은 것을 골라 대화를 완성하세요.
選出適合的選項並完成對話。

| -(으)ㄴ가 보다, -나 보다, 인가 보다　　　　(이)나 |
| -아/어 보니(까)　　　　　　　　　-던데(요) |

1) **A** 밖을 보니까 사람들이 우산을 쓰고 가요.

　B 그래요? 지금 _____.

2) **A** 춘천에서 닭갈비를 먹었다고요? 맛이 어땠어요?

　B _____.

3) **A** 좀 출출하네요.

　B 그럼 우리 _____?

4) **A** 지난주에 경주에 갔지요? 어땠어요?

　B _____ 경치가 아주 아름다웠어요.

3. 한국어로 할 수 있는 것에 √ 하세요.
你可以用韓文做哪些事情，請打√。

☐ 조리법을 설명할 수 있다.

☐ 여행 경험을 설명할 수 있다.

☐ 간단한 요리에 대한 이야기를 듣고 이해할 수 있다.

☐ 고향 음식에 대해서 소개하는 글을 쓸 수 있다.

標準答案

2. 1) 비가 오나 봐요 2) 정말 맛있던데요 3) 라면이나 끓여 먹을까요? 4) 경주에 가 보니까

單字

간장	醬油	볶다	炒
고추장	辣椒醬	찌다	蒸
설탕	糖	튀기다	炸
파	蔥	삶다	燙
마늘	蒜頭	부치다	煎
깨	芝麻	굽다	烤
참기름	芝麻油	끓이다	煮
후추	胡椒	（상추에）싸다	包（生菜葉）
다듬다	修整	（간장에）찍다	沾（醬油）
썰다	切	（국에）말다	浸泡於（湯）
다지다	搗碎	（빵에）바르다	塗抹於（麵包）
섞다	混合		
젓다	攪拌		

會話翻譯 1

小賢	宥珍，我們要不要煮個泡麵什麼的來吃呢？
宥珍	小賢，妳似乎很餓喔！
小賢	對啊，肚子是有點餓。可能是晚餐只有隨便吃一吃的關係。
宥珍	我也有點想吃東西，要不要來做辣炒年糕吃呢？ 剛好冰箱有食材。
小賢	好啊！但是要做辣炒年糕的話，需要哪些食材呢？
宥珍	需要年糕跟辣椒醬，加點蔬菜或黑輪的話會更好吃。
小賢	這樣啊？要怎麼做呢？
宥珍	首先將年糕放進平底鍋，稍微炒一下。 接下來加水跟辣椒醬，煮一下就可以了。
小賢	比想像中來得簡單！我也來幫忙好了，一起來做吧！

會話翻譯 2

小明	麻里子，週末妳做了什麼呢？
麻里子	我去了一趟釜山。
小明	這樣啊？去釜山覺得如何呢？
麻里子	我去了海雲台的海水浴場，感覺真的很不錯。不僅風景美麗，食物也很美味，真想再去一次。
小明	我下週末打算和朋友一起去釜山。去釜山的話，有什麼必吃的食物嗎？
麻里子	有很多東西，但那邊煎餅很有名。煎餅沾著調味醬來吃，真的非常美味。
小明	妳説煎餅對吧？看來我也得試吃看看囉！

잘 듣고 이야기해 보세요. 46 »)
仔細聽並說說看。

1. 두 사람은 무엇에 대해 이야기하고 있습니까?
   兩人正在聊些什麼呢？

2. 여자는 이 옷을 어떻게 하려고 합니까?
   女生打算如何處理這件衣服？

학 습 목 표	學習目標

어휘 字彙練習	• 치수와 물건 구매 尺寸與購買物品
문법과 표현 1 文法與表現 1	• V-(으)ㄹ까 말까 (하다) • V-지그래 (요)?
말하기 1 會話 1	• 상품 평가하기 評價商品
문법과 표현 2 文法與表現 2	• V-(으)ㄹ걸 (그랬다) • N(이)라도
말하기 2 會話 2	• 반품 요구하기 要求退貨
듣고 말하기 聽力與會話	• 전화로 주문하는 대화 듣기 聽聽以電話訂購物品的對話 • 상품 교환 요청하는 대화 듣기 聽聽要求更換商品的對話 • 쇼핑 경험 이야기하기 聊聊購物的經驗
읽고 쓰기 閱讀與寫作	• 교환 및 환불 안내문 읽기 閱讀更換物品與退款的聲明 • 인터넷 게시판에 반품 문의하는 글 쓰기 寫一篇在網路布告欄上詢問退貨事宜的文章
과 제 課堂活動	• 상품 교환, 환불하는 역할극 演一齣更換商品、退款的情境劇
문화 산책 文化漫步	• 옷과 신발 치수 衣服與鞋子的尺寸
발 음 發音	• 경음화 1 (덥지요) 硬音化 1 (덥지요)

1. 그림을 보고 알맞은 단어를 골라 [보기]와 같이 이야기해 보세요.
   看圖選出合適的單字，並跟著範例說說看。

| 딱 맞다 | 꽉 끼다 | 적당하다 | 넉넉하다 | 헐렁하다 |

1)   2)   3)   4)   5)

| 치수가 작다 | | 소매가 없다 | | 품이 크다 |
| | 통이 넓다 | | 굽이 높다 | |

6)   7)   8)   9)   10)

範例

양복이 딱 맞아서
보기 좋네요.

2. 다음 인터넷 쇼핑몰의 결제 창을 보면서 [보기]와 같이 이야기해 보세요.
請看以下網路購物的結帳視窗，並跟著範例說說看。

| 금액 | 상품 | 일시불 | 할인 | 할부 | 배송비 | 구입하다 | 결제하다 | 반품하다 |

Shopping Mall [   ] 검색

| 패션 의류 | 잡화/명품 | 스포츠 의류 | 가구/생활 | 화장품 | 가전/컴퓨터 |

이지연 님의 장바구니

상품	수량	가격	할인	배송비	결제 금액
원피스	1	50,000원	쿠폰(2,000원)	무료	48,000원

결제하기

결제 방법	●신용 카드　　　　　○현금 입금
카드 번호	4009-****-****-****
할부 선택	○일시불　　　　　●할부 (3개월)

* 구입하신 상품은 7일 이내에 반품이나 교환을 신청하실 수 있습니다.

範例

가격이 5 만 원인데 왜 4 만 8 천 원만 냈어요 ?

배송비가 얼마예요 ?

쇼핑몰에서 구입한 상품이 뭐예요 ?

결제는 어떻게 했어요 ?

할부로 했어요 ? 일시불로 했어요 ?

배송받은 상품이 마음에 안 들면 어떻게 해요 ?

1. V-(으)ㄹ까 말까 (하다) 要不要…

🔊 47

A 이 원피스가 히엔 씨한테 잘 어울릴 것 같네요.

B 그런데 좀 비싸서 살까 말까 생각 중이에요.

例
- 너무 피곤해서 여행을 **갈까 말까** 하고 있어요.
- 날씨가 더워서 재킷을 입**을까 말까** 망설이고 있어요.
- 그 남자를 계속 만**날까 말까** 고민 중이에요.

연습 그림을 보고 [보기]와 같이 친구와 이야기해 보세요.
練習　看圖跟著範例和朋友説説看。

1)

2)

3)

4)

5)

6)

範例

운동하러 갈 거예요?

너무 피곤해서 운동할까 말까 하고 있어요.

✍ 재킷 夾克　망설이다 躊躇、猶豫

2. V- 지그래 (요)? 為何不…?

🔊 48

A 바지를 입어 보니까 너무 꽉 끼어서 불편해요 .

B 그럼 한 치수 큰 걸로 교환하지그래요 ?

例
- 길을 모르면 택시를 타**지그래요**?
- 백화점은 비싸니까 인터넷 쇼핑몰에서 사**지그래요**?
- 바지 길이를 좀 줄이**지그래요**? 요즘엔 짧은 게 유행이에요.
- A : 어제부터 계속 콧물이 나와요.
  B : 그럼 약을 먹**지그래요**?

연습 그림을 보고 [보기]와 같이 친구와 이야기해 보세요.
練習   看圖跟著範例和朋友說說看。

1) 2) 3) 4) ?

5) 6) 7) 8) ?

範例

기침을 너무 해서
목이 아파요 .

따뜻한 차를 마시지그래요 ?

第五課
早知道就先試穿再買

 마리코 　청바지 새로 샀나 봐요. 정말 예쁘네요.

히 엔 　인터넷 쇼핑몰에서 싸게 샀어요.

마리코 　이런 청바지가 요즘 유행이라서 나도 살까 생각 중이었는데…….
　　　　입어 보니까 어때요?

히 엔 　사진만 보고 샀는데 받아 보니 마음에 안 들어요.
　　　　그래서 반품할까 말까 하고 있어요.

마리코 　아니, 왜요? 길이도 적당하고 색깔도 예쁜데요.

히 엔 　입어 보니까 너무 꽉 끼는 것 같아요.

마리코 　그래요? 그럼 한 치수 더 큰 걸로 교환하지그래요?

히 엔 　아무래도 그래야겠어요.

연습1　친구와 연습해 보세요.
練習1　　和朋友練習看看。

1) 청바지

길이도 적당하고
색깔도 예쁘다

너무 꽉 끼다

한 치수 더 큰 걸로
교환하다

2) 코트

디자인도 괜찮고
잘 어울리다

품이 너무 크다

한 사이즈 작은 걸로
바꾸다

3) 셔츠

사이즈도 잘 맞고
디자인도 좋다

소매가 좀 길다

소매를 좀 줄이다

아무래도 不管如何　줄이다 縮短、減少

연습2 그림을 보고 [보기]와 같이 새로 산 물건을 평가해 보세요.

練習2　看圖跟著範例，試著評價新買的東西。

範例

> 그거 새로 산 청바지예요?
> 히엔 씨에게 정말 잘 어울리네요.

> 네, 그런데 반품할까 말까
> 생각 중이에요.

> 아니, 왜요? 길이도 적당하고
> 색깔도 예쁜데요.

> 입어 보니까 너무 꽉 끼어서
> 불편해요.

1)

품이 좀 작은데 바꿀까?

2)

너무 헐렁한데 반품할까?

3)

와이셔츠 소매가 긴데 교환할까?

4)

치수가 안 맞는데 그냥 환불할까?

1. V-(으)ㄹ걸 (그랬다)　早知道就…

A　그 신발, 인터넷에서 샀지?
　　신어 보니까 편해?

B　좀 불편해. 신어 보고 살걸 그랬어.

例
- 구두를 신었는데 발이 아팠다. 운동화를 신을걸 그랬다.
- 가방이 비싸서 안 샀는데 집에 와서도 생각나. 살걸.
- 모자를 샀는데 집에 비슷한 모자가 있었어요. 사지 말걸 그랬어요.

연습　지난주에 한 일 중에서 후회하는 일에 대해 [보기]와 같이 말해 보세요.

練習　跟著範例，說說看上週所做的事中，有哪些是後悔的事。

範例

굽이 높은 구두를 사지 말걸 그랬어요. 발이 아파서 한 번도 신지 못했어요.

저는 검정색 구두를 살걸 그랬어요. 밝은색 구두를 샀는데 벌써 더러워졌어요.

1) 새로 산 구두가 마음에 안 든다.

2) 새로 한 머리가 마음에 안 든다.

3) 친한 친구와 싸워서 기분이 나쁘다.

4) 시험을 못 봐서 속상하다.

2. N(이)라도　哪怕是…也…、就算是…也…

🔊 51

A 손님, 죄송하지만 기간이 지나서 환불은 안 되는데요.

B 그럼 교환이라도 해 주세요.

例
- 손님이 찾으시는 치수가 없는데 한 치수 큰 거**라도** 드릴까요?
- 집에 따뜻한 밥이 없는데 찬밥**이라도** 먹을래?
- 해외여행이 어려우면 설악산**이라도** 가자.

연습 다음 표현을 써서 [보기]와 같이 이야기해 보세요.
練習 使用以下句子，跟著範例說說看。

範例

원두커피 한 잔 주세요.

그럼 커피 믹스라도 주세요.

손님, 죄송하지만 원두커피는 없고 커피 믹스만 있는데요.

1) 원두커피를 마시고 싶다.

2) 까만색 티셔츠를 사야겠다.

3) 불고기를 먹어야 겠다.

4) 바나나 우유를 마시고 싶다.

5) 오후 6시 영화표를 살 것이다.

6) ?

✎ 찬밥 冷飯　설악산 雪嶽山　원두커피 原豆咖啡

52))) 직원   어서 오세요. 뭘 도와 드릴까요?

유진   어제 가방을 사 갔는데 집에 가서 보니까 여기 얼룩이 있어요.

직원   정말 죄송합니다. 다른 걸로 교환해 드리겠습니다. 잠시만 기다려 주세요.

유진   네, 알겠어요.

직원   고객님, 확인해 보니 회색밖에 안 남았는데 이거라도 드릴까요?

유진   회색은 마음에 안 들어요. 그냥 환불해 주세요.

직원   네, 알겠습니다. 현금으로 결제하셨어요?

유진   아니요, 카드로 했어요.

직원   그럼 영수증과 결제한 카드를 같이 주세요.
       카드 결제를 취소해 드리겠습니다.

유진   여기 있어요. 어제 살 때 잘 보고 살걸…….

연습1 친구와 연습해 보세요.
練習1   和朋友練習看看。

1) 가방

   얼룩이 있다

   회색

   마음에 안 들다

2) 옷

   바느질이 엉망이다

   빨간색

   색깔이 너무 튀는 것 같다

3) 구두

   장식이 떨어졌다

   하얀색

   금방 더러워질 것 같다

얼룩 斑點 고객 顧客 바느질 針線活 튀다 顯眼 장식 裝飾 떨어지다 掉落 더럽다 骯髒

연습2 그림을 보고 [보기]와 같이 구입한 물건에 대한 교환 및 환불 요청을 해 보세요.

練習2　看圖跟著範例，試著更換已買商品與要求退款。

範例

어제 여기에서 구두를 샀는데 바꾸고 싶어서요.

무슨 문제가 있으신가요?

여기 장식이 떨어졌어요.

지금 같은 디자인이 없는데 어떡하죠?
다른 디자인이라도 드릴까요?

어제 잘 보고 살걸 그랬네요.
그냥 환불해 주세요.

1)

색깔이 진하다

2)

앉아 보니까 불편하다

3)

얼굴 모양과 어울리지 않는다

4)

진하다 濃、深

준비　옷이나 신발을 살 때 어디에서 삽니까?
暖身　　買衣服或鞋子的時候，你會在哪裡買呢？

- ☐ 인터넷 쇼핑몰
- ☐ 홈쇼핑
- ☐ 백화점
- ☐ 시장

듣기1　잘 듣고 질문에 답하세요. 🔊
聽力1　　仔細聽並回答問題。

1) 지금 여자는 무엇을 하고 있습니까?

　① 백화점에서 물건을 구입하고 있다.

　② 홈쇼핑에서 물건을 구입하고 있다.

　③ 인터넷 쇼핑몰에서 물건을 구입하고 있다.

2) 여자가 구입한 제품은 무엇입니까?

① 　② 　③

준비　물건을 구입하고 교환이나 환불을 한 적이 있습니까? 그 이유는 무엇입니까?
暖身　　買完東西後，你曾經更換商品或要求退款嗎？理由是什麼呢？

구입한 물건	이유
☐ 블라우스	품이 작아서
☐ _____	_____
☐ _____	_____

✎ 홈쇼핑 電視購物　제품 產品　블라우스 女式襯衫

듣기2 잘 듣고 질문에 답하세요. 🔊 54

聽力2 仔細聽並回答問題。

1) 여자가 전화를 한 이유는 무엇입니까?

① 배송 날짜를 알아보려고

② 남색 바지를 다시 주문하려고

③ 배송된 물건이 색깔이 달라서

2) 여자는 옷에 대해 어떻게 생각합니까?

① 바지통이 좁고 너무 꽉 낀다.

② 길이가 너무 길고 헐렁하다.

③ 색깔이 마음에 안 들고 바지통이 너무 넓다.

3) 들은 내용과 <u>다른</u> 것을 고르세요.

① 여자는 바지를 환불받을 수 없다.

② 여자에게 물건이 잘못 배송되었다.

③ 여자는 홈쇼핑에서 물건을 구입했다.

말하기 다음에 대해 친구들과 함께 이야기해 보세요.

會話   針對下列事項和朋友來練習對話。

1. 물건을 살 때 무엇을 가장 중요하게 생각합니까?

2. 인터넷이나 홈쇼핑으로 물건을 살 때 좋은 점과 나쁜 점은 무엇입니까?

3. 여러분 나라에서 교환이나 환불이 안 되는 경우가 있습니까?
   어떤 경우에 그렇습니까?

4. 싸고 좋은 물건을 구입하는 자신만의 방법이 있습니까?

준비 여러분 나라에서는 물건 교환이나 환불을 보통 언제까지 할 수 있습니까? 교환이나 환불을 하기 위해 무엇이 필요합니까?

暖身 在你的國家，若想要更換商品或要求退款通常期限是多久呢？更換商品或要求退款時，需要些什麼東西呢？

읽기 다음은 한 인터넷 쇼핑몰의 반품 안내문입니다. 잘 읽고 질문에 답하세요.

閱讀 以下是某網路購物中心的退貨須知，請仔細閱讀並回答問題。

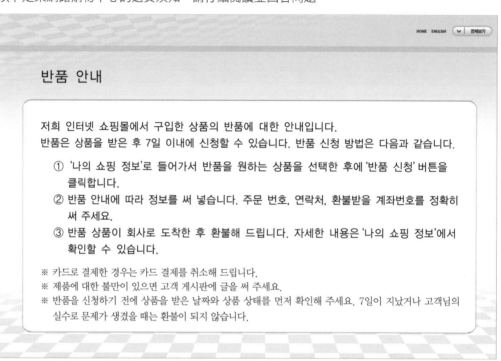

반품 안내

저희 인터넷 쇼핑몰에서 구입한 상품의 반품에 대한 안내입니다.
반품은 상품을 받은 후 7일 이내에 신청할 수 있습니다. 반품 신청 방법은 다음과 같습니다.

① '나의 쇼핑 정보'로 들어가서 반품을 원하는 상품을 선택한 후에 '반품 신청' 버튼을 클릭합니다.
② 반품 안내에 따라 정보를 써 넣습니다. 주문 번호, 연락처, 환불받을 계좌번호를 정확히 써 주세요.
③ 반품 상품이 회사로 도착한 후 환불해 드립니다. 자세한 내용은 '나의 쇼핑 정보'에서 확인할 수 있습니다.

※ 카드로 결제한 경우는 카드 결제를 취소해 드립니다.
※ 제품에 대한 불만이 있으면 고객 게시판에 글을 써 주세요.
※ 반품을 신청하기 전에 상품을 받은 날짜와 상품 상태를 먼저 확인해 주세요. 7일이 지났거나 고객님의 실수로 문제가 생겼을 때는 환불이 되지 않습니다.

1) 이 글을 쓴 이유는 무엇입니까?

① 반품 안내   ② 상품 안내   ③ 결제 안내

2) 이 글의 내용과 <u>다른</u> 것은 무엇입니까?

① '나의 쇼핑 정보'에서 반품을 신청할 수 있다.

② 반품을 신청하면 바로 환불이 된다.

③ 고객의 실수로 문제가 생겼을 경우에는 환불받을 수 없다.

3) 다음을 읽고 이 글의 내용과 맞으면 ○, 틀리면 X 표 하세요.

① 결제한 지 7일이 지나면 환불을 신청할 수 없다.   (   )

② 반품을 신청할 때 계좌번호를 써야 한다.   (   )

③ 제품에 대한 불만이 있으면 '나의 쇼핑 정보'에 글을 쓰면 된다.   (   )

버튼 按鈕 클릭하다 點擊 상태 狀態 불만 不滿

쓰기
寫作

1) 여러분이 인터넷으로 사 본 물건에 표시해 보세요.
　　請標示出你曾在網路上買過的物品。

> 옷 _____　　신발 _____　　전자 제품 _____　　음식 _____　　가구 _____
>
> 책 _____　　가방 _____　　액세서리 _____　　기타(　　　) _____

2) 사람들이 구입한 물건을 반품하는 이유는 무엇일까요?
　　人們退貨的理由會是什麼呢？

> 티셔츠가 너무 꽉 껴서 반품하려고 해요.
>
> 구두 장식이 떨어져서 교환하려고 해요.
>
> 모자에 얼룩이 있어서 환불하려고 해요.

3) 여러분이 구입한 물건 중에 반품하고 싶은 물건이 있습니까?
　　你所買的物品中，有想退貨的嗎？

구입한 제품

구입한 날짜

반품 이유

전자 제품 電子產品　액세서리 飾品

4) [보기]와 같이 고객 게시판에 반품을 문의하는 글을 써 보세요.
   跟著範例，在顧客意見欄上，寫一篇詢問辦理退貨事宜的文章。

範例

> 안녕하세요? 지난 주말에 인터넷으로 구두를 주문해서 어제 받았습니다. 그런데 구두를 한 번 신었는데 구두 장식이 떨어졌습니다. 그리고 또……. 그래서 반품을 하고 싶은데 가능할까요?

온라인 상담 게시판

주문 번호	307893
문의 구분	반품 / 교환

문의 내용

저장하기   다시 입력하기

과제　課堂活動

손님과 가게 주인이 되어 물건을 교환하거나 환불하는 역할극을 해 보세요.
試著扮演顧客與老闆，並演一齣更換商品或要求退款的情境劇。

🌐 손님과 가게 주인을 정하고 다음에 대해 생각해 보세요.
先決定誰要扮演顧客與老闆，然後想想以下的內容。

손님
1. 교환이나 환불하려는 물건
● 신발
2. 교환이나 환불을 하고 싶은 이유
● 사이즈가 안 맞다.
3. 지금 꼭 교환(또는 환불)을 해야 하는 이유
● 내일 아침에 이 신발을 신고 졸업식에 가야 한다.
●

가게 주인
교환 또는 환불해 줄 수 없는 이유
● 산 지 일주일이 넘었다.
● 영수증이 없다.
● 세일 상품이다.
●

🌐 교환이나 환불을 요청하는 역할극을 해 보세요.
試著演一齣更換商品或要求退款的情境劇吧！

> 어서 오세요.
> 어떤 옷을 찾으십니까?

> 그게 아니고요. 제가 얼마 전에
> 여기서 이 원피스를 사 갔는데요.

> 아, 네. 그러세요? 그런데
> 무슨 문제가 있으세요?

> 집에 가서 보니까 _____
> _____.

🌐 역할극을 발표해 보세요. 가장 재미있게 한 팀은 어느 팀입니까?
討論一下剛剛的情境劇，哪一組表演得最有趣呢？

문화 산책 文化漫步

준비
暖身

다른 나라에서 옷이나 신발을 사 본 적이 있습니까? 치수가 어떻게 다릅니까?
你有在其他國家買過衣服或鞋子嗎？尺寸標示有什麼不同呢？

알아
보기
認識
韓國

알아 두면 좋은 한국의 옷 치수와 신발 치수
實用的韓國衣服與鞋子尺寸標示。

여자 옷 치수

XS	S	M	L	XL	XXL
44(85)	55(90)	66(95)	77(100)	88(105)	110

남자 옷 치수

XS	S	M	L	XL	XXL
85	90	95	100	105	110

바지 치수

	XS	S	M	L	XL	XXL
여자(cm)	61~64	66~69	71~76	79~84	89~94	−
남자(inch)	−	28~29	30~31	32~34	34~37	38~40

신발 치수

mm	220	230	240	250	260	270	280

생각
나누기
文化
分享

여러분 나라의 치수 표시는 한국과 어떻게 다른지 소개해 보세요.
介紹一下你國家的尺寸標示和韓國有什麼不一樣。

발음 發音

준비 들어 보세요. 55》))
暖身 先聽聽看！

1) 바지 길이가 적당해요.

2) 요즘 날씨가 많이 덥지요?

규칙 받침소리 [ㄱ, ㄷ, ㅂ] 뒤에 오는 'ㄱ, ㄷ, ㅂ, ㅅ, ㅈ'은 [ㄲ, ㄸ, ㅃ, ㅆ, ㅉ]로
발음됩니다.
規則 發音為「ㄱ、ㄷ、ㅂ」的終聲，後面若接初聲「ㄱ、ㄷ、ㅂ、ㅅ、ㅈ」的話，則初聲應改發
為「ㄲ、ㄸ、ㅃ、ㅆ、ㅉ」的音。

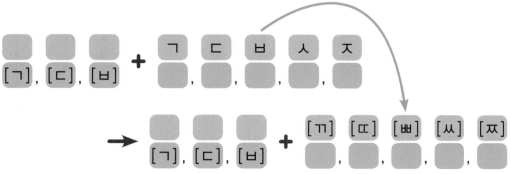

예] 전 밥보다 빵이 더 좋아요. [밥뽀다]
    앞집에 친구가 살아요. [압찌베]
    의자가 없어요. [업써요]

연습 'ㄱ, ㄷ, ㅂ, ㅅ, ㅈ'을 [ㄲ, ㄸ, ㅃ, ㅆ, ㅉ]로 발음해야 되는 곳에 표시한 후 대화를
연습해 보세요.
練習 標記出初聲「ㄱ、ㄷ、ㅂ、ㅅ、ㅈ」應改發為「ㄲ、ㄸ、ㅃ、ㅆ、ㅉ」音的地方，並試著練
習對話。 56》))

1) **A** 몇 시까지 가면 돼요?

   B 여덟 시까지 오세요.

2) **A** 민수 집에 있지요?

   B 아뇨, 조금 전에 전화받고 나갔어요.

3) **A** 식사 좀 하시겠어요?

   B 괜찮아요. 방금 먹고 왔어요.

   A 그럼 이 과자 좀 몇 개 드셔 보세요. 제가 직접 만든 거예요.

1. 아는 단어에 ✓ 하세요.
你學會了哪些單字，請打✓。

☐ 딱 맞다	☐ 치수가 작다	☐ 상품	☐ 배송비
☐ 꽉 끼다	☐ 통이 넓다	☐ 할부	☐ 일시불
☐ 적당하다	☐ 굽이 높다	☐ 결제하다	☐ 구입하다

2. 알맞은 것을 골라 대화를 완성하세요.
選出適合的選項並完成對話。

–(으)ㄹ까 말까 (하다)	–지그래(요)?
–(으)ㄹ걸 (그랬다)	(이)라도

1) **A** 왜 비행기를 놓쳤어요?

   B 버스를 탔는데 길이 너무 막혔어요. _____

2) **A** 이 가방을 꼭 사고 싶은데 돈이 모자라요.

   B 그럼 _____

3) **A** 제주도에 왔으니까 한라산에 올라갈 거지요?

   B 오후에 비가 올 거라고 해서 _____

4) **A** 냉장고에 음료수가 하나도 없네요. 물밖에 없어요.

   B 그럼 _____

3. 한국어로 할 수 있는 것에 ✓ 하세요.
你可以用韓文做哪些事情，請打✓。

☐ 구입한 제품에 대해 평가할 수 있다.

☐ 물건을 교환하거나 환불할 수 있다.

☐ 이유를 설명하며 구입한 물건의 반품을 요청할 수 있다.

☐ 반품을 문의하는 글을 읽고 쓸 수 있다.

標準答案
2. 1) 지하철을 탈걸 그랬어요 2) 신용카드로 할부로 하지그래요 3) 등산 안 할까 말까 생각이 들어요 4) 물이라도 주세요

單字

딱 맞다	正剛好	상품	商品
꽉 끼다	卡得緊緊的	할인	折扣
적당하다	適當的	배송비	運費
넉넉하다	綽綽有餘	결제하다	結帳
헐렁하다	鬆垮垮的	금액	金額
치수가 작다	尺寸小	일시불	一次付清
소매가 없다	無袖	할부	分期付款
품이 크다	（衣服）胸圍大	구입하다	購買
통이 넓다	口徑寬	반품하다	退貨
굽이 높다	鞋跟高		

會話翻譯 1

麻里子 看來妳買了一件新牛仔褲啊！真漂亮。

小賢 網路購物便宜買的。

麻里子 這種牛仔褲最近很流行，我之前也在想要不要買一件。
穿起來如何呢？

小賢 我只看了照片就買了，收到之後覺得不是很滿意。
所以在考慮要不要退貨。

麻里子 啊，為什麼呢？長度適中，顏色也很漂亮啊！

小賢 穿上去之後，覺得太緊了。

麻里子 這樣啊？那妳為何不換大一號的呢？

小賢 不管如何，看來只得這樣做了。

會話翻譯 2

職員 歡迎光臨。有什麼需要服務的嗎？

宥珍 我昨天買了一個包包，回家之後發現，這裡有個斑點。

職員 真的很抱歉。我換另一個給您。請稍候一下。

宥珍 好的，我知道了。

職員 客人，經確認後，我們只剩灰色的了，拿灰色的給您好嗎？

宥珍 我不喜歡灰色的。麻煩退款給我。

職員 好的，我知道了。您之前是付現嗎？

宥珍 不，我是刷卡。

職員 那麻煩您給我發票跟結帳的信用卡。我來幫您取消信用卡消費紀錄。

宥珍 信用卡給妳。早知道昨天就先仔細看過再買了。

6 일요일에는 아무 약속도 없어요

星期天沒有任何約會

잘 듣고 이야기해 보세요. 57))
仔細聽並説説看。

1. 두 사람은 왜 전화를 하고 있습니까?
   兩人為什麼在打電話呢？

2. 무엇이 문제가 되고 있습니까?
   現在發生什麼問題呢？

1. 자주 가는 식당이나 카페가 있습니까? 그곳이 어떤 곳인지 [보기]와 같이 이야기해
보세요.

你有經常去的餐廳或咖啡店嗎？跟著範例説説看那是一個什麼樣的地方。

한산하다

붐비다

깔끔하다

아늑하다

편안하다

특이하다

평범하다

분위기가 좋다

範例

제가 자주 가는 곳은 시내에 있는
깔끔한 카페예요. 분위기가 좋고 아늑해서
항상 그곳에서 친구를 만나요.

제가 자주 가는 식당은 그냥
평범하지만 음식이 맛있어서 항상
손님들로 붐벼요.

2. 그곳에 왜 자주 갑니까? [보기]와 같이 친구들과 이야기해 보세요.

為什麼你經常去那裡呢？跟著範例和朋友說說看。

> 메뉴가 다양하다
> 가격이 저렴하다
> 재료가 신선하다
> 음식이 입에 맞다

範例

거기에 왜 자주 가요 ?

메뉴가 다양해서 좋아요 .

3. 다음 단어를 사용해서 약속에 대해 [보기]와 같이 이야기해 보세요.

使用以下單字，跟著範例說說有關約會的內容。

(장소를) 정하다	(날짜를) 잡다	(약속을) 지키다	(시간을) 어기다

範例

장소를 어디로 정할까요 ?

깔끔하고 아늑한 곳으로 정하면 좋겠어요 .

날짜를 언제로 잡을까요 ?

:
.

약속을 잘 지키는 편이에요 ?

시간을 어긴 적이 있어요 ?

1 A/V- 거든 (요), N (이) 거든 (요) 說明理由

58 🔊))

A 우리 내일 만날까요 ?

B 미안하지만 내일은 안 돼요 .

다른 약속이 있거든요 .

例
- 옷을 사려면 동대문시장에 가 보세요. 거기 옷이 싸고 예쁘**거든요**.
- 미안하지만 나 먼저 갈게. 집에 가서 할 일이 많**거든**.
- 내일은 공항에 가야 해요. 고향에서 부모님이 오시**거든요**.
- 너무 졸려서 일찍 자야겠어요. 어제 잠을 못 잤**거든요**.

연습　[보기]와 같이 이야기해 보세요.
練習　　跟著範例說說看。

範例

 줄리앙 씨는 왜 한국어를 배워요 ?

 고향에 돌아가서 한국어 선생님이 되고 싶거든요 .

1)	_____ 씨는 왜 한국어를 배워요?
2)	싫어하는 음식이 있어요? 왜 싫어해요?
3)	꼭 가 보고 싶은 곳이 있어요? 왜요?
4)	자주 듣는 음악이 있어요? 왜 그 음악을 자주 들어요?
5)	제일 아끼는 물건이 뭐예요? 왜 그 물건을 아껴요?
6)	지금 꼭 만나고 싶은 사람이 있어요? 왜요?

아끼다 珍惜、愛惜

2. 아무 N 도 任何…也…

🔊 59

A 이번 주말에 약속 있어요?

B 아니요, 아무 약속도 없는데요.

例
- 일요일엔 **아무** 약속**도** 안 하고 집에서 쉴 거예요.
- **아무** 문제**도** 없을 테니까 걱정하지 마세요.
- 친구들이 6시에 오기로 했는데 아직 **아무도** 안 왔어요.
- A : 백화점에 가서 뭘 샀어요?
  B : **아무것도** 안 샀어요. 구경만 했어요.

연습 반 친구들 중에서 찾아 보고 [보기]와 같이 이야기해 보세요.
練習 從班上同學中尋找符合以下條件的人選，並跟著範例說說看。

範例

오늘 아침에 뭐 먹었어요?

아무것도 안 먹었어요.

1) 오늘 아침에 아무것도 안 먹은 사람	
2) 오늘 저녁에 아무 약속도 없는 사람	
3) 요즘 아무 걱정도 없도 아주 행복한 사람	
4) 지난 주말에 아무 데도 안 가고 집에서 쉰 사람	
5) 아직 아무한테도 말하지 않은 비밀이 있는 사람	
6) 좋아하는 사람 앞에서는 아무 말도 못하는 사람	
7) ?	

비밀 祕密

유진　알리 씨, 아랍어를 전공하는 친구가 있는데 언어 교환을 하고 싶대요.

알리　그래요? 잘됐네요. 저한테 좀 소개해 주세요.

유진　그럼 이번 주말에 만날래요? 토요일 오후에 시간 돼요?

알리　토요일은 안 되는데요. 동아리 모임이 있거든요.

　　　일요일은 어때요? 그날은 아무 약속도 없어요.

유진　좋아요. 그럼 일요일 오후 3시로 정해요.

　　　장소는 강남역이 어때요?

알리　지난번에 만난 데 말이지요? 거긴 좀 붐비던데…….

유진　강남역이 좀 붐비기는 하지만 근처에 괜찮은 카페가 많아요.

　　　일단 지하철역에서 만나서 약속 장소로 같이 갈까요?

알리　네, 그게 좋겠어요.

연습1　친구와 연습해 보세요.

練習1　和朋友練習看看。

1) 시간이 되다

　동아리 모임이 있다

　아무 약속도 없다

　지난번에 만난 데

2) 시간이 있다

　다른 약속이 있다

　아무 계획도 없다

　지난번에 개강 파티 한 데

3) 시간이 괜찮다

　하루종일 바쁘다

　아무 일도 없다

　지난번에 저녁 먹은 데

데 地方　일단 暫先

연습2 할 일을 생각하면서 친구들과 약속을 정해 보세요.

練習2　想想看要做哪些事情，並和朋友約定見面的時間。

1) 다음 주에 해야 할 일 다섯 가지를 정해 써넣으세요.
決定並寫下下週要做的5件事。

한국어 도우미 만나기	은행에 가서 환전하기	수영 배우기
발표 준비하기	미용실에 가서 머리 자르기	치과 가기
출입국관리사무소 가기	친구와 테니스 치기	_____

오늘의 일정

	일	월	화	수	목	금	토
	1	2	3	4	5	6	7
오전							
오후							

2) 친구와 약속 시간과 장소를 정해 보세요.
和朋友討論一下約會的時間與地點。

우리 언제 만날까요?
다음 주 화요일 오후에 시간 돼요?

화요일은 안 돼요. 친구와 테니스 치기로 했거든요. 수요일은 어때요?

잠깐만요. 달력 좀 볼게요. 그날은 안 돼요. 치과에 가야 하거든요. 그럼 토요일은 어때요?

좋아요. 토요일엔 아무 약속도 없어요. 장소는 어디로 정할까요?

문법과 표현 2 文法與表現2

1. V- 이 / 히 / 리 / 기 -(피동) 被動字彙

🔊 61

A 피곤해서 잠깐 쉬고 싶은데요 .

B 저기 보이는 커피숍에 들어갈까요 ?

例

- 이 카페에서 밖을 바라보면 바로 바다가 **보인다** .
- 내가 뛰어가서 지하철을 타자마자 문이 **닫혔다** .
- 여보세요? 잘 안 **들려요** . 좀 크게 말씀해 주세요 .
- 공항에 마중 나온 엄마를 보고 뛰어가서 **안겼다** .
- 카페 벽에는 예쁜 그림들이 **걸려** 있었다 .

首爾大學韓國語

연습1 다음 단어를 사용해서 [보기]와 같이 이야기해 보세요 .

練習1 使用以下單字，跟著範例說說看 。

| 보이다 | 들리다 | 걸리다 | 놓이다 |
| 열리다 | 닫히다 | 바뀌다 | 끊기다 |

1) 살고 싶은 곳

2) 일하고 싶은 곳

3) 여행 가고 싶은 곳

範例

바다가 잘 보이는 곳에서 살고 싶어요 .

어떤 곳에서 살고 싶어요 ?

예쁜 그림이 많이 걸려 있는 집에서 살고 싶어요 .

바라보다 望、看 뛰어가다 奔跑 마중 나오다 出來迎接

연습2 그림을 보고 '-이/히/리/기-'를 사용해서 [보기]와 같이 말해 보세요.

練習2　看圖使用「-이／히／리／기-」，跟著範例說說看。

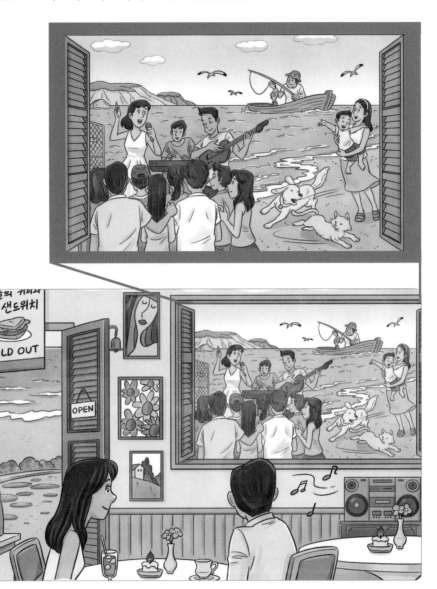

範例

창문 밖으로 바다가 보여요.

벽에 분위기 있는 그림이 걸려 있어요.

말하기 2　會話2

 알리　여보세요? 지금 강남역에 도착했는데 어디 계세요?

유진　전 좀 늦을 것 같으니까 어디 좀 들어가 계세요. 미안해요.

알리　괜찮아요. 그냥 3번 출구 밖에서 기다리고 있을게요.

유진　그러지 말고 카페에 들어가 계세요. 출구 앞에 편의점이 보이지요?

알리　네. 보여요. 지금 편의점 앞까지 왔어요.

유진　편의점 건물 2층에 '책 카페'가 있을 거예요.

　　　거기 책이 많으니까 읽으면서 좀 기다려 주세요. 금방 갈게요.

알리　그런데 문이 닫혀 있어요. '공사 중'이라고 쓰여 있는데요.

유진　그래요? 그 맞은편에도 카페가 하나 있지 않아요?

　　　거기도 분위기 좋아요.

알리　네. 그럼 거기 들어가 있을게요.

연습1　친구와 연습해 보세요.
練習1　和朋友練習看看。

1) 강남역

　책 카페

　책이 많다 / 읽다

　분위기 좋다

2) 홍대입구역

　인형 카페

　예쁜 인형이 많다 / 구경하다

　아늑하다

3) 안국역

　재즈 카페

　음악이 좋다 / 듣다

　깔끔하다

금방 立即、馬上　맞은편 對面

연습2 [보기]와 같이 친구들과 약속 장소를 바꿔 보세요.

練習2　跟著範例，試著練習和朋友變更約會地點。

範例

> 어？카페 문이 닫혀 있네.
> 어떻게 된 거지？

> 여기 좀 봐.'휴가 중'이라고
> 쓰여 있어.

> 그럼 어떡하지？건너편에 있는
> '고양이 카페'로 가 볼까？

> '고양이 카페'는…….

> 그럼…….

고양이 카페	햄버거 가게	아이스크림 가게	
● 고양이와 놀 수 있다. ● 음식이 별로이다.	● 가격이 저렴하다. ● 너무 붐빈다.	● 깔끔하다. ● 커피 메뉴가 다양하지 않다.	● ＿＿＿＿＿＿ 　＿＿＿＿＿＿. ● ＿＿＿＿＿＿ 　＿＿＿＿＿＿.

준비 약속을 잘 지키는 편입니까? 약속 시간을 지킬 수 없을 때 어떻게 합니까?

暖身　　你算常遵守約定的嗎？ 若無法依約準時抵達時，你會怎麼做呢？

듣기1 잘 듣고 질문에 답하세요.　🔊

聽力1　仔細聽並回答問題。

1) 남자는 왜 전화를 못 받았습니까?

① 전화기가 고장 났다.

② 전화기를 잃어버렸다.

③ 전화를 받았지만 아무 소리도 안 들렸다.

2) 여자는 왜 남자에게 여러 번 전화했습니까?

① 약속 시간을 바꾸려고

② 약속 장소를 바꾸려고

③ 먼저 미술관 구경을 하려고

3) 두 사람은 오늘 무엇을 할 것입니까?

① 영화를 보러 갈 것이다.

② 저녁을 먹으러 갈 것이다.

③ 미술관 구경을 하러 갈 것이다.

준비 숙박 장소를 정할 때 무엇이 가장 중요합니까?

暖身　　你認為決定約會地點時，什麼最重要呢？

☐ 교통

☐ 전망

☐ 숙박비

☐ _____

듣기2 잘 듣고 질문에 답하세요. 🔊 64
聽力2 仔細聽並回答問題。

1) 남자는 왜 전화를 했습니까?

① 방이 마음에 안 들어서 바꾸려고

② 예약 날짜를 바꾸려고

③ 산이 보이는 방을 예약하고 싶어서

2) 들은 내용과 같은 것은 무엇입니까?

① 남자는 호텔 방을 예약했다.

② 남자가 예약한 방은 깔끔하고 아늑하다.

③ 남자는 가족과 함께 여행을 할 것이다.

3) 남자의 여행 일정표를 완성해 보세요.

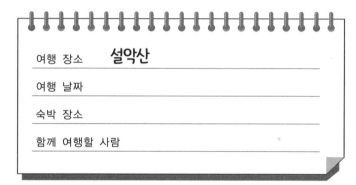

여행 장소	**설악산**
여행 날짜	
숙박 장소	
함께 여행할 사람	

말하기 다음에 대해 친구들과 함께 이야기해 보세요.
會話 針對下列事項和朋友來練習對話。

1. 약속이나 예약을 한 후 장소를 급히 변경한 적이 있습니까?
   그 이유는 무엇이었습니까?

2. 꼭 한번 만나 보고 싶은 사람이 있습니까?
   그 사람과 언제 어디에서 만나자고 하겠습니까?
   왜 거기에서 만나고 싶습니까?

3. 여행 가서 묵어 본 곳 중에 가장 기억에 남는 곳은 어디입니까?

4. 여러분 고향을 여행하는 사람에게 꼭 추천하고 싶은 숙박 장소가 있습니까?
   왜 그곳을 추천합니까?

변경 變更   묵다 暫住

준비
暖身

약속 장소를 정할 때 무엇을 참고합니까?
決定約會地點時，你會參考哪些東西呢？

☐ 블로그　　☐ 가이드북　　☐ 광고　　☐ 친구 소개　　☐ ＿＿＿＿＿＿

읽기
閱讀

책 카페 후기

분위기 ★★★★

2층짜리 건물인데 생긴 지 얼마 안 되어서 깔끔해요. 1층은 책 박물관 같은 느낌이에요. 유명한 작가의 사진들이 벽에 걸려 있고 좋은 문장들도 벽에 쓰여 있어요. 실내 장식이 특이해서 구경할 게 많아요. 2층은 도서관같이 조용하고 아늑한 분위기여서 혼자 공부할 때 좋을 것 같아요. 책도 많이 있고 마음대로 꺼내 볼 수 있었어요.

커피 맛과 가격 ★★★

커피 맛은 보통이고 특별하지 않았어요. 그런데 값은 다른 커피숍보다 비싼 편이에요.

서비스 ★★★

직원이 친절한 편이었어요. 하지만 커피숍은 넓은데 일하는 사람이 2명 밖에 없어서 주문하고 좀 오래 기다려야 했어요. 참, 커피를 시켰는데 리필이 무료라서 좋았어요.

전체 평가 ★★★★

책에 관심이 있는 사람이나 혼자 조용히 공부하고 싶은 사람에게 좋은 카페예요. 맛있는 커피를 마시고 싶거나 친구와 이야기만 할 사람들에게는 다른 커피숍이 더 좋을 것 같아요.

1) 이 카페 분위기로 맞지 <u>않는</u> 것은?

　① 시끄럽고 붐빈다.

　② 조용하고 아늑하다.

　③ 특이하고 깔끔하다.

2) 이 글의 내용과 같은 것은 무엇입니까?

　① 도서관처럼 책을 빌려 갈 수 있다.

　② 1층은 박물관이고 2층은 도서관이다.

　③ 커피를 시키면 무료로 리필을 해 준다.

참고하다 參考　후기 心得、評論　짜리 表示具有的分量　건물 建築物　느낌 感覺　작가 作家　실내 장식 室內裝飾
마음대로 隨意　꺼내다 拿出來　리필 續杯　전체 整體　평가 評價

쓰기
寫作

친구들과 모임을 할 때 만나기 좋은 장소를 소개하는 글을 써 보세요.
寫一篇文章，介紹適合朋友見面或聚會的地點。

1) 무슨 일이 있을 때 모임을 합니까?
   在什麼情況下會舉辦聚會呢？

학교	개강 파티,
회사	
가족 / 친구	

2) 모임을 자주 하는 곳이 어디입니까?
   你們經常在哪裡聚會呢？

3) 친구에게 소개해 주고 싶은 장소가 있습니까? 어떤 곳입니까?
   你有想要介紹給朋友的地點嗎？那是一個什麼樣的地方呢？

장소 : _____

	점수	평가
위치	★ ★ ★ ★ ☆	지하철역에서 가까워서 찾기 편하다.
맛	☆ ☆ ☆ ☆ ☆	
가격	☆ ☆ ☆ ☆ ☆	
분위기	☆ ☆ ☆ ☆ ☆	
서비스	☆ ☆ ☆ ☆ ☆	

4) 다음의 글을 읽고 모임 장소를 소개하는 글을 써 보세요.
閱讀以下內容，並寫一篇介紹聚會地點的文章。

제목 : 생일 파티하기 좋은 곳 알려 주세요.

안녕하세요? 다음 주가 친구 생일이라서 생일 파티를 해 주려고 하는데 좋은 장소 좀 알려 주세요. 인원은 10명 정도이고 대부분 외국 사람이에요. 가볍게 식사도 하고 차도 마실 수 있는 장소면 좋겠어요.

Re: 생일 파티 하기 좋은 곳 알려 주세요.

◎ 위치 : _____

_____

◎ 메뉴와 가격 : _____

_____

◎ 맛과 서비스 : _____

_____

◎ 분위기 : _____

_____

◎ 전체 평가 : _____

_____

_____

首爾大學韓國語

친구들과 특이한 식당이나 카페를 만들어 보세요.
試著和朋友開設一家特別的餐廳或咖啡店。

🌏 가게 이름을 정하고 팔고 싶은 음식을 생각해 보세요.
決定商店名稱，並想一想欲販賣哪些食物。

🌏 만들고 싶은 식당이나 카페에 대해 이야기한 후 내용을 정리해 보세요.
討論完想開設的餐廳或咖啡店後，試著整理一下討論內容。

어떤 손님이 많이 왔으면 좋겠어요?	☐ 어린이　☐ 청소년　☐ 대학생 ☐ 직장 여성　☐ _____
어떤 음식을 팔 거예요? 메뉴를 정해 보세요.	☐ 한식　☐ 양식　☐ 중식 ☐ 분식　☐ _____
어떤 음악을 준비할 거예요?	☐ 재즈　☐ 클래식　☐ 국악 ☐ 가요　☐ _____
실내 장식은 어떻게 하고 싶어요?	
문 여는 시간과 문 닫는 시간이 어떻게 돼요?	
오늘의 메뉴나 세트 메뉴가 있어요?	
다른 가게와 다른 특이한 점이 있어요?	
?	

> 어린이들이 자주 오는 식당을 만들어 보는 게 어때요?

> 그거 좋은 생각이네요. 식당 안에 작은 놀이터를 만들어도 좋을 것 같은데요.

> 손님이 직접 요리해서 먹는 식당은 어때요? 재료와 요리 도구만 준비해 놓고요.

> 그런 식당은 좀 별로인 것 같은데요. 보통 만들어서 먹는 게 귀찮을 때 식당에 가지 않나요?

🌏 친구들 앞에서 새로 열고 싶은 식당에 대해 발표해 보세요.
向朋友介紹一下你想開設的新餐廳。

📝 클래식 古典音樂　가요 流行音樂　놀이터 遊戲區　도구 工具　귀찮다 厭煩

문화 산책　文化漫步

준비
暖身

커피숍에 자주 갑니까? 거기에서 무엇을 합니까?
你經常去咖啡店嗎？你在哪裡會做什麼呢？

**알아
보기**
認識
韓國

한국의 다방		
1950년대 ~	 	다방은 사람들의 만남의 장소였습니다. 또 예술가들이 이곳에 자주 모였습니다.
1970년대 ~	 	당시에는 듣고 싶은 음악을 신청할 수 있는 음악 다방이 유행했습니다. 그리고 다방은 젊은 사람들의 미팅 장소로 인기가 많았습니다.
1990년대 ~	 	원두커피가 유행하기 시작하면서 커피 전문점이 생겼습니다. 이곳은 사람들에게 아늑한 휴식 장소가 되어 주었습니다.
2000년대 ~현재	 	대형 커피 전문점이 많이 생겼습니다. 최근에는 커피숍이 사람들의 모임 장소나 공부 장소로 많은 사랑을 받고 있습니다.

**생각
나누기**
文化
分享

여러분 나라에서 사람들이 좋아하는 만남의 장소는 어디입니까?
在你的國家，人們喜歡在哪裡聚會呢？

다방 茶館　예술가 藝術家　당시 當時　미팅 聚會　전문점 專賣店　휴식 休息　대형 大型

발음 發音

준비 들어 보세요. 🔊))
暖身　先聽聽看！

1) 토요일은 시간이 안 돼요. 동아리 모임이 있거든요.

2) 지난달에 대학교 입학시험을 봤거든요. 그런데 합격했어요.

규칙 ① 이유를 말할 때에는 끝을 내려서 말합니다.
規則　　當用於敘述理由的時候，句尾的聲調應往下降。

예] 동대문시장에 가 보세요. 거기 옷이 싸고 예쁘거든요.

내일 공항에 가야 돼요. 부모님이 오시거든요.

② 어떤 사실을 설명하듯 말하면서 뒤에 이야기가 계속 이어짐을 나타낼 때에는 끝을 올려서 말합니다.
若用於陳述某事實，且接下來還有話要說時，則句尾的聲調應提高。

예] 제가 좀 바쁘거든요. 그래서 오늘은 만날 수 없을 것 같아요.

제가 지금 막 지하철을 탔거든요. 한 시까지는 도착할 수 있을 거예요.

연습 맞는 억양을 표시한 후 읽어 보세요. 🔊))
練習　　標記出正確的聲調後，試著唸唸看。

1) A 회사 앞에 식당이 새로 생겼대요.

B 제가 어제 갔다 왔거든요. 가격도 저렴하고 맛있던데요.
（　　　　　　）

2) A 내일 같이 동물원에 갈까?

B 내일은 좀 곤란한데. 집들이에 초대를 받았거든.
（　　　　　　）

3) A 어제 왜 하루 종일 제 전화를 안 받았어요?

B 미안해요. 휴대폰이 고장 나서 수리 센터에 맡겼거든요.
（　　　　　　）

1. 아는 단어에 ✓ 하세요.
你學會了哪些單字，請打✓。

☐ 한산하다　　☐ 아늑하다　　☐ 가격이 저렴하다　　☐ (장소를) 정하다

☐ 붐비다　　☐ 편안하다　　☐ 재료가 신선하다　　☐ (시간을) 어기다

☐ 깔끔하다　　☐ 특이하다　　☐ 음식이 입에 맞다　　☐ (날짜를) 잡다

2. 알맞은 것을 골라 대화를 완성하세요.
選出適合的選項並完成對話。

아무 N도	-거든(요)	-이/히/리/기-

1) A 밖에 누가 있어요? 이상한 소리가 들려요.
   B 그래요? 밖에는 _____

2) A 히엔 씨는 왜 한국어를 배워요?
   B 고향에 돌아가서 _____

3) A 까만 색 모자 못 봤어요? 계속 찾아 봤는데 안 보이네요.
   B 아, 그 모자요? 옷장 안에 _____

4) A 왜 갑자기 전화를 끊었어요?
   B 엘리베이터를 탔는데 _____

3. 한국어로 할 수 있는 것에 ✓ 하세요.
你可以用韓文做哪些事情，請打✓。

☐ 약속을 정하고 장소를 변경할 수 있다.

☐ 숙소를 예약하고 변경할 수 있다.

☐ 모임 장소에 대한 소개와 평가를 할 수 있다.

☐ 장소를 소개하는 글을 읽고 쓸 수 있다.

單字

한산하다	悠閒	메뉴가 다양하다	菜單豐富
붐비다	擁擠	가격이 저렴하다	價格低廉
깔끔하다	整潔	재료가 신선하다	食材新鮮
아늑하다	幽靜	음식이 입에 맞다	食物合胃口
편안하다	舒服	（장소를）정하다	決定（場地）
특이하다	獨特	（날짜를）잡다	訂定（日期）
평범하다	平凡	（약속을）지키다	遵守（約定）
분위기가 좋다	氣氛好	（시간을）어기다	耽誤（時間）

會話翻譯 1

宥珍	阿里，我有阿拉伯語系的朋友，他說想要語言交換。
阿里	這樣啊？太好了。介紹給我吧。
宥珍	那麼，要不要這週末見面呢？星期六下午你有空嗎？
阿里	星期六我不行。我有社團聚會。
	星期天怎麼樣？那一天我沒有任何約會。
宥珍	好啊，那麼就約星期天下午3點囉！
	地點約江南站如何呢？
阿里	那是上次見面的地方對吧？記得那裡有點擁擠。
宥珍	江南站是有點擁擠沒錯，但是附近有很多不錯的咖啡店。
	我們要不要先在地鐵站見面，然後再一起過去約會場所？
阿里	好，這樣好像比較好。

會話翻譯 2

阿里	喂，我現在抵達江南站了，妳在哪裡呢？
宥珍	我可能會遲到一下，你先找個地方待著吧！不好意思。
阿里	沒關係。我就在3號出口外面等妳好了。
宥珍	不用啦，你就先去咖啡店待著吧！出口前面有看到一家便利商店吧？
阿里	有，有看到。我現在已經走到便利商店前面來了。
宥珍	便利商店那棟建築物的2樓，應該有一家「書咖啡店」。
	那邊有很多書，你就先在那邊看書等我，我馬上就到。
阿里	但是那邊大門深鎖，上面寫著「施工中」。
宥珍	這樣啊？那對面是不是也有一家咖啡店呢？
	那邊氣氛也不錯。
阿里	好，那麼我就去那邊等妳。

잘 듣고 이야기해 보세요. 67)))
仔細聽並説説看。

1. 무슨 문제가 있습니까?
   有什麼問題呢?

2. 남자는 어떻게 하려고 합니까?
   男生打算怎麼做呢?

1. 다음 물건들에 어떤 문제가 있는지 [보기]와 같이 말해 보세요.
跟著範例說說看以下物品有什麼樣的問題。

이상한 소리가 나다	탈수가 안 되다	전화가 끊기다	채소가 얼다
온도 조절이 안 되다	화면이 안 나오다	액정이 나가다	종이가 걸리다

(　　　　　) 　(　　　　　) 　(　　　　　) 　(　　　　　)

(　　　　　) 　(　　　　　) 　(　　　　　) 　(　　　　　)

範例

냉장고가 고장이 나서 채소가 얼어요.

친구와 통화하는데 전화가 계속 끊겨서 하고 싶은 말을 다 못 했어요.

2. 고장이 난 이유에 대해 [보기]와 같이 이야기해 보세요.
跟著範例說說看故障的原因。

| (물에) 빠뜨리다 | (땅에) 떨어뜨리다 | (음료수를) 쏟다 | (먼지가) 끼다 |

範例

휴대 전화를 물에 빠뜨렸는데 소리도 잘 안 들리고 전화가 자꾸 끊겨요.

노트북에 커피를 쏟아서 고장 났어요.

3. 에너지 절약 포스터를 만들어 보세요.
試著做一張節約能源的海報。

(전원을)
켜다/끄다

(수돗물을)
틀다/잠그다

(시동을)
걸다/끄다

(플러그를)
꽂다/빼다

우리 모두 에너지를 아낍시다.

잠시 외출할 때에는 컴퓨터 전원을 _____.

사용하지 않는 전자 제품은 플러그를 _____.

손을 씻은 후에는 꼭 _____.

자동차 시동을 오래 _____.

1. V- 았다가 / 었다가 　做了…又…

🔊

A　휴대폰이 자꾸 끊겨요.

B　그럼 껐다가 다시 켜 보세요.

例
- 친구 집에 **갔다가** 친구가 없어서 다시 왔어요.
- 편지를 **썼다가** 마음에 안 들어서 찢어 버렸어요.
- 코트를 입**었다가** 너무 더워서 벗었어요.

연습　[보기]와 같이 이야기해 보세요.

練習　　跟著範例說說看。

範例

> 카메라 전원이 안 켜져요.

> 배터리를 뺐다가 다시 넣어 보세요.

> 카메라 전원이 안 켜져요.

> 그럼…….

> 텔레비전 화면이 안 나와요.

> 냉장고에서 이상한 소리가 나요.

> 자동차 엔진 소리가 이상해요.

✎　찢다 撕　배터리 電池　엔진 引擎

2. A-(으)ㄴ데도, V-는데도, N인데도 即使…也…

A 휴대폰을 껐다가 켜 봤어요?

B 껐다가 다시 켰는데도 안 돼요.

例
- 새로 나온 휴대폰이 비**싼데도** 아주 잘 팔려요.
- 아껴 쓰**는데도** 항상 생활비가 모자라요.
- 분명히 배운 단어**인데도** 말하려고 하면 생각이 안 나요.
- 텔레비전이 고장 나서 두 번이나 손봤**는데도** 또 화면이 안 나와요.

연습 [보기]와 같이 이야기해 보세요.
練習 跟著範例説説看。

1)
배터리를 갈면
리모컨이 잘 될
것이다.

2)
충전을 하면
사진이 잘 찍힐
것이다.

3)
걸려 있는 종이를
빼면 복사가
잘 될 것이다.

4)
플러그를 뺐다가
꽂으면 텔레비전이
잘 나올 것이다.

範例

배터리를 가니까 리모컨이
잘 되지요?

아뇨, 배터리를 갈았는데도 리모컨이
잘 안 돼요.

분명히 明明 손보다 修理 갈다 替換

말하기 1　會話1

유　진　요즘 휴대폰이 왜 이러지?

스티븐　왜? 무슨 이상이 있어?

유　진　응, 소리가 잘 안 들리고 자꾸 끊겨. 고장 났나 봐.

스티븐　껐다가 다시 켜 보지그래? 껐다가 다시 켜면 가끔 괜찮아질 때가 있던데.

유　진　껐다가 켰는데도 계속 그래.

스티븐　그럼 정말 고장인가 보다. 수리 센터에 가지고 가 봐.

유　진　큰 고장이면 어떡하지?

스티븐　이런 건 조금만 손보면 금방 고칠 수 있을 거야. 너무 걱정하지 마.

연습1　친구와 연습해 보세요.

練習1　　和朋友練習看看。

1) 휴대폰

　　소리가 잘 안 들리다
　　/ 자꾸 끊기다

　　끄다 / 켜다

　　수리 센터에 가지고 가다

2) 에어컨

　　이상한 소리가 들리다
　　/ 찬바람이 안 나오다

　　전원을 끄다 / 켜다

　　수리 센터에 연락하다

3) 냉장고

　　윙 소리가 나다
　　/ 채소가 얼다

　　플러그를 빼다 / 꽂다

　　수리 기사를 부르다

이상 異常　윙 嗡嗡地　수리 기사 維修師傅

연습2 고장 난 물건에 대해 친구에게 [보기]와 같이 설명해 보세요.

練習2　跟著範例，向朋友説明一下故障的物品。

무슨 일 있어 ?

응 , 어제부터 에어컨이 안 돼 .

어떻게 안 되는데 ?

찬바람이 안 나와 .

이름	전자 제품	문제점
스티븐	에어컨	찬바람이 안 나옴

문법과 표현 2　文法與表現2

1. A/V- 더니　表示對照或結果

🔊

A 휴대폰이 잘 안된다고요? 언제부터 그랬어요?

B 어제까지 잘되더니 오늘 아침부터 안돼요.

例

• 아까는 밖이 조용하**더니** 지금은 시끄럽다.
• 날씨가 흐리**더니** 비가 오기 시작하네요.
• 동생이 열심히 공부하**더니** 서울대학교에 합격했어요.
• 아이가 아이스크림을 많이 먹**더니** 배탈이 난 것 같아요.

연습 [보기]와 같이 과거와 현재를 비교해서 이야기해 보세요.

練習　跟著範例，試著比較過去與現在的情形。

範例

> 서울은 지난주에는 춥더니
> 이번 주는 따뜻해요.

> 베이징은 며칠 동안 폭우가 내리더니
> 홍수가 났어요.

1) 날씨
(한국, 고향……)

2) 물가
(방값, 교통비, 음식값……)

3) 가족
(어머니, 동생, 오빠……)

4) 친구
(성격, 얼굴, 키……)

2. V- 도록 하다 讓…、使…

🔊 72

A 전화가 자꾸 끊기더니 전원이 꺼졌어요.

B 바로 접수해 드리도록 하겠습니다.

例
- 지금부터 졸업식을 시작**하도록 하겠습니다.**
- 사정이 있을 때는 미리 전화로 연락**하도록 하세요.**
- 하루에 세 번 약 먹는 것을 잊지 않**도록 하세요.**

연습
練習

[보기]와 같이 이야기해 보세요.
跟著範例說說看。

회사	병원
과장님, 워크숍 준비를 어떻게 할까요?	감기에 걸렸나 봐요. 열이 나고 목도 아파요.
● 프로그램 준비하기 ● 다른 직원들에게 이메일 보내기 ● 장소, 교통편 알아보기 ● 식당 예약하기 ?	● 푹 쉬기 ● 과일 많이 먹기 ● 찬 음식 먹지 않기 ● 따뜻한 차 많이 마시기 ?

範例

워크숍 준비를 어떻게 할까요?

우선 프로그램을 준비하도록 하세요.

네, 그렇게 하도록 하겠습니다.

그 다음에……

과장님 科長 워크숍 研討會 우선 首先

말하기 2　會話2

직원	어서 오세요. 뭘 도와 드릴까요?
유진	휴대폰이 고장 난 것 같아요.
직원	아, 그러세요? 어떻게 안 되세요?
유진	전화가 자꾸 끊기더니 전원이 꺼져 버렸어요.
직원	언제부터 그랬어요?
유진	어제까지 잘되더니 오늘 아침부터 안 돼요.
직원	혹시 떨어뜨리거나 물에 빠뜨리신 적이 있습니까?
유진	아니요, 그런 적 없는데요.
직원	네, 알겠습니다. 바로 접수해 드리도록 하겠습니다.

연습1　친구와 연습해 보세요.

練習1　和朋友練習看看。

1) 휴대폰

전화가 자꾸 끊기다 /
전원이 꺼져 버렸다

어제 / 오늘 아침

물에 빠뜨리다

2) 카메라

사진이 안 찍히다 /
전원이 꺼졌다

그저께 / 어제

뜨거운 곳에 오래 두다

3) 노트북

화면이 흐려지다 /
액정이 나갔다

며칠 전 / 어제 저녁

음료수를 쏟다

전원이 꺼지다 電源關閉　그저께 前天　（화면이）흐려지다 畫面變模糊　（며칠）전 （幾天）前

연습2 수리 센터에 가서 고장 난 물건의 수리를 신청해 보세요.
練習2　試著到維修中心要求修理故障的物品。

어서 오세요. 뭘 도와 드릴까요?

_____ 이 / 가 고장 나서 왔는데요.

어떻게 안 되세요?

_____.

휴대폰
수리접수

수리 신청서

• 접 수 일 :　　　　　　 년　　　　 월　　　　 일
• 제 품 명 :
• 고 객 성 명 :
• 연 락 처 :
• 문　　 제 :

〈확인 사항〉

• 물에 빠뜨렸습니까?	
• 떨어뜨린 적이 있습니까?	
• 혹시 음료수를 쏟았습니까?	
• 플러그를 빼 놓지 않았습니까?	
• 기계 안에 먼지가 끼어 있습니까?	
•　　　　　　 ?	

기계 機器

듣고 말하기 聽力與會話

준비 집이나 사무실에서 꼭 필요할 때 물건이 고장 나서 곤란한 적이 있었습니까?
暖身　你是否曾在需要之時，家中或辦公室的物品卻故障而感到苦惱呢？

듣기1 잘 듣고 질문에 답하세요. 🔊74)))
聽力1　仔細聽並回答問題。

1) 들은 내용과 같은 것을 고르세요.

① 복사기는 전에도 고장 난 적이 있다.

② 1층 사무실 복사기는 며칠 전에 산 것이다.

③ 회의 자료를 복사하자마자 복사기가 고장 났다.

2) 들은 내용을 메모해 보세요.

고장 난 물건	사무실 복사기
문제점	
해결 방법	

준비 물건이 고장 나서 수리 기사를 부른 적이 있습니까?
暖身　你是否曾因為物品故障而請過維修師傅呢？

복사기 影印機　복사하다 影印　해결 解決

듣기2 잘 듣고 질문에 답하세요. 🔊

聽力2 仔細聽並回答問題。

1) 대화하는 두 사람이 누구인지 고르세요.

　　① 상담 직원과 고객

　　② 고객과 수리 기사

　　③ 수리 기사와 상담 직원

2) 들은 내용을 메모해 보세요.

고장 난 물건	
문제점	
해결 방법	

말하기 다음에 대해 친구들과 함께 이야기해 보세요.

會話 針對下列事項和朋友來練習對話。

1. 여러분이 제일 많이 고쳐서 쓴 물건은 무엇입니까?

2. 고향에서는 전자 제품이 고장 나면 어떻게 수리합니까?

3. 수리 후에도 계속 같은 고장이 날 때 어떻게 합니까?

4. 고장 나지는 않았지만 필요가 없는 물건은 어떻게 합니까?

5. 여러분에게 없으면 안 되는 가장 중요한 전자 제품은 무엇입니까?

상담 諮詢

준비　여러분은 물건이 고장 났을 때 먼저 무엇을 합니까?
暖身　當物品故障時，你會最先做什麼事呢？

- ☐ 친구에게 물어본다.　　　　☐ 부모님께 여쭤 본다.
- ☐ 인터넷에서 검색해 본다.　　☐ 사용 설명서를 찾아 읽어 본다.
- ☐ 수리 센터에 전화한다.　　　☐ _____

읽기　다음의 세탁기 사용 설명서를 읽고 해야 할 일을 찾아보세요.
閱讀　閱讀以下的洗衣機使用說明書，並找一找應該做哪些事情。

고장이 아닙니다!

* 세탁기에 문제가 있습니까? 수리 센터에 연락하시기 전에 아래를 확인해 주세요.

	문제	확인 사항	해야 할 일
1)	시작 버튼을 눌렀는데 세탁이 되지 않습니다.	문이 열려 있지 않습니까?	①
2)	세탁기 문이 안 열립니다.	세탁기에 물이 너무 많지 않습니까?	
3)	거품이 너무 많이 생깁니다.	세제를 너무 많이 넣지 않았습니까?	
4)	물이 안 나옵니다.	수도꼭지가 잠겨 있지 않습니까?	
5)	탈수할 때 세탁기가 심하게 흔들립니다.	빨래가 서로 엉켜 있지 않습니까?	
6)	세탁기에서 계속 이상한 소리가 들립니다.	세탁기 속에 핀이나 동전이 걸려 있지 않습니까?	

- ① 문을 닫아 주세요.
- ② 수도꼭지를 틀어 주세요.
- ③ 물을 빼고 문을 여세요.
- ④ 세제를 많이 넣지 마세요.
- ⑤ 걸려 있는 물건을 꺼내고 청소해 주세요.
- ⑥ 빨래를 잘 편 다음 탈수하세요.

검색하다 搜尋　사용 설명서 使用說明書　거품 泡沫　수도꼭지 水龍頭　흔들리다 搖晃　엉키다 纏繞　속 內部
핀 別針　펴다 打開、翻開

쓰기 다음을 읽고 질문에 답하세요.
寫作　　閱讀以下文章，並回答問題。

 Q　**휴대폰이 안 터져요.**

비공개 │ 질문 0건 질문 마감률 0% │

산 지 6개월도 안 된 휴대폰이 잘 안 터져요.
전화도 잘 안 걸리고 문자를 보냈는데 친구는 못 받았다고 그래요.
배터리도 빨리 닳아요.

전화로 할 일이 많은데 휴대폰이 잘 안되니까 정말 속상해요.

어떻게 해야 하나요? 이거 수리비는 얼마나 나올까요?

답변 좀 주세요.

의견 쓰기 │ ❷나도 궁금해요

1) 이 사람은 왜 이 글을
　쓰습니까?
　這個人為什麼寫了這篇文章？

2) 이 사람은 무엇을 알고
　싶어합니까?
　這個人想知道些什麼？

3) 이 사람에게 어떤 대답을 해
　주고 싶습니까?
　你想要怎麼回覆這個人呢？

터지다 收訊良好　닳다 耗損　답변 回覆

4) 이 사람에게 답글을 써 주세요.
試著留言回覆這個人。

질문자
채택

네티즌
채택

re: 휴대폰이 안 터져요.

비공개 | 채택 답변수 500개 이상 | 2015. 06. 17. 11:18

친구들과 새로운 물건을 발명해 보세요.

試著和朋友發明新產品。

전자 제품을 사용하면서 어떤 점이 불편했나요? 이야기해 보세요.

試著說說看當你使用電子產品時，曾有過哪些不便之處。

> 텔레비전 리모컨이 자꾸 없어져서
> 찾느라고 힘들어요.

> 휴대폰 충전하는 게 너무 귀찮아요.

어떤 제품이 나왔으면 좋겠어요? 여러분이 직접 발명해 보세요.

你希望能有什麼樣的產品上市呢？請你親自來發明看看。

範例		
제품명	• 위치를 알려 주는 리모컨
성능	• 텔레비전에 붙여 놓은 버튼을 누르면 리모컨에서 소리가 남
장점	• 리모컨이 어디 있는지 모를 때 바로 찾을 수 있게 도와줌 • 리모컨만 바꾸면 되기 때문에 가격이 매우 저렴함
가격	• 2만 원
디자인	•

신제품 설명회를 열고 발명왕을 뽑아 보세요.

召開新產品說明會，並選出發明王。

> 리모컨이 어디 있는지 몰라서 자주 불편하셨죠？
> 이 텔레비전은 버튼을 누르면 리모컨에서
> 소리가 나도록 했습니다.
> 디자인은…
> 가장 큰 장점은…
> 가격은… 입니다.

장점 優點

문화 산책 文化漫步

준비
暖身

다음 표현들은 무슨 뜻일까요? 생각해 보세요.
想想看以下語彙代表什麼意思。

| 손을 보다 | 손이 맵다 | 손이 크다 | 손이 빠르다 |

**알아
보기**
認識
韓國

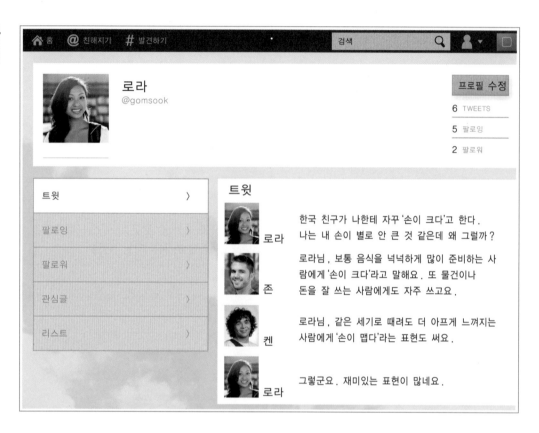

홈 @ 친해지기 # 발견하기 · 검색 🔍

로라
@gomsook

프로필 수정

6 TWEETS
5 팔로잉
2 팔로워

트윗	〉
팔로잉	〉
팔로워	〉
관심글	〉
리스트	〉

트윗

로라　한국 친구가 나한테 자꾸 '손이 크다'고 한다.
나는 내 손이 별로 안 큰 것 같은데 왜 그럴까?

존　로라님, 보통 음식을 넉넉하게 많이 준비하는 사
람에게 '손이 크다'라고 말해요. 또 물건이나
돈을 잘 쓰는 사람에게도 자주 쓰고요.

켄　로라님, 같은 세기로 때려도 더 아프게 느껴지는
사람에게 '손이 맵다'라는 표현도 써요.

로라　그렇군요. 재미있는 표현이 많네요.

**생각
나누기**
文化
分享

다음의 표현들이 무슨 뜻인지 생각해 보세요. 그리고 고향의 재미있는 표현을
소개해 보세요.
想想看以下語彙是什麼意思，同時介紹一下你家鄉的有趣語彙。

Why the long face?　　die Nase über　　顔が広い

   ?

✎　넉넉하다 足夠、充裕　세기 強度　때리다 打

준비 들어 보세요. 🔊 76
暖身 先聽聽看！

1) 수리 센터에 한번 가지고 가 봐.

2) 내가 인터넷으로 알아봐 줄게.

규칙 1. 외래어를 한글로 쓸 때는 경음화 되는 단어도 'ㄲ, ㄸ, ㅃ, ㅆ, ㅉ'로 쓰지
않습니다.
規則　　使用韓文字母拼寫外來語時，即便是要發硬音的字，也不寫為「ㄲ、ㄸ、ㅃ、ㅆ、ㅉ」。

예] 수리 센터(center) [수리쎈터]

버스(bus) [뻐쓰]

2. 받침에는 'ㄱ, ㄴ, ㄹ, ㅁ, ㅂ, ㅅ, ㅇ'만 씁니다. 따라서 뒤에 모음으로
시작되는 조사가 오면 한글 받침 소리를 그대로 발음합니다.
終聲僅可使用「ㄱ、ㄴ、ㄹ、ㅁ、ㅂ、ㅅ、ㅇ」，因此終聲後若接以母音為始的助詞時，
原本的終聲音不變。

예] 인터넷(internet)으로 [인터네스로]

워크숍(workshop)에서 [워크쇼베서]

연습 외래어에 밑줄을 긋고 읽어 보세요. 🔊 77
練習　　將外來語劃上底線，試著唸唸看。

1) A 이 초콜릿을 어디에서 샀어요?

B 버스 정류장 앞에 있는 슈퍼마켓에서 샀어요.

2) A 어제 9시 뉴스 봤어요?

B 아뇨, 세미나 발표 준비하느라고 못 봤어요.

3) A 새로 생긴 재즈 카페에 같이 가 볼래요?

B 좋아요. 커피 두 잔을 주문하면 도넛을 서비스로 준대요.

1. 아는 단어에 ✓ 하세요.
你學會了哪些單字，請打✓。

- ☐ 화면이 안 나오다
- ☐ 액정이 나가다
- ☐ (물에) 빠뜨리다
- ☐ 전원을 켜다
- ☐ 탈수가 안 되다
- ☐ 이상한 소리가 나다
- ☐ (땅에) 떨어뜨리다
- ☐ 플러그를 빼다
- ☐ 종이가 걸리다
- ☐ 온도 조절이 안 되다
- ☐ (음료수를) 쏟다
- ☐ 시동을 걸다

2. 알맞을 것을 골라 대화를 완성하세요.
選出適合的選項並完成對話。

-았다가/었다가	-았는데도/었는데도	-더니	-도록 하다

1) A 어제 수리 기사 아저씨가 다녀갔으니까 컴퓨터가 잘되지요?
   B 아니요, _____

2) A 오늘은 운동하러 안 가요?
   B _____ 비가 와서 다시 들어왔어요.

3) A 하늘이 _____ 비가 내리네요.
   B 그럼 축구 경기는 다음에 해야겠어요.

4) A 과장님, 회의 시간에 늦어서 죄송합니다.
   B 다음부터는 _____

3. 한국어로 할 수 있는 것에 ✓ 하세요.
你可以用韓文做哪些事情，請打✓。

- ☐ 전자 제품의 고장 원인에 대해 설명할 수 있다.
- ☐ 수리 센터에 전화해서 수리 신청을 할 수 있다.
- ☐ 고장과 수리에 대한 대화를 듣고 고장 원인과 해결 방법을 말할 수 있다.
- ☐ 사용 설명서를 이해할 수 있고 문제 해결을 도와주는 글을 쓸 수 있다.

課程資料夾

單字

이상한 소리가 나다	發出奇怪的聲音	（음료수를）쏟다	打翻（飲料）
탈수가 안 되다	無法脫水	（먼지가）끼다	積（灰塵）
전화가 끊기다	電話斷線	（전원을）켜다 / 끄다	開／關（電源）
채소가 얼다	蔬菜結冰	（수돗물을）틀다 / 잠그다	打開／關閉
온도 조절이 안 되다	無法調整溫度		（自來水）
화면이 안 나오다	畫面不清	（시동을）걸다 / 끄다	啟動／熄火
액정이 나가다	液晶破損		（開關）
종이가 걸리다	卡紙	（플러그를）꽂다 / 빼다	插／拔（插頭）
（물에）빠뜨리다	落入（水）中		
（땅에）떨어뜨리다	掉到（地）上		

會話翻譯 1

宥珍	最近手機怎麼都怪怪的？
史提芬	怎麼了？有什麼異常嗎？
宥珍	嗯…聲音聽不清楚，然後總是自動斷線。好像是故障了。
史提芬	怎麼不先關機再開開看呢？常常有時候關機再開就好了啊！
宥珍	試過關機再開，但還是一樣。
史提芬	那就真的是故障了。拿去維修中心吧。
宥珍	如果故障很嚴重的話該怎麼辦？
史提芬	這種問題只要稍微維修一下，馬上就好了，不用太擔心啦！

會話翻譯 2

職員	歡迎光臨。有什麼需要服務的嗎？
宥珍	我手機好像壞掉了。
職員	啊，這樣啊？是什麼樣的狀況呢？
宥珍	電話總是斷線，後來電源就打不開了。
職員	什麼時候開始這樣的呢？
宥珍	昨天還好好的，今天早上開始就不能用了。
職員	手機是否有掉到地上或水裡呢？
宥珍	沒有，沒有這種情形。
職員	好，那我知道了，我馬上來幫您安排維修。

잘 들고 이야기해 보세요. 78 🔊
仔細聽並說說看。

1. 무슨 뉴스입니까?
   這是什麼樣的新聞呢？

2. 누가 무엇을 잘못했습니까?
   誰做錯了什麼呢？

1. 안전을 위해서 어떻게 해야 할까요? 이야기해 보세요.
說說看為了安全，我們應該做些什麼好呢？

안전벨트를 매다

과속을 하다

제한 속도를 지키다

신호를 어기다

주위를 살피다

음주 운전을 하다

안전벨트를 매야 해요.

과속을 하면 안 돼요.

首爾大學韓國語

2. 다음의 표현을 사용해서 이야기해 보세요.
使用以下的語彙來說說看。

| 사고가 나다 | 사고를 내다 | 사고를 당하다 |

교차로에서 사고가 났습니다.

3. 이런 사고가 난 적이 있습니까? 이야기해 보세요.
說說看你是否曾經發生過以下意外。

(엘리베이터에)
갇히다

(지하철 문에)
끼이다

(물에)
빠지다

(뱀에)
물리다

(눈길에)
미끄러지다

> 엘리베이터에 갇힌 적이 있었어요?

> 네. 고향에서 엘리베이터에 갇힌 적이
> 있었는데 정말 무서웠어요.

4. 사고로 다쳐서 치료를 받거나 문병을 간 경험에 대해 이야기해 보세요.
說說看有關出事受傷接受治療或去探病的經驗。

삐다

부러지다

찢어지다

깁스를 하다

수술하다

꿰매다

입원하다

문병을 가다

퇴원하다

> 교통사고를 당해서 병원에 입원한
> 적이 있어요.

> 친구의 사고 소식을 듣고 문병을 갔는데
> 다리가 부러져서 깁스를 하고 있었어요.

1. V- 다 (가) 做…到一半，後來…

79))

A 아키라 씨한테 무슨 일이 생겼어요 ?

B 운전하면서 전화를 받다가 교통사고가 났대요 .

例
- 늦게까지 자**다가** 학교에 지각했어요.
- 딴 생각을 하며 걷**다가** 하수구에 빠졌어요.
- 음주 운전을 **하다** 사고가 났대요.

연습 [보기]와 같이 실수하거나 혼난 일에 대해 말해 보세요.

練習 跟著範例說說看犯錯或被罵的經驗。

範例

저는 고등학교 때 수학 시간에
만화책을 보다가 선생님한테
들켜서 야단맞은 적이 있어요 .

저는 회사에서 근무 시간에
친구와 채팅을 하다가
과장님께 들킨 적이 있어요 .

1)

2)

3)

4)

딴 其他的、不相關的 하수구 水溝 만화책 漫畫書 들키다 被發現 근무 시간 上班時間 채팅을 하다 聊天

2. A-다고(요), V-ㄴ다고/는다고(요), N(이)라고(요) 說…

🔊

A 아키라 씨가 교통사고가 났다고요?

B 네, 운전하고 있는데 옆 차가
끼어들었대요.

例
- A : 비가 정말 많이 오네요.
  B : 네? 비가 **온다고요**? 우리 동네는 맑은데요.
- A : 너무 바빠서 아직 점심도 못 먹었어요.
  B : 네? 지금까지 점심을 못 먹었**다고요**?

- A : 네? 청바지가 얼마**라고요**?
  B : 만 원**이라고요**. 정말 싸지요?
- A : 열이 나고 콧물도 나요.
  B : 네? 어디가 아프**다고요**?

연습 [보기]와 같이 친구의 말을 듣고 다시 질문해 보세요.
練習 跟著範例，聽聽朋友說的話，並再次詢問。

範例

저 오늘 고향에 돌아가요.

네? 고향에 돌아간다고요?

1) 저 오늘 고향에 돌아가요.

2) 회사 근처 옷가게에서 티셔츠를 오천 원에 팔아요.

3) 지금 태풍이 오고 있대요. 빨리 집에 돌아가야겠어요.

4) 내일 회의 시간은 오전 일곱 시예요. 늦지 마세요.

5) 속이 안 좋아서 어제부터 아무것도 못 먹었어요.

6) 벌써 11시예요. 지하철이 끊기기 전에 집에 가야겠어요.

7) 내일 말하기 시험 보는 거 알아요?

8) 어제 길을 가다가 넘어져서 팔이 부러졌어요.

9) 지갑을 잃어버렸어요. 지하철에 놓고 내린 것 같은데 어떡하지요?

?

줄리앙 아키라 씨가 어제 집에 가다가 교통사고가 났대요.

켈 리 네? 교통사고가 났다고요? 어떻게 하다가 사고가 났대요?

줄리앙 버스에서 내리다가 오토바이에 치였대요.

켈 리 그래서 많이 다쳤대요?

줄리앙 네, 다리가 부러졌나 봐요.

켈 리 어느 병원이에요? 한번 가 봐야겠어요.

줄리앙 오늘은 계속 검사를 받아야 하니까 오지 말라고 했어요.

켈 리 그래요? 그럼 내일 같이 문병 갈래요?

줄리앙 네, 좋아요.

연습1 친구와 연습해 보세요.
練習1 和朋友練習看看。

1) 교통사고가 나다

버스에서 내리다 /
오토바이에 치이다

다리가 부러지다

계속 검사를 받다

2) 교통사고를 당하다

횡단보도를 건너다 /
차에 치이다

머리가 찢어지다

수술을 받다

3) 사고가 나다

운전을 하다 /
앞차와 부딪치다

목을 심하게 삐다

계속 치료를 받다

연습2 친구의 사고 소식을 전달해 주세요.

練習2 請傳達朋友發生事故的訊息。

민수 씨가 교통사고가 났대요.

네? 교통사고가 났다고요?
어떻게 하다가 사고가 났대요?

_____.

많이 다쳤대요?

1)

2)

3)

第八課　你說發生了車禍？

문법과 표현 2   文法與表現2

1. 아무리 A/V- 아도 / 어도 不管再怎麼…也…

🔊 82

A 회사 일이 많아서 요즘 거의 잠을 못 자요.

B 아무리 일이 많아도 좀 쉬면서 하세요.

例

- 저는 **아무리** 피곤**해도** 운동을 꼭 하고 자요.
- **아무리** 힘들**어도** 열심히 공부해서 꼭 장학금을 탈 거예요.
- **아무리** 생각**해도** 지갑을 어디에서 잃어버렸는지 모르겠어.
- 이 책이 너무 어려워서 **아무리** 읽**어도** 모르겠어요. 좀 도와주세요.

연습 [보기]와 같이 친구들을 인터뷰해 보세요.
練習   跟著範例，試著訪問一下朋友。

範例

아무리 힘들어도 꼭 해야 하는 일이 있어요?

네, 운동요. 저는 아무리 힘들어도 매일 운동해요.

	친구 1 :	친구 2 :
1) 아무리 힘들어도 꼭 해야 하는 일		
2) 아무리 먹어도 또 먹고 싶은 음식		
3) 아무리 들어도 싫지 않은 노래		
4) 아무리 비싸도 꼭 사야 하는 것		
5) 아무리 하고 싶어도 하면 안 되는 일		
6) ?		

2. A/V- 아야 / 어야 할 텐데 (요) 應該要…、必須要…

A 아키라 씨가 다리를 다쳐서 병원에
입원했대요 .

B 큰일이네요 . 빨리 나아야 할 텐데요 .

例
- 내일 체육 대회지요? 날씨가 좋아야 할 텐데…….
- A : 주말에 축구 보러 갈 거지?
  B : 물론이지. 우리 팀이 꼭 이겨야 할 텐데…….
- 안나 씨가 다음 학기 장학금을 신청했대요. 꼭 받아야 할 텐데요.

연습 [보기]와 같이 이야기해 보세요.

練習　跟著範例説説看。

範例

알리 씨가 지갑을
잃어버렸대요 .

그래요 ? 어디서요 ?
꼭 찾아야 할 텐데요 .

1) 알리 씨가 지갑을 잃어버렸다.

2) 유진 씨 어머니가 많이 편찮으시다.

3) 지연 씨가 이사할 집을 아직 못 구했다.

4) 내일 중요한 발표를 해야 하는데 아직 준비를 다 못했다.

5) 히엔 씨가 급히 고향에 가야 하는데 비행기 표가 없다.

6) ?

편찮으시다 身體不舒服 (敬語)

말하기 2 會話2

켈　리　아키라 씨, 좀 어때요? 많이 아프지요?

아키라　지금은 괜찮아요. 다리가 부러져서 수술을 했어요.

켈　리　저런. 오래 입원해야 해요?

아키라　3주 정도 병원에 있어야 한대요.

켈　리　어떡해요. 빨리 나아야 할 텐데요.

아키라　회사 일도 많고 게다가 한국어 시험 준비도 해야 할 텐데 걱정이에요.

켈　리　아무리 할 일이 많아도 지금은 푹 쉬어야 돼요. 건강이 제일이에요.
　　　　참, 이건 만화책인데 심심할 때 보세요.

아키라　고마워요. 켈리 씨.

켈　리　그럼 전 이만 가 볼게요. 몸조리 잘 하세요.

연습1　친구와 연습해 보세요.
練習1　和朋友練習看看。

1) 다리가 부러지다 /
　 수술을 하다

　　빨리 낫다

　　한국어 시험 준비도 하다

　　할 일이 많다

2) 허리를 다치다 /
　 치료를 받고 있다

　　빨리 건강해지다

　　다음 달에 출장을 가다

　　일이 중요하다

3) 머리가 좀 찢어지다 /
　 꿰맸다

　　빨리 퇴원하다

　　곧 이사를 하다

　　바쁘다

몸조리를 하다 調養身體

연습2 아픈 친구의 문병을 갔습니다. [보기]와 같이 친구와 대화해 보세요.

練習2 你去慰問身體不舒服的朋友。跟著範例和朋友練習對話。

範例

> 어쩌다가 이렇게 다쳤어요?

> 축구 연습을 하다가 다른 선수와 부딪쳐서 이마가 찢어지고 코뼈가 부러졌어요.

> 어쩌지요? 빨리 나아야 할 텐데요.

> 네, 괜찮을 거예요. 하지만 축구 대회에서 우리 팀이 꼭 이겨야 할 텐데 걱정이에요.

> 아무리 그래도 지금은 건강을 먼저 생각해야 해요. 과일을 좀 사 왔는데 드세요.

1)

축구 연습을 하다가 친구와 부딪 쳐서 다쳤다. 다음 주에 축구 대 회가 있는데 걱정이다.

2)

다른 생각을 하며 걷다가 넘어졌다. 한 달 후에 피아노 대회에 나가 야 하는데 걱정이다.

3)

눈이 오는 날 계단을 내려가다가 미끄러졌다. 다음 주에 고향에서 친구가 오면 스키 타러 가기로 했는데 걱정이다.

4)

자전거를 타는데 갑자기 어린 아 이가 뛰어나와 피하려고 하다가 넘어졌다. 그 아이도 놀라서 넘 어졌는데 괜찮은지 모르겠다.

코뼈 鼻樑　계단 樓梯

준비
暖身

지하철역에서 일어날 수 있는 사고에 대해 이야기해 보세요.
説説看在地鐵站裡可能發生的意外。

☐ 지하철 문에 옷이 끼이다.

☐ 에스컬레이터에서 넘어지다.

☐ 열차에서 내리다가 발이 빠지다.

☐ 열차를 기다리다가 아래로 떨어지다.

듣기1
聽力1

잘 듣고 질문에 답하세요. 🔊

仔細聽並回答問題。

1) 여기는 어디입니까? 맞는 것을 고르세요.

　① 엘리베이터 안　　　② 비행기 안　　　③ 열차 안

2) 들은 내용과 맞지 <u>않는</u> 것을 고르세요.

　① 열차 안에는 비상 전화가 있다.

　② 요즘 문에 끼이는 사고가 자주 일어난다.

　③ 문에 기대는 사람이 있으면 직원에게 연락해야 한다.

준비
暖身

여행이나 출장으로 오랫동안 집을 비워야 할 때 어떻게 합니까?
當因旅行或出差必須離開家一段時間時，你會怎麼做呢？

☐ 거실 불을 켜 놓고 간다.

☐ 경찰서에 미리 연락해 놓는다.

☐ 신문이나 우유를 잠시 넣지 말라고 한다.

☐ _____

비상 전화 緊急電話　기대다 倚靠

듣기2 잘 듣고 질문에 답하세요. 🔊
聽力2 仔細聽並回答問題。

1) 여자가 전화한 이유는 무엇입니까?

① 집에 도둑이 들어서

② 베란다 창문이 안 열려서

③ 집에 혼자 있기가 무서워서

2) 여자의 집에서 없어진 물건이 <u>아닌</u> 것을 고르세요.

① 결혼반지　　　　　② 노트북　　　　　③ 시계

3) 들은 내용과 맞는 것을 고르세요.

① 여자는 지금 혼자 집에 있다.

② 여자가 여행을 갔을 때 집에 도둑이 들었다.

③ 여자는 전화를 끊자마자 경찰서에 갈 것이다.

말하기 다음에 대해 함께 이야기해 보세요.
會話　　針對下列事項來練習對話。

1. 비행기나 배에서 일어난 사고에 대해 들어본 적이 있습니까?

2. 집이나 건물 안에서 일어날 수 있는 사고에는 어떤 것들이 있을까요?

3. 여러분 나라에서는 사고가 나면 어떻게 합니까?
　 어디에 제일 먼저 연락을 합니까?

4. 경찰서나 소방서에 신고를 해 본 적이 있습니까?
　 언제, 왜 신고를 했습니까?

신고하다 舉報

준비　유명한 사람의 사고 소식을 듣거나 읽은 적이 있습니까?
暖身　　你有聽過或讀過知名人士的意外消息嗎?

읽기
閱讀

오늘의 사건 사고

한류 스타 산하, 교통사고로 크게 다쳐

인기 가수 산하(27세)가 부산에서 열리는 국제 영화제에 참석하려고 내려가다가 경부고속도로에서 교통사고를 당했다. 산하의 차는 트럭과 부딪쳐서 사고가 났는데 목격자 김 모 씨는 사고 당시 트럭 기사가 과속을 했다고 말했다. 사고를 낸 기사는 병원으로 옮기는 중에 사망했고 산하는 사고로 목과 어깨 등을 크게 다쳐 현재 서울에 있는 한 병원에서 치료를 받고 있다. 담당 의사는 산하가 팔과 어깨뼈가 부러져서 수술을 받았고 얼굴과 목, 무릎 등에도 적지 않은 상처가 있어서 두 달 이상 입원 치료를 받아야 할 것이라고 했다.

산하는 '날 떠난다고요?'로 데뷔해 '아무리 잊으려 해도' 등의 슬프지만 아름다운 노래들로 많은 팬들의 사랑을 받았고 영화배우로도 활발한 활동을 하고 있다. 최근에는 영화 '엘리베이터에 갇힌 남자'를 찍는 중이었다. 그러나 이번 사고로 영화 촬영 일정에 변화가 있을 것으로 보인다.

1) 다음 중 맞는 것은 무엇입니까?

① 한류 스타가 영화를 찍다가 사고를 당했다.

② 한류 스타가 엘리베이터에 갇히는 사고가 났다.

③ 사고를 낸 사람은 제한 속도를 어기고 운전했다.

2) 다음 중 사고의 결과가 <u>아닌</u> 것은 무엇입니까?

① 산하는 이번 사고로 어깨를 다쳐서 수술을 했다.

② 산하는 두 달 이상 병원에서 입원 치료를 해야 한다.

③ 산하는 사고 때문에 앞으로 영화를 찍을 수 없다.

 목격자 目擊者　(김)모 (金)某人　옮기다 移送　사망하다 死亡　한 某　담당 負責、擔任
데뷔하다 出道　촬영 拍攝

쓰기 여러분 나라에서 일어난 큰 사건이나 사고에 대해 써 보세요.

寫作 寫篇文章介紹曾發生在你國家的大事件或事故。

1) 그 사건이나 사고에 대해 간단히 정리해 보세요.
   簡單摘要該事件或事故。

사건(사고)	
때와 장소	
사고 이유	• •

2) 사건이나 사고 결과에 대해 간단히 정리해 보세요.
   簡單摘要事件或事故結果。

사건 / 사고 결과	• • •

3) 사건이나 사고에 대한 자기의 생각을 간단히 써 보세요.
   簡單寫一下你對事件或事故的看法。

나의 생각	

4) 위에서 정리한 순서대로 사건이나 사고에 대해 자세히 써 보세요.
依照以上所整理的順序，仔細描述事件或事故的內容。

과제　課堂活動

환자와 문병 간 사람이 되어 역할극을 해 보세요.

試著扮演病患與探病的人，共同演一齣情境劇。

상황 카드를 뽑고 상황이 같은 짝을 찾으세요. 그리고 상황 카드에 맞는 설명과
질문을 생각해 보세요.

抽一張情境卡，找出扮演相同情境的伙伴，同時想想符合情境卡的說明與問題。（請搭配活動
學習單）

< 환자 >

상황
교통사고가 났다.

사고 설명
교차로에서 신호를 잘못 보고 달리다가
사고가 났다.

상태 설명
다리가 부러져서 수술을 했다. 한 달 동안
입원해야 한다.

< 문병 간 사람 >

상황
교통사고로 다쳐서 병원에 입원한 친구에게
문병을 갔다.

질문
어떻게 하다가 다쳤어?
의사 선생님이 뭐라고 하셨어?
몸은 좀 어때?

선물
만화책

환자와 문병 간 손님이 되어 대화를 해 보세요.

試著扮演病患與探病的人，並練習對話。

아키라 씨, 저 왔어요.
몸은 좀 어때요?

와 줘서 고마워요.
지금은 많이 좋아졌어요.

그런데 어떻게 하다가 다쳤어요?

운전하다가 사고가 났어요.
갑자기 옆 차가 끼어들어서요.

역할극을 해 보세요.

來演齣情境劇吧。

193

문화 산책　文化漫步

준비
暖身

다음은 무엇을 나타냅니까?
以下標誌代表什麼意思呢？

알아
보기
認識
韓國

안전 주의 표지
注意安全標誌。

교통안전 표어
交通安全標語

> 안전띠, 선택이 아니라 필수입니다.

> 5분 먼저 가려다 50년 먼저 간다.

> 정지선은 안전선 안 지키면 위험선

불조심 표어
小心火燭標語

> 불나는 데 휴일 없고 불조심에 밤낮 없다.

> 자나 깨나 불조심 꺼진 불도 다시 보자.

> 이게 설마 큰불 될까 그게 정말 큰불 된다.

생각
나누기
文化
分享

여러분 나라에는 어떤 주의 표시가 있습니까?
在你的國家中有哪些警告標誌呢？

주의 注意　표지 標誌　표어 標語　안전띠 安全帶　필수 必須、必要　정지선 停止線　안전선 安全線
불조심 小心火燭　깨다 清醒　꺼지다 熄滅　설마 該不會　큰불 大火

발음 發音

준비
暖身

들어 보세요. 🔊))
先聽聽看！

1) 무슨 일 있어요?

2) 집 열쇠를 잃어버렸어요.

규칙
規則

1. 받침소리 [ㄴ, ㅁ, ㅇ] 뒤에 오는 단어가 '이, 야, 여, 요, 유, 얘, 예'로 시작할 때 그 사이에 [ㄴ]을 넣어 발음합니다.

終聲「ㄴ、ㅁ、ㅇ」後的字若是以「이、야、여、요、유、얘、예」開頭的話，則應把「ㅇ」替換成「ㄴ」後再發音。

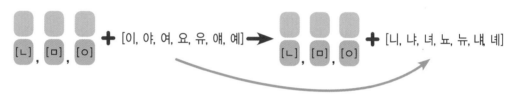

[ㄴ], [ㅁ], [ㅇ] + [이, 야, 여, 요, 유, 얘, 예] ➜ [ㄴ], [ㅁ], [ㅇ] + [니, 냐, 녀, 뇨, 뉴, 냬, 녜]

예] 강남역[강남녁]   배낭여행[배낭녀행]   좋은 일[조은닐]

2. 받침소리 [ㅂ, ㅍ] 뒤에 오는 단어가 '이, 야, 여, 요, 유, 얘, 예'로 시작할 때 그 사이에 [ㄴ]을 넣어 발음합니다.

終聲「ㅂ、ㅍ」後的字若是以「이、야、여、요、유、얘、예」開頭的話，則應把「ㅇ」替換成「ㄴ」後再發音。

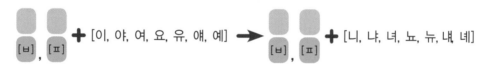

[ㅂ], [ㅍ] + [이, 야, 여, 요, 유, 얘, 예] ➜ [ㅂ], [ㅍ] + [니, 냐, 녀, 뇨, 뉴, 냬, 녜]

예] 졸업 여행[조럼녀행]   이십육[이심뉵]   앞일[암닐]

연습
練習

지하철역 이름을 말해 보고 [ㄴ]을 넣어서 발음해야 하는 역 이름에 표시해 보세요.
唸唸看地鐵站名，並將應添加上「ㄴ」音來唸的地鐵站標記出來。 🔊))

예] 신촌 : 신촌역[신촌녁]

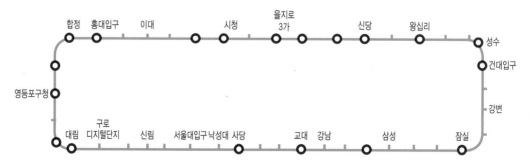

1. 아는 단어에 √ 하세요.
你學會了哪些單字，請打√。

☐ 과속을 하다   ☐ 사고를 당하다   ☐ 입원하다   ☐ 문병을 가다

☐ 꿰매다   ☐ 사고를 내다   ☐ 퇴원하다   ☐ 부러지다

☐ 사고가 나다   ☐ 신호를 어기다   ☐ 수술하다   ☐ 찢어지다

2. 알맞은 것을 골라 대화를 완성하세요.
選出適合的選項並完成對話。

-다(가)	-다고(요)?
아무리 -아도/어도	-아야/어야 할 텐데(요)

1) A 이 과장님이 어젯밤에 돌아가셨대요.
    B 네? 이 과장님이 _____.

2) A 어떻게 하다가 다쳤대요?
    B _____ 달려오는 차에 부딪쳤대요.

3) A 지갑이 없어졌다고요? 사무실에 다시 가서 찾아 봤어요?
    B 네. 그런데 _____ 없어요.

4) A 감기에 심하게 걸려서 학교에 못 나갈 것 같아요.
    B 큰일이네요. 빨리 _____.

3. 한국어로 할 수 있는 것에 √ 하세요.
你可以用韓文做哪些事情，請打√。

☐ 사고 내용을 전달할 수 있다.

☐ 문병 가서 위로의 말을 할 수 있다.

☐ 안내 방송을 들을 수 있고 사고 경험에 대해 이야기할 수 있다.

☐ 사건, 사고 소식을 읽고 글로 쓸 수 있다.

單字

안전벨트를 매다	繫安全帶	（뱀에）물리다	被（蛇）咬
과속을 하다	超速駕駛	（눈길에）미끄러지다	（雪地裡）滑倒
제한 속도를 지키다	遵守速限	삐다	扭傷
신호를 어기다	違反交通號誌	부러지다	斷裂
주위를 살피다	注意周圍	찢어지다	撕裂
음주 운전을 하다	酒後駕車	깁스를 하다	上石膏
사고가 나다	出事	수술하다	手術
사고를 내다	肇事	꿰매다	縫合
사고를 당하다	遇到意外	입원하다	住院
（엘리베이터에）갇히다	被關在（電梯）裡	문병을 가다	探病
（지하철 문에）끼이다	被（地鐵門）夾到	퇴원하다	出院
（물에）빠지다	掉到（水裡）		

會話翻譯 1

朱利安	聽說阿旭昨天在回家的路上出車禍了。
凱莉	什麼？你說發生了車禍啊？怎麼會發生車禍呢？
朱利安	聽說是下公車的時候被摩托車撞到了。
凱莉	所以傷得很嚴重嗎？
朱利安	對啊，好像聽說腿斷了。
凱莉	在哪家醫院呢？看來我得去一下醫院了。
朱利安	他說今天要一直接受檢查，所以叫我們不要去。
凱莉	這樣啊？那麼明天要不要一起去探病？
朱利安	嗯，好啊！

會話翻譯 2

凱莉	阿旭，身體如何呢？很痛吧？
阿旭	現在沒大礙了。因為腿斷了，所以做了手術。
凱莉	天呀，你要住院住很久嗎？
阿旭	聽說要在醫院待3週左右。
凱莉	怎麼會這樣呢？你得快點好才行啊！
阿旭	公司事情多，又得準備韓國語考試，真是令人擔心啊！
凱莉	不管事情再怎麼多，現在就是要好好休息啊！健康是最重要的。
	對了，這是漫畫書，你無聊的時候可以看。
阿旭	謝謝妳，凱莉。
凱莉	那麼我就先離開了，你好好調養身體吧！

잘 듣고 이야기해 보세요. 89 🔊
仔細聽並説説看。

1. 두 사람은 무엇에 대해 이야기하고 있습니까?
   兩人正在説些什麼呢？

2. 개천절과 한글날은 무슨 날입니까?
   「開天節」與「韓文日」是什麼日子呢？

1. 다음은 한국의 기념일입니다. 알맞은 이름을 써 보세요.
以下是韓國的紀念日，請在日期上寫上正確的紀念日名稱。

어린이날	어버이날	스승의 날	한글날	근로자의 날
식목일	현충일	광복절	개천절	삼일절

3월 1일	4월 5일	5월 1일	5월 5일	5월 8일

5월 15일	6월 6일	8월 15일	10월 3일	10월 9일

2. 여러분 나라에는 어떤 기념일이 있습니까?
你的國家有什麼樣的紀念日呢？

기념하다	독립하다	통일하다	나라를 세우다	왕이 태어나다

우리나라에는 독립한 날을 기념하는 날이 있어요.

러시아에도 독립 기념일이 있어요. 6월 12일이에요.

3. 기념일에 무슨 기념행사를 합니까? 알맞은 그림과 연결하고 [보기]와 같이 이야기해 보세요.

紀念日當天會舉辦什麼樣的紀念活動呢？連結正確的圖片與單字，並跟著範例說說看。

기념식을 하다 •

•

불꽃놀이를 하다 •

•

나무를 심다 •

•

국기를 달다 •

•

꽃을 달다 •

•

행진을 하다 •

•

範例

우리 나라에서는 독립 기념일에 불꽃놀이를 해요.

제 고향에서는 어머니날에 어머니께 카네이션 꽃을 달아 드려요.

1. N 을 / 를 위해 (서), V- 기 위해 (서) 為了…

🔊 90

A 어버이날 선물을 사려고 하는데요.

B 이 홍삼 제품은 어떠세요? 요즘 부모님의 건강을 위해서 건강식품 선물을 많이 하세요.

例
- 건강을 **위해** 열심히 운동해요.
- 군인은 나라를 **위해서** 싸워요.
- 생활비를 벌기 **위해** 아르바이트를 해요.
- 독감에 걸리지 않기 **위해서** 예방 주사를 맞아요.

연습 [보기]와 같이 친구들과 이야기해 보세요.
練習 跟著範例和朋友說說看。

範例

돈을 벌기 위해 어떤 일을 해 봤습니까?

돈을 벌기 위해 신문 배달을 해 본 적이 있습니다.

돈을 벌기 위해 안 해 본 일이 없습니다.

1) 돈을 벌기 위해 어떤 일을 해 봤습니까?

2) 한국어를 잘하기 위해서 어떤 노력을 했습니까?

3) 대통령이 되면 나라를 위해 어떤 일을 하겠습니까?

4) 가족이나 친구가 나를 위해 한 일 중에 기억나는 일이 있습니까?

✍ 홍삼 제품 紅蔘產品 건강식품 健康食品 독감 流行性感冒 예방 주사 預防針 돈을 벌다 賺錢 기억나다 想起、有記憶

2. V- 아지다 / 어지다 被…

(91) 🔊

A 5월 5일이 공휴일이네요. 무슨 날이에요?

B 어린이날이에요. 어린이를 위해 만들어진 날이죠.

例
- 태풍 때문에 건물이 심하게 흔들리고 창문도 **깨졌어요**.
- 잘못했다고 사과하는 친구의 말에서 진심이 **느껴졌다**.
- 극장의 불이 **꺼지고** 영화가 시작되었다.
- 내 인생은 아직 아무것도 **정해진** 게 없다. 이제부터 시작이다.

연습 [보기]와 같이 친구들과 이야기해 보세요.
練習　跟著範例和朋友說說看。

範例

옷에 묻은 얼룩이 지워지지 않아요.

세탁소에 맡겨 보세요.

1) 옷에 묻은 얼룩을 지우기 어려워요.

2) 사랑한다는 애인의 말을 믿기 어려워요.

3) 단어 외우기가 어려워요.

4) 아침에 늦게 일어나는 버릇을 고치기 어려워요.

✎ 공휴일 國定假日　인생 人生　진심 真心

92 지연　모레가 벌써 6월 6일이네요.

켈리　빨간색으로 표시된 걸 보니 공휴일인가 봐요.
　　　무슨 특별한 날이에요?

지연　현충일이에요. 나라를 위해 싸우다가 돌아가신 분들을 기억하기 위해
　　　만들어진 날이지요.

켈리　그렇군요. 한국에서는 현충일을 어떻게 기념해요?

지연　기념식도 하고 집집마다 국기를 달아요.
　　　그리고 오전 10시에 1분 동안 묵념을 해요.

켈리　우리나라에도 비슷한 기념일이 있어요.

지연　그래요? 몇 월 며칠이에요?

켈리　4월 25일인데 그날 군인들이 거리에서 행진을 해요.

연습1　친구와 연습해 보세요.
練習1　　和朋友練習看看。

1) 6월 6일

　　현충일 / 나라를 위해 싸우다
　　가 돌아가신 분들을 기억하다

　　오전 10시에 1분 동안 묵념을
　　하다

　　4월 25일 / 군인들이 거리에
　　서 행진을 하다

2) 10월 3일

　　개천절 / 우리나라가 처음
　　세워진 날을 기념하다

　　여기저기에서 축하 행사를
　　하다

　　1월 26일 / 곳곳에서 파티를
　　하면서 축제를 즐기다

3) 8월 15일

　　광복절 / 우리나라가
　　독립한 날을 기념하다

　　시민들이 거리 행진을
　　하다

　　12월 28일 / 특별한 행
　　사는 하지 않다

표시되다 被標示　묵념 默禱、默哀　곳곳 各個地方

연습2 여러분 나라의 기념일에 대해 적어 보고, [보기]와 같이 설명해 보세요.

練習2　寫下你國家的紀念日，並跟著範例介紹一下。

나라	기념일	날짜	의미	하는 일
한국	어린이날	5월 5일	어린이를 위한 날	기념행사

範例

_____ 씨 나라에는 무슨 기념일이 있어요?

기념일이 많이 있지만 그 중에 하나를 소개하면…….

그날이 무슨 날이에요?

_____.

1. A-(으)ㄴ데도 불구하고, V-는데도 불구하고, N인데도 불구하고 即便…、不管…

한글날 기념 외국인 한국어 글짓기 대회

🔊 93

A 비가 오는데도 불구하고 글짓기 대회에 참석해 주신 여러분께 진심으로 감사드립니다.

例
- 바쁘**신데도 불구하고** 저희 결혼식에 와 주셔서 정말 감사합니다.
- 눈이 내리**는데도 불구하고** 많은 사람들이 연주회장을 찾았습니다.
- 추운 날씨 때문에 휴일**인데도 불구하고** 공원이 한산합니다.
- 약속 시간이 한 시간이나 지났**는데도 불구하고** 아무도 오지 않았습니다.

연습　[보기]와 같이 반 친구에 대해 이야기해 보세요.
練習　跟著範例，聊聊班上的同學。

範例

멀다	바쁘다	없다	어렵다
놀다	마시다	먹다	연습하다
외국 사람이다	주말이다	?	

히엔 씨는 집이 먼데도 불구하고 항상 학교에 일찍 와요.

줄리앙 씨는 프랑스 사람인데도 불구하고 한국어를 잘해요.

206
首爾大學韓國語

연주회장 演奏會場

2. N 에 대해 (서), N 에 대한 N 針對…、對於…

🔊 94

A 무엇에 대해서 쓸 거예요?

B 저는 한국 친구에 대한 글을 써 보려고 해요.

例
- 한국 친구가 세종대왕**에 대해서** 설명해 줬어요.
- 학교 다닐 때 한국 영화**에 대해서** 발표한 적이 있어요.
- 여행 가기 전에 여행지**에 대한** 정보를 어디에서 찾아요?
- 한국 역사**에 대한** 좋은 책이 있으면 소개해 주세요.

연습 친구들과 묻고 대답해 보세요.
練習 和朋友練習問答。

질문	친구 1 :	친구 2 :
1) 한국 음악에 대해서 어떻게 생각해요?		
2) 한국의 교통에 대해서 어떻게 생각해요?		
3) 학생 식당에 대해서 어떻게 생각해요?		
4) 우리 반 친구들에 대해서 어떻게 생각해요?		
5) 한국 사람들에 대해서 어떻게 생각해요?		
?		

 사회자　여러분, 안녕하십니까? 비가 오는데도 불구하고 한글날 기념 글짓기 대회에
참석해 주셔서 감사합니다. 오늘의 주제는 '나의 한국 생활'이었습니다.
수상자는 한국에서 만난 친구들에 대해서 쓴 응웬 히엔 씨입니다. 히엔 씨,
축하합니다. 수상 소감을 말씀해 주시겠습니까?

히　엔　먼저, 바쁜데도 불구하고 응원하러 와 준 친구들에게 고맙다고 말하고 싶습
니다. 처음 한국에 왔을 때 한국말을 못해서 많이 힘들었습니다. 한국 문화
를 몰라서 실수도 많이 했습니다. 그때 친구들의 위로와 격려가 저에게 큰
힘이 되었습니다. 그리고 제가 한국어로 글을 쓸 수 있게 도와 주신 선생님
께도 진심으로 감사드립니다. 마지막으로 저보다 한국어를 잘하는 친구들이
많아서 상을 받을 줄 몰랐는데 이렇게 좋은 상을 주셔서 정말 감사합니다.
앞으로도 열심히 노력하겠습니다.

연습1　친구와 연습해 보세요.
練習1　和朋友練習看看。

1) 비가 오다

　나의 한국 생활

　한국에서 만난 친구들

　한국말을 못하다

2) 바쁘시다

　나의 미래

　내가 한국에서 하고 싶은
　10가지 일

　한국 음식이 입에 안 맞다

3) 날씨가 나쁘다

　나의 취미

　한국 역사 드라마

　혼자 생활하는 것이 처음
　이다

주제 主題　수상자 得獎者　수상 소감 得獎感言　위로 安慰　격려 鼓勵　힘이 되다 成為力量
진심으로 真心地

연습2 그림을 보고 [보기]와 같이 여러 사람 앞에서 소감을 말해 보세요.

練習2　看圖跟著範例，練習在大家面前發表感言。

範例

히엔 씨, 글짓기 대회에서 상을 받았는데 수상 소감을 말해 주세요.

먼저, 바쁜데도 불구하고 응원하러 와 준 친구들에게 고맙다는 말을 전하고 싶습니다.
：
：
마지막으로…….

1)

2)

3)

4)

준비 자연을 위한 기념일에는 무엇이 있을까요?
暖身 為了自然環境而制定的紀念日有哪些呢?

- [ ] 식목일
- [ ] 물의 날
- [ ] 지구의 날
- [ ] _____

듣기1 잘 듣고 질문에 답하세요. 🔊))
聽力1 仔細聽並回答問題。

1) 이 행사를 하는 이유는 무엇입니까?

① 나무가 없어서

② 도시를 살리기 위해

③ 도시를 아름답게 하기 위해

2) 들은 내용과 맞지 <u>않는</u> 것을 고르세요.

① 이 행사는 식목일에만 한다.

② 시민들도 이 행사에 참여할 수 있다.

③ 시청 공원에서 나무를 무료로 나눠 준다.

준비 여러분 나라에서는 몇 번째 생일을 가장 크게 기념합니까?
暖身 在你的國家,第幾個生日會盛大慶祝呢?

듣기2 잘 듣고 질문에 답하세요. 🔊))

聽力2 仔細聽並回答問題。

1) 성년의 날은 무엇을 기념하는 날입니까?

① 20번째 생일

② 어른이 된 것

③ 고등학교를 졸업한 것

2) 성인이 되어야 할 수 있는 일이 <u>아닌</u> 것은?

① 투표　　　② 결혼　　　③ 아르바이트

3) 들은 내용과 맞지 <u>않는</u> 것을 고르세요.

① 한국에서 성년식을 크게 한다.

② 일본에서는 20살이 되면 술을 마실 수 있다.

③ 한국에서는 성년의 날에 장미와 향수를 선물한다.

말하기 다음에 대해 친구들과 함께 이야기해 보세요.

會話　　針對下列事項和朋友來練習對話。

1. 여러분 나라에서는 몇 살부터 성인이라고 합니까?
   성인이 되면 무엇을 할 수 있습니까?

2. 여러분 고향에만 있는 특별한 기념일이 있습니까?

3. 사랑하는 사람들을 위한 기념일이 있습니까?

4. 결혼기념일에 여자/남자가 받고 싶어 하는 선물은 무엇입니까?

5. 여러분이 만들고 싶은 기념일이 있습니까?

✎ 투표 投票　성년식 成年禮　장미 玫瑰　향수 香水

읽고 쓰기　閱讀與寫作

준비
暖身

여러분 고향에서 사용하는 글자는 무엇입니까? 언제부터 그 글자를 쓰기 시작했습니까?

你的國家是使用什麼文字呢？什麼時候開始使用該文字呢？

그리스 문자

인도 문자

한자

아라비아 문자

키릴 문자

읽기
閱讀

한글과 한글날

　한글이 만들어지기 전까지 한국 사람들은 오랫동안 한자를 사용했다. 그런데 한자는 글자 수도 많고 배우기 어려워서 보통 사람들은 읽고 쓸 수가 없었다.

　세종대왕은 사람들이 쉽게 배워서 사용할 수 있는 글자를 만들어야겠다고 생각했다. 그러나 한자 문화가 중요하다고 생각하는 여러 학자들이 새 글자 만드는 일에 대해 반대했다. 그 학자들의 심한 반대에도 불구하고 세종대왕은 새 글자 만드는 일을 포기하지 않았다.

　1446년에 처음 한글이 발표되었을 때는 '훈민정음'이라고 불렀다. '훈민정음'은 '보통 사람들에게 가르치는 바른 소리'라는 뜻이다. 그러나 한글이 만들어진 후 한글은 어린 아이나 여자들을 위한 글자라고 생각해서 쓰지 않는 사람들이 많았다. 하지만 배우기 쉽고 편리해서 한글을 사용하는 사람들이 점점 많아졌다.

　24개의 글자로 세상의 거의 모든 소리를 표현할 수 있는 한글은 이제 한국 사람들이 가장 자랑하는 문화 중의 하나가 되었다. 그리고 세종대왕이 한글을 만들어 발표한 날을 기념하기 위해 한글날도 정해졌다. 한글날에는 한글날 기념식과 한글 글쓰기 대회, 한글에 대한 전시회 등이 열린다.

1) 다음 문장을 순서대로 쓰세요.

> 가) 세종대왕이 한글을 만들어 발표한 것을 기념하기 위해 한글날이 만들어졌다.

> 나) 세종대왕이 한글을 만들었지만 반대하는 학자들이 많이 있었다.

> 다) 한국 사람들은 오랫동안 한자를 사용했다.

> 라) 배우기 쉽고 편리한 한글을 사용하는 사람들이 점점 많아졌다.

　　（　　　　）→（　　　　　）→（　　　　　）→（　　　　　）

한자 漢字　반대하다 反對　세상 世上

2) 한글에 대한 설명으로 맞는 것을 고르세요.

① '훈민정음'은 여자와 어린이를 위해 만들어졌다.

② 한글은 24개의 글자로 세상의 다양한 소리를 표현할 수 있다.

③ 한글은 편리하고 우수한 글자이지만 한글을 사용하는 사람들이 점점 줄고 있다.

3) 이 글의 내용과 맞는 것을 고르세요.

① 세종대왕은 새 글자를 만드는 일을 반대했다.

② 한글날은 세종대왕이 한글을 만들어서 발표한 것을 기념하는 날이다.

③ 처음 한글이 만들어졌을 때 모든 사람들이 한글을 좋은 글자라고 생각했다.

쓰기
寫作

1) 고향에 어떤 기념일이 있습니까?
你的家鄉有什麼紀念日呢？

....

2) 그 기념일이 왜 만들어졌습니까?
為什麼會設立那個紀念日？

....

....

3) 그 날을 기념하기 위한 행사가 있습니까?
你們會舉辦活動來紀念這個日子嗎？

....

....

....

....

....

....

4) 소개하고 싶은 고향의 기념일에 대해 쓰세요.
針對你想介紹的家鄉紀念日來寫篇文章。

과제　課堂活動

기념일에 대한 퀴즈 대회를 해 보세요.
試著舉辦有關紀念日的猜謎大會。

🌐 3~4명씩 팀을 만들어 모여 앉으세요. 1등을 한 팀에게 줄 상이나 상품을 정하세요.
以3~4個人為一組，並坐在一起，同時決定要給優勝的隊伍什麼樣的獎項或禮物。（請搭配活動學習單）

🌐 문제를 잘 듣고 같은 팀 친구들과 의논하여 답을 쓰세요.
仔細聽題目，並和同組隊友討論後寫下答案。

한글을 만든 왕은 누구입니까?

🌐 이긴 팀이 소감을 말해 보세요.
請獲得優勝的隊伍發表感言。

다른 팀들이 너무 잘해서 1등 할 줄 몰랐습니다. 기념일에 대해 잘 몰랐는데…….

저희는 열심히 했는데도 불구하고 지고 말았습니다. 하지만 1등 한 거 정말 축하합니다.

문화 산책 文化漫步

준비
暖身

다음과 같은 선물을 주거나 받은 적이 있습니까? 언제 이런 선물을 합니까?

你曾送過或收到以下的禮物嗎？什麼時候會送這樣的禮物呢？

알아
보기
認識
韓國

다음 그림을 보고 무슨 기념일인지 이야기해 보세요.

請看下面的圖片，並説説看是什麼紀念日。

밸런타인데이 축하해.
자, 초콜릿이야.

고마워.

오늘 화이트 데이인데
왜 사탕 안 줘?

???

오늘 블랙 데이니까 우리
짜장면이나 먹으러 가자.
너도 여자 친구 없지?

???

지금은 11월이니까
밸런타인데이도 아닌데 왜 이렇
게 초콜릿 과자가 많지?

오늘은 빼빼로
데이거든.

생각
나누기
文化
分享

여러분 나라에서는 어떤 기념일에 무슨 선물을 주고받나요?

你的國家會在什麼樣的紀念日，交換什麼禮物呢？

발음 發音

준비 들어 보세요. 🔊98
暖身　先聽聽看！

  1) 어린이날에는 아이들에게 장난감을 사 줘요.

  2) 아이들과 같이 놀이공원에 갈 건데 같이 갈래요?

규칙 1) 받침 'ㄴ, ㅁ, ㄵ, ㄻ'으로 끝나는 동사, 형용사 뒤에 오는 'ㄷ, ㅈ, ㄱ'은 [ㄸ, ㅉ, ㄲ]로 발음됩니다.

規則　終聲為「ㄴ、ㅁ、ㄵ、ㄻ」的動詞或形容詞，當其後接初聲「ㄷ、ㅈ、ㄱ」時，則初聲「ㄷ、ㅈ、ㄱ」應改發為「ㄸ、ㅉ、ㄲ」的音。

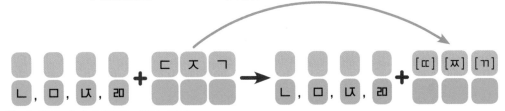

예] 다 왔으니까 조금만 참고 걷자.

    내일 체육 대회가 있으니까 운동화를 신고 오세요.

    저는 젊고 건강하니까 앉지 않아도 돼요.

2) '동사, 형용사 + -(으)ㄹ' 뒤에 오는 'ㄱ, ㄷ, ㅂ, ㅅ, ㅈ'은 [ㄲ, ㄸ, ㅃ, ㅆ, ㅉ]로 발음됩니다.

「動詞、形容詞+(으)ㄹ」後若接初聲「ㄱ、ㄷ、ㅂ、ㅅ、ㅈ」時，則初聲「ㄱ、ㄷ、ㅂ、ㅅ、ㅈ」應改發為「ㄲ、ㄸ、ㅃ、ㅆ、ㅉ」的音。

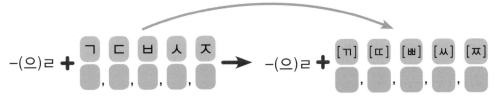

예] 운전할 줄 알아요?

    옷을 입어 보고 살걸 그랬네요.

연습 아래 글을 읽고 'ㄱ, ㄷ, ㅂ, ㅅ, ㅈ'을 [ㄲ, ㄸ, ㅃ, ㅆ, ㅉ]로 발음해야 하는 곳을 찾아 모두 표시해 보세요. 🔊99
練習　閱讀以下文章，找出並標記「ㄱ、ㄷ、ㅂ、ㅅ、ㅈ」應改發為「ㄲ、ㄸ、ㅃ、ㅆ、ㅉ」音的字。

> 지난 주말 친구들과 함께 놀이동산에 갔다 왔다. 놀이 기구를 타고 도시락을 먹으면서 즐거운 시간을 보냈다. 그런데 신고 간 신발이 문제였다. 굽이 높은 신발을 신고 갔는데 발이 아파서 걷기가 힘들었다. 구두를 신지 말고 운동화를 신을걸 그랬다. 그래도 오랜만에 친구들과 즐거운 시간을 보낼 수 있어서 정말 행복했다.

자기 평가　自我評量

1. 아는 단어에 √ 하세요.

你學會了哪些單字，請打√。

☐ 어린이날	☐ 한글날	☐ 기념하다	☐ 국기를 달다
☐ 어버이날	☐ 식목일	☐ 독립하다	☐ 나무를 심다
☐ 스승의 날	☐ 광복절	☐ 기념식을 하다	☐ 불꽃놀이를 하다

2. 알맞은 것을 골라 대화를 완성하세요.

選出適合的選項並完成對話。

−기 위해(서)	−아지다/어지다
−(으)ㄴ데도/는데도 불구하고	에 대한

1) A 부모님의 반대가 심해서 두 사람이 헤어졌나요?

B 아니요, _____ 결혼했어요.

2) A 왜 그렇게 아르바이트를 열심히 해요.

B _____ 돈을 모아야 해서요.

3) A 손님, 무슨 책을 찾으십니까?

B _____을 찾고 있는데 어디에 있나요?

4) A 다나카 씨도 불러서 함께 차를 마실까?

B 기숙사 방 불이 _____ 걸 보니 자는 것 같아. 우리끼리 마시자.

3. 한국어로 할 수 있는 것에 √ 하세요.

你可以用韓文做哪些事情，請打√。

☐ 한국의 기념일을 소개할 수 있다.

☐ 공식적인 상황에서 소감을 말할 수 있다.

☐ 특별한 기념일에 대해 듣고 말할 수 있다.

☐ 기념일에 대해 설명하는 글을 읽고 쓸 수 있다.

單字

어린이날	兒童節	기념하다	紀念
어버이날	父母親節	독립하다	獨立
스승의 날	教師節	통일하다	統一
한글날	韓文日	나라를 세우다	建國
근로자의 날	勞動節	왕이 태어나다	國王誕生
식목일	植樹節	기념식을 하다	舉行紀念儀式
현충일	顯忠日	불꽃놀이를 하다	放煙火
광복절	光復節	나무를 심다	植樹
개천절	開天節	국기를 달다	懸掛國旗
삼일절	三一節（獨立運動	꽃을 달다	配戴花朵
	紀念日）	행진을 하다	遊行

會話翻譯 1

智妍 後天就是6月6日了。

凱莉 看它用紅色標示，好像是國定假日的樣子。
那天是什麼特別的日子呢？

智妍 那天是顯忠日，也就是為了紀念那些為國打仗而犧牲的人，所制定的日子。

凱莉 原來如此。韓國是如何紀念顯忠日的呢？

智妍 我們會辦理紀念儀式，且每家每戶都會懸掛國旗。
還有上午10點的時候會進行1分鐘的默禱。

凱莉 我們國家也有類似的紀念日。

智妍 這樣啊？是幾月幾日呢？

凱莉 4月25日，那天軍人們會在街道上遊行。

會話翻譯 2

主持人 各位來賓，大家好。很感謝大家今天冒雨前來參加韓文日紀念作文比賽。
今天的主題是「我的韓國生活」。這次的得獎者是阮小賢，她寫了有關在
韓國所遇到的朋友。小賢同學，恭喜妳。可以發表一下得獎感言嗎？

小賢 首先，我想要先謝謝抽空前來這裡幫我加油的朋友們。我剛來韓國的時
候，因為韓文說得不好，所以生活得很辛苦。也因為不懂韓國的文化，犯
了很多錯誤。朋友們當下的安慰與鼓勵給了我很大的力量。還有我要真心
感謝指導我，讓我可以用韓語寫文章的老師。最後，很多同學的韓語都比
我好，我沒想到我會得獎，真的很謝謝你們給我這個獎。未來我也會更加
努力。

부록 附錄

第3課 課堂活動

[게임판]

✂ -

출발 ➡	21/26 서울 Seoul	16/27 울란바토르 Ulaanbaatar	 22/33 베이징 Beijing	 24/32 발리 Bali
떠	나	자	!	한 번 쉬세요.
31/41 아부다비 Abu Dhabi	22/33 뉴델리 New Delhi	7/16 시드니 Sydney	24/32 방콕 Bangkok	24/32 하노이 Hanoi
다시 처음으로 돌아가세요.	신	나	는	～
31/41 카이로 Cairo	13/18 로마 Rome	13/18 파리 Paris	12/20 런던 London	?
세	계	여	행	친구와 말을 바꾸세요.
 21/26 제주도 Jeju-do	 24/32 도쿄 Toyko	?	 14/19 브라질리아 Brasilla	 16/26 로스앤젤레스 L.A.
도착 ⬇				

[상황 카드]

✂ -

환자	문병 간 사람
상황 : 지하철 문에 끼여서 다쳤다. 사고 설명 : 상태 설명 :	상황 : 지하철 문에 끼여 다친 남자 친구/여자 친구를 문병 갔다. 질문 : 선물 :
상황 : 뱀에 물려서 다쳤다. 사고 설명 : 상태 설명 :	상황 : 뱀에 물린 동호회 회원을 문병 갔다. 질문 : 선물 :
상황 : 자전거에 부딪쳐서 다쳤다. 사고 설명 : 상태 설명 :	상황 : 자전거에 부딪쳐서 다친 선배를 문병 갔다. 질문 : 선물 :
상황 : 하수구에 빠져서 다쳤다. 사고 설명 : 상태 설명 :	상황 : 하수구에 빠져서 다친 후배를 문병 갔다. 질문 : 선물 :
상황 : 다리를 심하게 삐었다. 사고 설명 : 상태 설명 :	상황 : 다리를 심하게 삐어 입원한 친구를 문병 갔다. 질문 : 선물 :
상황 : 팔이 부러져서 수술했다. 사고 설명 : 상태 설명 :	상황 : 팔이 부러져서 수술한 선생님을 문병 갔다. 질문 : 선물 :
상황 : 허리를 다쳐서 수술했다. 사고 설명 : 상태 설명 :	상황 : 허리를 다쳐서 수술한 사장님을 문병 갔다. 질문 : 선물 :

[퀴즈 질문 예]

✂ -

한국은 어머니날과 아버지날을 따로 따로 기념하지 않고 함께 기념합니다. 부모님께 감사하는 마음을 표현하는 날의 이름은 무엇일까요? (10점)

어버이날에는 부모님께 감사하는 뜻으로 꽃을 드립니다. 어버이날에 부모님께 드리는 꽃 이름을 한글로 정확하게 쓰세요. (10점)

삼일절은 몇 월 며칠일까요? 날짜를 쓰세요. (10점)

개천절은 □□이 한국을 처음 세운 날을 기념하는 날입니다. □□은 누구입니까? 쓰세요. (20점)

다음 중에서 5월에 있는 기념일이 아닌 것은? (20점)
[어린이날, 근로자의 날, 식목일, 스승의 날]

한글날은 한글을 만들어 발표한 날을 기념하는 날입니다. 그러면 한글을 발표한 해는 다음 중 언제일까요? (20점)
[1046년, 1446년, 1946년]

한국에는 여러 기념일에 국기를 답니다. 다음 한국의 기념일 중 태극기를 다는 날은 언제일까요?
(20점)
[광복절, 한글날, 현충일, 어린이날]

다음 날짜들은 여러 나라의 □□기념일입니다. 무슨 기념일일까요? (20점)
[한국 8월 15일, 미국 7월 4일, 필리핀 6월 12일, 프랑스 7월 14일]

'□□절'이라는 이름의 한국의 기념일을 세 개 쓰세요. (30점)
[삼일절　□□절　□□절]

다음 한국의 기념일 중 공휴일인 기념일을 모두 고르세요. (40점)
[삼일절, 어린이날, 식목일, 현충일, 광복절, 어버이날, 스승의 날, 한글날]

다음 한국의 기념일을 날짜가 빠른 것부터 쓰세요. (50점)
[어린이날, 근로자의 날, 한글날, 식목일, 삼일절]

나라의 기쁜 일을 축하하기 위해서 정한 날을 국경일이라고 합니다. 한국의 국경일 4개를 써 보세요. (50점)

우리 반 친구들 중에서 생일 날짜가 가장 늦은 사람은? (30점)

우리 반 친구들이 태어난 달의 숫자를 모두 더하면 며칠일까요? (100점)
※ 제일 가까운 숫자를 쓴 팀이 이겨요.

문법 해설 文法解說

1. A-다고 하다, V-ㄴ다고/는다고 하다, N(이)라고 하다 說…

🔎 다른 사람이나 매체를 통해 알게 된 내용을 옮겨 전달할 때 사용한다.

陳述句的間接引用。用以轉達經由他人或透過媒介而知道的內容。

📝 형용사, 동사, 명사와 결합한다.

與形容詞、動詞、名詞結合使用。

	終聲 X	終聲 O
形容詞	바쁘다 → 바쁘**다고 해요**	어렵다 → 어렵**다고 해요**
動詞	가다 → 간**다고 해요**	먹다 → 먹**는다고 해요**
名詞	학교 → 학교**라고 해요**	책 → 책**이라고 해요**

마이클 : "요즘 많이 바빠요." → 마이클 씨는 요즘 많이 바쁘**다고 해요**.

麥可:「最近很忙。」→ 麥可說他最近很忙。

> 例 수지는 경제학 공부가 어렵**다고 했어요**. 秀智說讀經濟學很難。
>
> 모모코 씨는 매주 일요일에 교회에 간**다고 해요**. 小桃說每個星期天要去教會。
>
> 사우드 씨는 돼지고기를 안 먹**는다고 했어요**. 沙特說他不吃豬肉。
>
> 여기가 영희 씨가 졸업한 학교**라고 해요**. 聽說這裡就是英熙畢業的學校。
>
> 동생은 생일에 받고 싶은 선물이 소설책**이라고 했어요**. 弟弟說他生日想收到的禮物是小說。

➕ 들은 내용의 시제가 과거일 경우 다음과 같이 각각 '-았다고/었다고 하다', '-이었다고/였다고 하다'로 표현한다.

若聽到的內容為過去式時,則應如下範例,分別以「-았다고／었다고 하다」、「-이었다고／였다고 하다」來表現。

	-았/었다고 하다
形容詞	예뻤다 → 예뻤**다고 해요**
動詞	갔다 → 갔**다고 해요**

	終聲 X (-였다고 하다)	終聲 O (-이었다고 하다)
名詞	학교 → 학교였다고 해요	중학생 → 중학생이었다고 해요

例 아버지는 어머니가 젊었을 때 정말 예뻤다고 항상 말씀하세요.

父親總是說母親年輕的時候非常的美麗。

레이 씨가 옌 씨는 수영장에 갔다고 했어요. 小光說小妍去了游泳池。

이 공원은 옛날에 대학교였다고 해요. 聽說這公園以前是所大學。

그 사람을 처음 만난 날은 일요일이었다고 해요. 聽說初次見到那個人的那天是星期天。

➕ 들은 내용의 시제가 미래일 경우 다음과 같이 각각 '-(으)ㄹ 거라고 하다', '-겠다고 하다'로 표현한다.

若聽到的內容為未來式時,則應如下範例,使用「-(으)ㄹ 거라고 하다」、「-겠다고 하다」來表現。

	-(으)ㄹ 거라고 하다 / -겠다고 하다
形容詞	춥다 → 추울 거라고 해요 / 춥겠다고 해요
動詞	먹다 → 먹을 거라고 해요 / 먹겠다고 해요

2. V-아야겠다/어야겠다　應該…、得…

🗝 말하는 사람이 해야 할 필요가 있다고 생각하는 것을 앞으로 하겠다는 의지를 나타낼 때 쓴다.

說話者認為某件事情有執行的必要,同時未來將會去執行。

🔗 동사와 결합한다.

與動詞結合使用。

	ㅏ, ㅗ	하다	ㅓ, ㅜ, ㅣ……
動詞	가다 → 가야겠다	하다 → 해야겠다	먹다 → 먹어야겠다

例 너무 졸려요. 이제 자야겠어요. 好睏喔,現在得睡了。

배가 고파서 죽겠어. 빵이라도 먹어야겠어. 肚子餓死了,我得吃個麵包。

모르는 단어가 너무 많아. 주말에는 단어 공부를 해야겠어.

有好多不懂的單字,週末得來讀一下單字了。

3. A-다고 들었다, V-ㄴ다고/는다고 들었다, N(이)라고 들었다
聽說…

▶ 다른 사람이나 매체를 통해 들은 내용을 옮겨 전달할 때 사용한다.

陳述句的間接引用。用以轉達經由他人或透過媒介聽到的內容。

▶ 형용사, 동사, 명사와 결합한다.

與形容詞、動詞、名詞結合使用。

	終聲 X	終聲 O
形容詞	복잡하다 → 복잡하다고 들었어요	맵다 → 맵다고 들었어요
動詞	가다 → 간다고 들었어요	먹다 → 먹는다고 들었어요
名詞	학교 → 학교라고 들었어요	쉬는 날 → 쉬는 날이라고 들었어요

例 서울이 복잡하다고 들었어요. 聽說首爾非常複雜。

마이클 씨가 고향에 간다고 들었어요. 聽說麥可要回家鄉。

투투 씨가 불고기를 잘 먹는다고 들었어요. 聽說小圖很喜歡吃韓式烤肉。

내일이 쉬는 날이라고 들었어요. 聽說明天是休假日。

✚ 들은 내용의 시제가 과거나 미래일 경우 다음과 같이 각각 '-았다고/었다고 들었다', '-(으)ㄹ 거라고 들었다'로 표현한다.

若聽到的內容為過去式或未來式時,則應如下範例,分別以「-았다고／었다고 들었다」、「-(으)ㄹ 거라고 들었다」來表現。

	-았다고/었다고 들었다	-(으)ㄹ 거라고 들었다
形容詞	재미있었다 → 재미있었다고 들었어요	추울 것이다 → 추울 거라고 들었어요
動詞	갔다 → 갔다고 들었어요	먹을 것이다 → 먹을 거라고 들었어요

例 영화가 재미있었다고 들었어요. 聽說電影很有趣。

마이클 씨가 고향에 갔다고 들었어요. 聽說麥可已經回家鄉了。

내일 날씨가 추울 거라고 들었어요. 聽說明天天氣會很冷。

저녁에 삼겹살을 먹을 거라고 들었어요. 聽說晚上要吃烤五花肉。

✚ '-다고 하다'와 비슷한 표현으로 '-다고 말하다, -다고 그랬다'가 있다. 그리고 생각이나 의견을 나타낼 때 '-다고 생각하다'라는 표현을 사용한다.

與「-다고 하다」相似的表現還有「-다고 말하다、-다고 그랬다」。而當欲表現自我想法或意見時,則使用「-다고 생각하다」。

4. A-대(요), V-ㄴ대/는대(요), N(이)래(요)   說…

📄 다른 사람에게 듣거나 매체를 통해 알게 된 내용을 옮겨 전달할 때 사용하는 표현으로 '-다고 하다', '-ㄴ다고/는다고 하다', '-(이)라고 하다'의 축약형이다.

為「-다고 하다」、「-ㄴ다고／는다고 하다」、「-(이)라고 하다」的縮略形，用於轉達經由他人或透過媒介而知道的內容。

🔗 형용사, 동사, 명사와 결합한다.

與形容詞、動詞、名詞結合使用。

	終聲 X	終聲 O
形容詞	아프다 → 아프**대요**	덥다 → 덥**대요**
動詞	사다 → **산대요**	입다 → 입**는대요**
名詞	나무 → 나무**래요**	도서관 → 도서관**이래요**

例 마이클 씨가 감기에 걸려서 많이 아프**대요**. 聽說麥可感冒了，身體很不舒服。

코이 씨 고향은 지금 아주 덥**대요**. 聽說寇伊的家鄉現在非常熱。

외국인들이 명동에서 화장품을 많이 **산대요**. 聽說外國人在明洞會買很多化妝品。

그 학교는 졸업식 때 한복을 입**는대요**. 聽說那所學校畢業典禮時會穿韓服。

이 나무는 아버지가 어렸을 때 심은 나무**래요**. 這棵樹聽說是父親小時候所種的樹。

저 건물이 새로 지은 도서관**이래요**. 那棟建築聽說是新蓋的圖書館。

第 2 課

1. V-자마자   一…就…

📄 선행절의 행위가 끝나고 바로 후행절의 행위가 일어날 때 사용한다.

表示先行句動作一結束，後行句動作即開始。

🔗 동사와 결합한다.

與動詞結合使用。

	終聲 X	終聲 O
動詞	가다 → 가**자마자**	먹다 → 먹**자마자**

例 너무 피곤해서 버스에 타**자마자** 잠이 들었어요.

因為太累了，所以一搭上公車就睡著了。

언니가 전화를 받**자마자** 뛰어나갔어요. 姐姐一接到電話，就馬上跑出去了。

➕ '-자마자'는 '-았/었-', '-겠-'등과 결합하지 않는다.
「-자마자」不與「-았/었-」、「-겠-」等時制語尾結合使用。

> 例 집에 갔자마자 잤어요. (X) 一回到家就睡了。
> → 집에 가**자마자** 잤어요. (○)
> 밥을 먹겠자마자 이를 닦을 거예요. (X) 一吃飯就會刷牙。
> → 밥을 먹**자마자** 이를 닦을 거예요. (○)

2. V-(으)라고 하다　叫（某人）做（某事）

🔎 명령이나 부탁을 다른 사람에게 전달할 때 사용한다.
命令句的間接引用，用於向他人轉達命令或請託時。

🔗 동사와 결합한다.
與動詞結合使用。

	終聲 X	終聲 O
動詞	보내다 → 보내라고 했어요	읽다 → 읽으라고 했어요

> 例 친구에게 이메일을 보내**라고 했어요**. 叫他寄電子郵件給朋友。
> 언니가 이 책을 읽**으라고 했어요**. 姐姐命令讀這本書。

➕ '-아/어 주세요' 명령문을 간접화법으로 말할 때, 화자와 수혜자가 같은 경우에는 '-아/어 달라고 하다'로 표현하고 다를 경우에는 '-아/어 주라고 하다'로 표현한다.
將命令句「-아/어 주세요」改為間接引用句時，若說話者與受益者為同一人，則使用「-아/어 달라고 하다」，反之則使用「-아/어 주라고 하다」。

- 마이클 : "물 좀 주세요."
  麥可：「請給我一點水。」
  →마이클 씨가 (나에게) 물 좀 **달라고 했어요**.
  →麥可說請給他一點水。
- 마이클 : "윌슨 씨에게 물 좀 주세요."
  麥可：「請給威爾森一點水。」
  →마이클 씨가 윌슨 씨에게 물 좀 **주라고 했어요**.
  →麥可說請給威爾森一點水。

例 "소금 좀 주세요." → 소금 좀 **달라고 했어요**.

「請給我一點鹽巴。」→他說請給他一點鹽巴。

"돈을 좀 빌려주세요." → 돈을 좀 빌려 **달라고 했어요**.

「請借我一點錢。」→他說請借他一點錢。

"이 책을 마이클 씨에게 주세요." → 이 책을 마이클 씨에게 **주라고 했어요**.

「請把這本書拿給麥可。」→他說請把這本書拿給麥可。

➕ 부정형으로 말할 때에는 '−지 말라고 하다'로 표현한다.

命令句間接引用的否定形式為「−지 말라고 하다」。

例 어머니가 아이에게 뛰**지 말라고 했어요**. 媽媽叫孩子不准跑跳。

선생님이 교실에서 영어로 이야기하**지 말라고 하셨어요**. 老師說在教室不要用英文交談。

3. V−느라고   為了…

🔎 하지 못한 일이나 좋지 못한 결과에 대한 이유나 원인을 나타낼 때 사용한다.

用以表示「無法做某事」或「造成不是很好的結果」的原因、理由。

🔗 동사와 결합한다.

與動詞結合使用。

	終聲 X	終聲 O
動詞	가다 → 가느라고	읽다 → 읽느라고

例 병원에 가**느라고** 회사에 못 갔어요. 因為去醫院，所以沒能去公司。

음악을 듣**느라고** 전화를 못 받았어요. 因為在聽音樂，所以沒接到電話。

케이크를 만드**느라고** 쉬지 못했어요. 為了做蛋糕，所以沒有休息。

요즘 유학을 준비하**느라고** 바빠요. 最近為了準備留學，所以相當忙碌。

➕ 선행절과 후행절의 주어가 같아야 한다.

先行句與後行句的主詞必須一致。

例 (내가) 일을 하**느라고** (내가) 잠을 못 잤어요. (○)

（我）因為工作，所以（我）沒能睡好覺。

동생이 텔레비전을 보**느라고** (내가) 공부를 못 했어요. (X)

因為弟弟看電視，所以（我）無法唸書。

친구가 이사하**느라고** (친구가) 바빠요. (○)

朋友因為搬家，所以（朋友）很忙。

➕ 그 행동을 하는 데 일정 시간이 요구되는 동사와 결합한다.
與「需要花費一段時間」的動詞結合使用。

> 例 늦게 일어나**느라고** 지각했어요. 因為很晚起床，所以遲到。 (X)
>
> 늦게까지 자**느라고** 지각했어요. 因為睡太晚了，所以遲到。 (○)

➕ '–느라고'는 '–았/었–', '–겠–' 등과 결합하지 않는다.
「–느라고」不與「–았／었」、「–겠–」等時制語尾結合使用。

> 例 어제 일했**느라고** 못 잤어요. 昨天因為工作，所以沒能睡覺。 (X)

➕ 후행절에 형용사가 오는 경우 '바쁘다, 힘들다, 정신없다' 등과 주로 결합한다.
後行句若接形容詞，主要與「바쁘다、힘들다、정신없다」等字結合使用。

> 例 이사하**느라고** 정신없었어요. 為了搬家，忙得不可開交。

➕ '–느라고'는 '–느라'라고도 사용할 수 있다.
「–느라고」可以用「–느라」來取代。

> 例 친구를 만나**느라**(고) 늦었어요. 因為跟朋友見面，所以遲到。

4. 누구나, 언제나, 어디나, 무엇이나, 무슨 N(이)나   不管…、不論…

🔑 모두가 그래서 예외가 없음을 나타낼 때 쓴다.
表示全都如此，沒有例外。

🔗 의문의 뜻을 나타내는 명사 또는 대명사와 결합한다.
與帶有疑問含意的名詞或代名詞結合使用。

	終聲 X	終聲 O
名詞	누구 → 누구나	무엇 → 무엇이나

> 例 이 공연은 **누구나** 볼 수 있으니까 어린이를 데리고 오셔도 돼요.
> 這場表演不管是誰都可以觀賞，所以帶小朋友來也沒關係。
> 저희 수리 센터에서는 전자 제품은 **무엇이나** 다 고쳐 드립니다.
> 我們維修中心不管是什麼電子產品，都可以幫您維修。
> 어머니가 만드신 음식은 **무슨** 음식**이나** 다 맛있어요.
> 媽媽做的菜，不管是什麼菜都很好吃。

➕ '하고, 에서, 에게' 등과 함께 쓰기도 한다.

可以與「하고、에서、에게」等助詞結合使用。

例 그 사람은 성격이 좋아서 **누구하고나** 친하게 지냅니다.

那個人個性很好，所以不管和誰都可以相處融洽。

요즘 이런 모자가 유행이어서 **어디에서나** 이 모자를 쓴 사람들을 볼 수 있어요.

最近這種帽子很流行，所以不管在哪裡都可以看到戴這帽子的人。

마리코 씨는 **누구에게나** 친절하기 때문에 우리 반 친구들이 누구나 좋아하는 사람이다.

麻里子不管對誰都很親切，所以我們班不管是誰都很喜歡她。

第3課

1. A/V-(으)ㄹ 텐데, N일 텐데   應該…、可能…

🔍 상태나 동작을 예상하거나 추측을 나타낼 때 사용한다.

用以推測、猜想某狀態或動作。

🔗 형용사, 동사, 명사와 모두 결합한다.

與形容詞、動詞、名詞結合使用。

	終聲 X	終聲 O
形容詞	나쁘다 → 나쁠 텐데	좋다 → 좋을 텐데
動詞	오다 → 올 텐데	먹다 → 먹을 텐데
名詞	휴가 → 휴가일 텐데	방학 → 방학일 텐데

例 그렇게 아이스크림을 많이 먹으면 배가 **아플 텐데** 조금만 드세요.

冰淇淋吃太多的話，可能會肚子痛，吃少一點吧。

비를 맞아서 **추울 텐데** 따뜻한 커피를 좀 드릴까요?

淋了雨應該會冷，你要不要喝杯熱咖啡呢？

오늘 비가 **올 텐데** 우산을 가져가세요.

今天可能會下雨，要記得帶雨傘。

아이가 고기를 싫어해서 안 **먹을 텐데** 다른 음식을 만들어 줄까요?

孩子因為討厭所以應該不會吃肉，要不要煮其他菜呢？

어제 이사하느라고 **힘들었을 텐데** 좀 쉬세요.

你昨天搬家應該很累，稍微休息一下吧。

어제 잠을 못 **잤을 텐데** 지금 좀 주무세요.

你昨天應該沒睡好，現在先睡一下吧。

지금 미국은 밤일 **텐데** 전화를 해도 괜찮을까요?

美國現在應該是晚上，撥電話過去沒關係嗎？

➕ 종결형으로도 쓸 수 있다.

可做為終結語尾使用。

例 이번에 여행할 때 날씨가 맑으면 좋을 **텐데요.**

這次旅行如果天氣晴朗的話就好了。

퇴근 시간이라서 지금 나가면 차가 많이 막힐 **텐데요.**

因為是下班時間，現在出去的話應該會塞車。

2. A-(으)냐고 하다[묻다], V-느냐고 하다[묻다], N(이)냐고 하다[묻다]
問說…

🔍 의문문의 내용을 전달할 때 사용한다.

疑問句的間接引用，用以轉達提問的內容。

🔗 형용사, 동사, 명사와 모두 결합한다.

與形容詞、動詞、名詞結合使用。

	終聲 X	終聲 O
形容詞	나쁘다 → 나쁘냐고 하다	좋다 → 좋으냐고 하다
動詞	오다 → 오느냐고 하다	먹다 → 먹느냐고 하다
名詞	휴가 → 휴가냐고 하다	방학 → 방학이냐고 하다

例 친구가 오늘 기분이 안 좋아 보여서 무슨 일이 있**느냐고 했어요.**

朋友今天看起來心情不太好，所以我就問他有什麼事。

부산에 있는 친구에게 날씨가 어떠**냐고 물어봤어요.**

我問了釜山的朋友天氣如何。

선생님께 수업이 언제 시작하**느냐고 여쭤 보세요.**

請你去問老師課程何時開始。

과장님께 오늘 회식 때 뭘 먹을 거**냐고 물어볼까요?**

要不要去問課長今天聚餐要吃什麼東西？

친구에게 생일 선물로 뭘 받고 싶**으냐고 물어봐도** 얘기를 안 해요.

即使我問了朋友想收到什麼做為生日禮物，他還是不說。

➕ 들은 내용의 시제가 과거일 경우 다음과 같이 각각 '-았느냐고/었느냐고 하다', '-였느냐고/이었느냐고 하다'로 표현한다.

若聽到的內容為過去式時，則應如下範例，分別以「-았느냐고／었느냐고 하다」、「-였느냐고／이었느냐고 하다」來表現。

例 제주도에 사는 친구에게 지난주 날씨가 어땠느냐고 물어보세요.

請你向住在濟州島的朋友詢問上週天氣如何。

아이가 배가 아프다고 하니까 의사 선생님이 아까 뭘 먹었느냐고 물어보셨다.

因為孩子說肚子痛，所以醫生問說剛剛吃了什麼東西。

친구가 세계 여행하면서 제일 기억에 남는 곳이 어디였느냐고 해서 포르투갈이라고 했다.

朋友問我環遊世界時印象最深的地方是哪裡，我回答說是葡萄牙。

➕ 미래와 결합하면 다음과 같다.

與未來式結合使用時，如下範例所示。

	終聲 X	終聲 O
形容詞	나쁘다 → 나쁠 거냐고 하다	좋다 → 좋을 거냐고 하다
	나쁘다 → 나쁘겠느냐고 하다	좋다 → 좋겠느냐고 하다
動詞	오다 → 올 거냐고 하다	먹다 → 먹을 거냐고 하다
	오다 → 오겠느냐고 하다	먹다 → 먹겠느냐고 하다

例 친구가 이따가 생일 파티에 올 거냐고 해서 간다고 했다.

朋友問等一下會不會來生日派對，我回答說會去。

친구가 만날 때마다 늦으면 기분이 어떻겠느냐고 하면서 화를 냈다.

朋友發脾氣並問說如果每次見面他都遲到的話，我的心情會如何。

하숙집 아주머니가 밥을 더 먹겠느냐고 하셔서 괜찮다고 했다.

宿舍大嬸問說要不要再多吃點飯，我回答說不用了。

➕ 구어체에서는 '-으냐고', '-느냐고'에서 '-으-, -느-'를 뺀 비표준적 형태인 '-냐고'를 흔히 사용한다.

「-으냐고」與「-느냐고」在口語之中，「-으-」與「-느-」經常被省略，形成「-냐고」的型態。

例 친구가 첫 월급 받아서 기분 좋냐고 하면서 한턱내라고 했다.

朋友問我第一次拿到薪水開不開心，並叫我要請客。

엄마가 다이어트하는 애가 뭘 그렇게 많이 먹냐고 잔소리를 하셨다.

媽媽嘮叨問說要減肥的人怎麼吃那麼多。

3. A/V-(으)ㄹ 줄 몰랐다, N일 줄 몰랐다　沒想到會…

📄 기대나 예측과 달라서 놀라움을 표현한다.
因結果與期待、預想不同，而感到驚訝。

🔗 형용사, 동사, 명사와 모두 결합한다.
與形容詞、動詞、名詞結合使用。

	終聲 X	終聲 O
形容詞	크다 → **클 줄 몰랐다**	작다 → **작을 줄 몰랐다**
動詞	오다 → **올 줄 몰랐다**	먹다 → **먹을 줄 몰랐다**
名詞	학교 → 학교**일 줄 몰랐다**	학생 → 학생**일 줄 몰랐다**

> 例 서울대학교가 이렇게 **클 줄 몰랐어요**. 沒想到首爾大學這麼大。
>
> 비빔냉면이 이렇게 **매울 줄 몰랐어요**. 沒想到拌冷麵這麼辣。
>
> 집들이에 친구들이 그렇게 많이 **올 줄 몰랐어요**. 沒想到會有那麼多朋友來參加喬遷宴。
>
> 그 사람이 나이가 많아 보여서 **학생일 줄 몰랐어요**.
>
> 那個人看起來年紀很大，沒想到他是學生。

➕ 주어의 조사는 '이/가'로 쓰고 '은/는'을 쓰지 않는다.
主語的助詞使用「이／가」，不使用「은／는」。

> 例 학생들이 이렇게 열심히 공부**할 줄 몰랐어요**. (○) 沒想到學生們會這麼努力念書。
>
> 한국의 겨울은 이렇게 추**울 줄 몰랐어요**. (X) 沒想到韓國的冬天這麼冷。

➕ '이렇게', '그렇게', '저렇게'와 같이 쓰는 경우가 많고 '아주', '너무'와는 같이 쓰지 않는다.
常與「이렇게」、「그렇게」、「저렇게」一起使用，但不與「아주」、「너무」一起使用。

> 例 우리 교실이 **이렇게** 따뜻**할 줄 몰랐어요**. (○) 沒想到我們教室會這麼溫暖。
>
> 떡볶이가 **너무** 맛있**을 줄 몰랐어요**. (X) 沒想到辣炒年糕會太好吃。

➕ 현재형 'V-는 줄 몰랐다', 'A-(으)ㄴ 줄 몰랐다', 'N-(이)ㄴ 줄 몰랐다'를 쓰면 그 사실을 몰랐다는 뜻이 되는데 의미가 '-(으)ㄹ 줄 몰랐다'와 크게 다르지는 않다.
以現在式「V-는 줄 몰랐다」、「A-(으)ㄴ 줄 몰랐다」、「N-(이)ㄴ 줄 몰랐다」等3種形態來陳述時，代表過去並不知道某事實，其含意與「-(으)ㄹ 줄 몰랐다」沒有太大的差異。

> 例 오늘 시험을 보**는 줄 몰랐어요**. 我不知道今天要考試。
>
> 그 아이가 그렇게 똑똑**한 줄 몰랐어요**. 沒想到那個孩子那麼聰明。
>
> 오늘이 철수 씨 생일**인 줄 몰랐어요**. 我不曉得今天是哲秀的生日。

➕ 'A/V-(으)ㄹ 줄 몰랐다'와 'V-(으)ㄹ 줄 모르다'(2급 2과)와의 비교

「A／V-(으)ㄹ 줄 몰랐다」與「V-(으)ㄹ 줄 모르다」（2A第2課）的比較。

A/V-(으)ㄹ 줄 몰랐다	V-(으)ㄹ 줄 모르다
• 주어의 예측이나 기대가 어긋났음을 표현할 때 사용한다. 表示結果與主詞的預測或期待不同。 • 동사, 형용사와 모두 결합한다. 可與動詞、形容詞結合使用。 例 떡국이 이렇게 맛있을 줄 몰랐어요. 沒想到年糕湯這麼好吃。 한글 쓰기가 이렇게 쉬울 줄 몰랐어요. 沒想書寫韓文字這麼簡單。	• 어떤 일을 할 수 있는지 없는지 능력 여부를 나타낼 때 쓴다. 表示有無執行某事的能力。 • 동사와만 결합한다. 僅與動詞結合使用。 例 떡국을 끓일 줄 몰라요. 我不知道如何煮年糕湯。 한국에 오기 전에 한글을 쓸 줄 몰랐어요. 來韓國之前，我不知道如何寫韓文。

➕ '-(으)ㄹ 줄 알았다'는 상황과 문맥에 따라 기대와 예측이 맞았다는 뜻으로도 쓰고 기대와 예측이 틀렸을 경우에도 쓴다.

「-(으)ㄹ 줄 알았다」則依據文章前後脈絡的不同，可做為「結果與預測或期待相同」或「結果與預測或期待不同」的解釋。

例 동생이 열심히 공부했어요. 그래서 시험에 합격할 줄 알았어요. 그런데 떨어졌어요.
(기대나 예측 ≠ 결과)

弟弟很認真念書，所以我認為他會通過考試，但他卻落榜了。（期待或預測 ≠ 結果）

동생이 별로 열심히 공부하지 않았어요. 그래서 시험에 떨어졌어요. 그럴 줄 알았어요.
(기대나 예측 = 결과)

弟弟不是很認真念書，所以考試落榜了。我早就知道會如此。（期待或預測 = 結果）

4. V-자고 하다　提議一起⋯

🔑 청유의 문장을 다른 사람에게 전달할 때 사용한다.

請誘句的間接引用，用以向他人轉達共同進行某事的意願。

🔗 동사와 결합한다.

與動詞結合使用。

	終聲 X	終聲 O
動詞	만나다 → 만나자고 했어요	읽다 → 읽자고 했어요

例 친구가 나한테 한강공원에서 만나자고 했어요. 朋友說我們在漢江公園見面吧。
옆 반 친구가 점심을 같이 먹자고 했어요. 隔壁班的同學約說一起吃中餐。
선생님이 발음 연습을 하자고 하셨어요. 老師說我們一來做發音練習吧。
친구가 수업 시간에 떠들지 말자고 했어요. 朋友說上課時間我們不要吵鬧。

1. A-(으)ㄴ가 보다, V-나 보다, N인가 보다　似乎…、好像…

📄 어떤 사물이나 상황을 보고 동작, 상태를 짐작하여 표현할 때 사용한다.

在看了某事物或某情況後，進而去推測其動作或狀態。

🔗 형용사, 동사, 명사와 모두 결합한다.

與形容詞、動詞、名詞結合使用。

	終聲 X	終聲 O
形容詞	아프다 → 아픈가 보다	많다 → 많은가 보다
動詞	오다 → 오나 보다	읽다 → 읽나 보다
名詞	의사 → 의사인가 보다	학생 → 학생인가 보다

> 例　수미가 아직도 자고 있네요. 몸이 아픈가 봐요. 秀美還在睡啊，看來是身體不舒服的樣子。
>
> 비가 오나 봐요. 사람들이 우산을 쓰고 가요. 好像下雨了，人們都撐著雨傘行走。
>
> 민수 씨는 참 아는 게 많네요. 책을 많이 읽었나 봐요.
>
> 民秀知道的東西真多，看來是讀了不少書。
>
> 저 사람은 하얀 가운을 입었네요. 의사인가 봐요. 那個人穿著白袍，應該是位醫生吧。

➕ 과거의 동작이나 상태에 대해 짐작할 때에는 동사, 형용사 모두 '-았나/었나 보다'를 쓴다.

當欲推測過去的動作或狀態時，不管動詞或形容詞都應使用「-았나／었나 보다」。

> 例　밤에 비가 왔나 봐요. 땅이 젖어 있네요. 昨晚似乎是下了雨，地都濕濕的。
>
> 수미 씨가 많이 아팠나 봐요. 어제 학교에 결석했어요.
>
> 秀美好像很不舒服，昨天也沒來學校。

➕ 'A-(으)ㄴ가 보다/V-나 보다'와 'A-(으)ㄴ 것 같다/V-는 것 같다'(2급 4과)와의 비교

「A-(으)ㄴ가 보다／V-나 보다」與「A-(으)ㄴ 것 같다／V-는 것 같다」（2A第4課）的比較。

A-(으)ㄴ가 보다/V-나 보다	A-(으)ㄴ 것 같다/V-는 것 같다
• 말하는 사람이 직접 경험 없이 간접 경험만으로 짐작할 때 사용할 수 있다. 僅能用於說話者透過間接方式，而非親身經驗來推測某情況時。	• 간접 경험 또는 직접 경험한 사실에 대해서 짐작할 때 모두 사용할 수 있다. 不管是透過間接方式，或是親自經歷過的事實均可使用。
  例 "발이 **큰가 봐요**."(○) 腳好像很大。（只看鞋子去推測腳大） "발이 **큰가 봐요**." (X) 腳好像很大。（親眼看到腳很大）	 例 "발이 **큰 것 같네요**."(○) 腳好像很大喔。（只看鞋子去推測腳大） "발이 **큰 것 같네요**."(○) 腳好像很大喔。（親眼看到腳很大）
• 짐작의 단서가 있을 때만 사용할 수 있다. 僅能用於有推測依據或線索的情況。 例 사람들이 좋아하는 것을 보니 축구 경기에서 우리가 이겼**나 봐요**. 看到人們興高采烈的樣子，應該是我們贏了足球比賽了吧。	• 짐작의 단서가 없을 때도 자기 생각이나 의견을 말할 때 사용한다. 就算沒有推測的依據或線索，也可以用於表示自我想法或意見。 例 내일 축구 경기에서 우리가 이길 **것 같아요**. 그냥 그럴 **것 같은** 생각이 들어요. 明天的足球賽，我們好像會贏。就是有好像會贏的感覺。

首爾大學韓國語

2. N(이)나 ···之類的

📌 최선은 아니지만 괜찮은 정도의 차선임을 나타내거나 가벼운 제안을 할 때 사용한다.

表示某事雖然不是最好的，但至少是個還不錯的選項。或用於表達簡單的提議。

🔗 명사와 결합한다.

與名詞結合使用。

名詞	終聲 X	終聲 O
	영화 → 영화나	책 → 책이나

例 시간 있으면 함께 점심**이나** 먹어요. 有空的話，一起吃個中餐什麼的吧。

　할 일이 없으니까 그냥 잠**이나** 자야겠어요. 因為無事可做，得來睡個覺之類的。

　비가 오니까 집에서 파전**이나** 부쳐 먹고 싶네요. 下雨了，好想在家煎個煎餅什麼的來吃。

➕ '-(이)나'와의 비교(2급 1과, 18과)

「-(이)나」的比較（2A第1課、2B第18課）

N(이)나	N(이)나 (2A 第 1 課)	N(이)나 (2B 第 18 課)
• 차선의 선택이나 가벼운 제안을 할 때 쓰인다. 表示次優的選項或簡單的提議。 例 녹차가 없으니까 커피**나** 마시자. 因為沒有綠茶了，那就來喝個咖啡吧。	• 비슷한 여러 가지를 나타내는 말을 나열하여 그 중 하나를 선택함을 나타낸다. 羅列出各種類似的選項，並從中擇一。 • 'N(이)나 N'의 형태로 쓰인다. 以「N(이)나 N」的形態呈現。 例 부산**이나** 제주도에 한번 가 보고 싶어요. 我很想去釜山或濟州島。	• 수량을 나타내는 말 뒤에 쓰여 어떤 수량이 꽤 많음을 나타낸다. 接在數量名詞之後，表示實際數量多於預期。 例 커피를 세 잔**이나** 마셨어요. 喝了3杯之多的咖啡。

3. V-아/어 보니(까)　做了…之後發現…

🔲 경험 후 그 경험에 대한 생각이나 알게 된 사실을 표현할 때 쓴다.

經歷某事之後，就該事表達自身的想法，或説明透過該事所得知的新事實。

🔗 동사와 결합한다.

與動詞結合使用。

	終聲 X	終聲 O
動詞	가다 → 가 **보니까**	먹다 → 먹어 **보니까**

例 부모님과 떨어져서 혼자 살**아 보니까** 힘들어요.

和父母分開獨自一個人住之後發現，生活真不容易。

잘 생각**해 보니까** 내 말이 틀린 것 같아요. 仔細想想後發現，我好像說錯了。

불고기를 만들**어 보니까** 생각보다 간단했어요.

親自動手做韓式烤肉後發現，比想像中的還簡單。

➕ 동사 '보다'의 경우에는 '-봐 보니까'의 형태보다 '-보니까'의 형태로 많이 쓴다.

與動詞「보다」結合使用時，「-보니까」要比「-봐 보니까」更常被使用。

例 그 영화를 **봐 보니까** 왜 인기가 많은지 알겠어요. (△)

그 영화를 **보니까** 왜 인기가 많은지 알겠어요. (○)

看了那部電影之後，我終於知道為什麼它會很受歡迎。

4. A/V-던데(요), N이던데(요) 記得是…、印象中…

🗡 과거를 회상하며 경험한 사실에 대해 표현하거나 청자의 반응을 기대하며 과거 상황을 전달할 때 쓴다.

表示回想過去，並陳述過去所經歷的事實；或告知過去事實的同時，期待聽者的回應。

🔗 형용사, 동사, 명사와 모두 결합한다.

與形容詞、動詞、名詞結合使用。

	終聲 X	終聲 O
形容詞	비싸다 → 비싸던데요	춥다 → 춥던데요
動詞	가다 → 가던데요	읽다 → 읽던데요
名詞	작가 → 작가이던데요	휴일 → 휴일이던데요

例 시장이 마트보다 싸던데요. 我印象中市場比超市來得便宜。

가게에 손님이 정말 많던데요. 印象中商店客人真的很多。

친구가 라면을 맛있게 끓이던데요. 印象中朋友泡麵煮得很好吃。

그 사람이 서울대학교 학생이던데요. 我印象中那個人是首爾大學的學生。

➕ '-다고 하다'와 '-던데요'가 결합된 형태로 '-다고 하던데요'가 있다. 구어체에서는 '-다던데요'로도 많이 쓰인다.

「-다고 하다」與「-던데요」結合後變成「-다고 하던데요」。口語中則常使用其縮略形「-다던데요」。

例 오늘 날씨가 춥다고 하던데요. 印象中聽說今天天氣會很冷。

진아 씨가 불고기를 잘 만든다고 하던데요. 我印象中聽說真兒很會做韓式烤肉。

미나 씨가 오늘 명동에 쇼핑하러 간다던데요. 我印象中聽說美娜今天要去明洞購物。

第 5 課

1. V-(으)ㄹ까 말까 (하다) 要不要…

🗡 어떤 행동을 할지 안 할지에 대해 망설임을 표현할 때 쓴다.

表示對於要不要進行某項行動仍猶豫不決。

🔗 동사와 결합한다.

與動詞結合使用。

	終聲 X	終聲 O
動詞	가다 → **갈까 말까 하다**	먹다 → **먹을까 말까 하다**

例 컴퓨터값이 너무 비싸서 **살까 말까** 하고 있어요.

電腦實在是太貴了,還在思考要不要購買。

새로 산 바지가 불편해서 **입을까 말까** 하고 생각 중이에요.

新買的褲子不太舒服,還在想要不要穿。

대학교를 졸업한 후에 한국으로 유학 **갈까 말까** 고민 중이에요.

我在煩惱大學畢業之後要不要去韓國留學。

➕ 'V-(으)ㄹ까 말까 (하다)'와 'V-(으)ㄹ까 하다'(2급 16과)와의 비교

「V-(으)ㄹ까 말까 (하다)」與「V-(으)ㄹ까 하다」(2B第16課)的比較。

V-(으)ㄹ까 말까 (하다)	V-(으)ㄹ까 하다
• 행동을 할지 안 할지에 대해 망설이고 있음을 표현할 때 사용한다. 用以表現對於執行某項行動的躊躇猶疑。 例 점심에 불고기를 먹으러 **갈까 말까** 생각 중이에요. 我在想說中午要不要去吃韓式烤肉。 →점심에 불고기를 먹을지 말지 망설이고 있다. →對於中午要不要吃韓式烤肉猶疑不決。	• 어떤 행동을 할 마음이나 생각이 있음을 표현할 때 사용한다. 表示有執行某項行動的意思或想法。 例 점심에 불고기를 먹으러 **갈까 하**는데 같이 갈래요? 我在想說中午要不要去吃韓式烤肉,你要不要一起去呢? →점심에 불고기를 먹을 예정이다. →中午打算吃韓式烤肉。

2. V-지그래(요)? 為何不…?

🔑 상대방에게 제안이나 권유를 할 때 사용하는 표현으로 약한 명령문을 대신하는 경우에도 쓴다.

向對方進行提議或勸誘時所使用的表現,亦可用來取代語感較為薄弱的命令句。

💊 동사와 결합한다.

與動詞結合使用。

	終聲 X	終聲 O
動詞	가다 → 가**지그래(요)?**	먹다 → 먹**지그래(요)?**

例 날씨가 추우니까 코트를 입**지그래요**? 天氣這麼冷,你為何不穿大衣呢?

계속 열이 나면 병원에 가 보**지그래요**? 如果一直發燒的話,你為何不去趟醫院呢?

오후에 비가 온다고 하니까 우산을 가져가**지그래요**?

聽說下午會下雨,你為何不帶把雨傘去呢?

➕ 'V-는 게 어때요?'(2급 11과)와 쓰임과 표현이 같다.

與「V-는 게 어때요?」（2B第11課）的用法與含意一樣。

➕ 한국어에서는 윗사람에게 명령형이나 청유형을 많이 쓰지 않으므로 윗사람에게 사용할 때에는 주의해야 한다.

韓語中，因為不常向長輩使用命令句或請誘句，所以當向長輩使用此句型時應多加注意。

例 선생님, 쉬지그래요? (X) 老師，為何不休息一下呢？

3. V-(으)ㄹ걸 (그랬다)　早知道就…

📌 과거에 했으면 좋았을 일 또는 하지 않은 어떤 일에 대하여 가벼운 후회를 나타낼 때 사용한다.

對過去本來可以做卻沒有做之事，或未執行的某事表達些許後悔之意。

🔗 동사와 결합한다.

與動詞結合使用。

	終聲 X	終聲 O
動詞	가다 → 갈걸 그랬어요	먹다 → 먹을걸 그랬어요

例 벌써 은행 문을 닫았어요. 좀 더 일찍 올걸 그랬어요.

銀行門已經關了，早知道就早一點來。

청바지를 입고 운동하니까 좀 불편하네요. 편한 바지를 입을걸 그랬어요.

穿牛仔褲運動真很不方便，早知道就穿輕便一點的褲子了。

손님이 많이 와서 음식이 모자랐어요. 음식을 많이 만들걸 그랬어요.

客人來太多，導致食物不夠，早知道就多做一些食物。

➕ 동사에 과거 시제가 결합할 수 없다.

不得與過去時制「-았/었-」結合使用。

例 어제 친구 생일 파티에 갔을걸 그랬다. (X) 早知道昨天就去朋友的生日派對。

　 어제 친구 생일 파티에 갈걸 그랬다. (○)

➕ 부정문은 'V-지 말다'를 사용한다.

否定形與「V-지 말다」結合使用，變成「V-지 말걸 그랬다」。

例 주말에 바다로 놀러갔는데 돌아올 때 차가 많이 막혔다. 차를 가지고 가지 말걸 그랬다.

週末去海邊玩，結束回來的時候大塞車，早知道就不要開車去。

首爾大學韓國語

시장에서 떡볶이를 사 먹었는데 너무 맵고 짰다. 사 먹**지 말걸 그랬다**.

在市場買了辣炒年糕吃，味道既辣又鹹，早知道就不要買來吃。

➕ 구어체 표현으로 혼잣말처럼 쓰인다.

口語中，可如「自言自語」般使用。

例 집에 혼자 있으니까 심심하다. 친구들이 놀러 가자고 할 때 같이 **갈걸**.

獨自一人在家真無聊。早知道朋友邀約去玩的時候就一起去。

내일이 시험인데 공부를 하나도 안 했다. 미리 **할걸**.

明天要考試了，書都沒念，早知道就早點念。

4. N(이)라도　哪怕是…也…、就算是…也…

📄 마음에 안 들지만 상황이 어쩔 수 없어서 차선이라도 선택할 때 쓴다.

表示雖不滿意，但因礙於現況，只能做其他選擇。

🔗 명사와 결합한다.

與名詞結合使用。

	終聲 X	終聲 O
名詞	커피 → 커피라도	빵 → 빵이라도

例 A : 출장 왔는데 구경할 시간이 조금밖에 없군요. 來這裡出差，可以參觀的時間卻只有一點點。

B : 그럼 시내**라도** 구경합시다.　那我們至少逛一下市區吧。

A : 손님, 통로 쪽 좌석밖에 없는데요. 客人，我們僅剩靠走道的座位了。

B : 그럼 그거**라도** 주세요. 那就給我那個吧。

지금 커피가 다 떨어졌는데 녹차**라도** 드릴까요?

我們咖啡都賣完了，給您綠茶好嗎？

아직 일이 안 끝나서 조금 기다려야 하는데 심심하면 잡지**라도** 읽고 있어.

因為工作還沒結束，所以必須要稍等一下，無聊的話，你就先看個雜誌吧。

➕ 'N(이)라도'와 'N(이)나'(3급 4과)와의 비교

「N (이)라도」與「N (이)나」（3A第4課）的比較

N(이)라도	N(이)나
• 가벼운 제안을 할 때 사용한다. 用於表達簡單提議時。 例 이따가 쉬는 시간에 차**라도** 한잔하자. 　等一下休息時間一起喝杯茶吧。 • 어쩔 수 없는 상황에서 차선을 선택할 때 사용한다. '(이)나'보다 더 마지막으로 남은 선택의 의미가 강하다. 在不得已的情況下，選擇其他選項。「(이)라도」比起「(이)나」，其「僅剩的最後選項」的語感更強。 例 A：엄마, 배고픈데 밥 좀 주세요. 　　媽，我肚子餓，給我飯吃。 　B：밥이 없는데 어떡하지? 　　沒有飯了，怎麼辦呢？ 　A：그럼 라면**이나** 끓여 주세요. (○) 　　要不然給我煮個泡麵吧。 　B：라면도 다 떨어졌어. 과자밖에 없는데. 　　也沒泡麵了，只剩餅乾。 　A：그럼 과자**라도** 주세요. (○) 　　那就給我餅乾吧。 　A：민석아, 10만 원만 빌려줘. 　　民錫，借我10萬元就好。 　B：지금 만 원밖에 없는데. 　　我現在只有1萬元。 　A：그럼 만 원**이라도** 빌려줘. (○) 　　那就借我1萬元吧。	• 가벼운 제안을 할 때 사용한다. 用於表達簡單提議時。 例 이따가 쉬는 시간에 차**나** 한잔하자. 　等一下休息時間一起喝杯茶吧。 • 최선은 아니지만 괜찮은 정도의 차선을 선택할 때 사용한다. 마지막 남은 선택이라는 느낌이 강할 때는 사용하지 않는다. 某事雖然不是最好的，但至少是個還不錯的選項。「僅剩的最後選項」語感強烈時，不使用此句型。 例 A：엄마, 배고픈데 밥 좀 주세요. 　　媽，我肚子餓，給我飯吃。 　B：밥이 없는데 어떡하지? 　　沒有飯了，怎麼辦呢？ 　A：그럼 라면**이나** 끓여 주세요. (○) 　　要不然給我煮個泡麵什麼的吧。 　A：민석아, 10만 원만 빌려줘. 　　民錫，借我10萬元就好。 　B：지금 만 원밖에 없는데. 　　我現在只有1萬元。 　A：그럼 만 원**이나** 빌려줘. (X) 　　那就借我1萬元之類的吧。

第 6 課

1. A/V-거든(요), N(이)거든(요)　說明理由

🔑 듣는 사람이 모르는 정보나 이유를 알려 줄 때 쓴다.
告知聽者所不知道的資訊或理由。

🔗 형용사, 동사, 명사와 모두 결합한다.
與形容詞、動詞、名詞結合使用。

	終聲 X	終聲 O
形容詞	나쁘다 → 나쁘**거든요**	좋다 → 좋**거든요**
動詞	오다 → 오**거든요**	먹다 → 먹**거든요**
名詞	휴가 → 휴가**거든요**	방학 → 방학**이거든요**

例 A：왜 항상 그 카페에 가서 숙제를 해요? 為什麼你總是到那家咖啡店寫作業呢？

B：커피가 맛있고 분위기도 좋**거든요**. 因為咖啡好喝，氣氛又好啊。

A：날씨가 더운데 왜 창문을 닫아 놓았어요? 天氣那麼熱，為何你要關著窗呢？

B：먼지가 많이 들어오**거든요**. 因為有很多灰塵會飛進來啊。

오늘은 빨리 집에 돌아가서 청소를 해야 돼요. 저녁에 친구가 올 거**거든요**.

今天我得趕緊回家打掃，因為晚上朋友要來家裡。

다음 주에는 제주도에 갔다 올까 해. 일주일 동안 휴가**거든**.

我在想下週要不要去趟濟州島，因為我有一個星期的假。

➕ '-아서/어서 -기 때문에' 등의 다른 이유 표현과 달리 구어에서만 쓴다.

不同於「-아서／어서」、「-기 때문에」等其他表示理由的文法，此句型僅用於口語中。

➕ 어떤 사실을 설명하듯 말하면서 뒤에 이야기가 계속 이어짐을 나타내기도 한다.

이 경우 '-거든요'의 끝을 약간 올리는 억양으로 말한다.

亦可用於陳述某事實，且接下來還有話要說時，此時「-거든요」的結尾聲調應稍微提高。

例 제가 좀 바쁘**거든요**. 그래서 만날 수가 없어요.

我有點忙，所以沒辦法見面。

제가 지금 막 지하철을 탔**거든요**. 1시간 쯤 후에는 도착할 수 있을 거예요.

我現在剛搭上地鐵，大概1小時後會抵達。

이게 유명한 화가가 그린 그림**이거든**. 그림값이 정말 비싸대.

這是知名畫家所畫的畫，聽說價錢非常貴。

➕ 구어체적 성격이 강하고 듣는 사람이 모른다는 것을 전제하고 말할 때 쓰는 표현이기 때문에 윗사람과의 대화에서 사용하면 공손하지 않은 느낌을 줄 수도 있으므로 주의해야 한다.

此句型因較常使用於口語，且以聽者不知道某事為前提來進行陳述，因此若與長輩對話使用此句型時，會給人不太謙遜的語感，使用時應多加注意。

2. 아무 N도　任何…也…

🔽 사람, 물건, 장소 등이 전혀 없거나 아니라는 것을 강조할 때 쓴다.

強調完全沒有任何人、物品或場所時使用。

🔗 명사와 결합한다.

與名詞結合使用。

아무 N도			
名詞	아무 약속도, 아무 계획도, 아무 생각도…….		
人	아무도		
物品	아무것도		
場所	아무 데도		

例 스트레스가 심할 때는 **아무** 생각**도** 안 하고 그냥 쉬는 게 좋아요.

壓力大的時候，什麼事都不要想，就休息最好。

방학에 뭐 할지 아직 **아무** 계획**도** 안 세웠어요.

還沒制定任何計畫來決定放假要做些什麼事情。

지금은 피곤해서 **아무도** 만나고 싶지 않아요.

我現在很累，誰也不想見。

하루 종일 **아무것도** 안 먹어서 배가 고파 죽겠어요.

一整天什麼東西都沒吃，肚子餓死了。

방학 때 **아무** 데**도** 안 가고 집에 있었어요.

我放假什麼地方也沒去，就只待在家裡。

➕ 항상 '않다, 아니다, 못하다, 없다, 모르다, 말다'와 같은 부정 표현과 함께 쓴다.

總是與「않다、아니다、못하다、없다、모르다、말다」等否定表現結合使用。

例 A : 지금 손에 들고 있는 게 뭐예요? 你現在拿在手上的是什麼東西？

B : 이거요? **아무것도** 아니에요. 這個嗎？沒什麼啦。

저는 그 일에 대해서 **아무것도** 몰라요. 有關那件事情，我什麼也不知道。

지금 집에 먹을 게 **아무것도** 없는데 어떡하지요?

現在家裡什麼吃的東西也沒有，該怎麼辦呢？

내가 전화하기 전에는 **아무** 일**도** 하지 말고 기다리고 있어.

在我打電話之前，你什麼事都不要做，就乖乖地等我。

두 사람이 싸웠나 봐요. 오늘 하루 종일 서로 **아무** 말**도** 안 해요.

兩個人好像吵架了，今天一整天他們彼此什麼話也沒說。

➕ '아무하고도, 아무에게도'처럼 조사가 복합된 형태로도 쓰인다.

如同「아무하고도」、「아무에게도」一樣，「아무…도」亦可與其他助詞結合使用。

例 시험 시간에는 **아무하고도** 이야기하면 안 됩니다.

應考時，不得與任何人交談。

내가 여기에 온 것은 비밀이니까 **아무에게도** 말하지 마.

我到這裡來可是祕密，千萬別對任何人說。

3. V-이/히/리/기-(피동)　被動字彙

🔨 동사의 어간에 붙어 피동의 의미를 나타내는 접사로 주체가 스스로 행동하는 것이 아니라 다른 힘에 의하여 행동함을 나타낼 때 사용한다.

接在動詞語幹後，代表被動之意，表示主語並非主動進行某項行為，而是受外力影響而行動。

🔗 동사와 결합한다.

與動詞結合使用。

이	히	리	기
보다 － 보**이**다	닫다 － 닫**히**다	걸다 － 걸**리**다	끊다 － 끊**기**다
쓰다 － 쓰**이**다	읽다 － 읽**히**다	열다 － 열**리**다	안다 － 안**기**다
놓다 － 놓**이**다	막다 － 막**히**다	팔다 － 팔**리**다	쫓다 － 쫓**기**다
바꾸다 － 바**뀌**다	잡다 － 잡**히**다	풀다 － 풀**리**다	씻다 － 씻**기**다
잠그다 － 잠**기**다	뽑다 － 뽑**히**다	듣다 － 들**리**다	담다 － 담**기**다

例 나는 바다를 봅니다. → 바다가 **보입니다**. 我看大海。→大海被看。

나는 전화번호를 바꾸었어요. → 전화번호가 **바뀌었어요**.

我換電話號碼了。→電話號碼被換了。

경찰이 도둑을 잡았어요. → 도둑이 경찰에게 **잡혔어요**.

警察抓小偷。→小偷被警察抓。

많은 외국인들이 그 책을 읽어요. → 그 책은 많은 외국인들에게 **읽혀요**.

很多外國人閱讀那本書。→那本書被很多外國人閱讀。

음악 소리를 들어요. → 음악 소리가 **들려요**.

聽到音樂聲。→音樂聲被聽到。

요즘 이 옷을 많이 팔아요. → 요즘 이 옷이 많이 **팔려요**.

最近賣很多這件衣服。→最近這件衣服被賣得很好。

전화를 끊었어요. → 전화가 **끊겼어요**.

掛斷了電話。→電話被掛斷了。

경찰이 도둑을 쫓아요. → 도둑이 경찰에게 **쫓겨요**.

警察追小偷。→小偷被警察追。

➕ 피동 동사가 문장에서 상태 지속의 의미를 나타낼 경우 '-어 있다'를 사용하는 것이 자연스럽다. 주로 '놓이다, 걸리다, 열리다, 닫히다, 잠기다' 등과 결합하는 경우가 많다.

若於句中欲表現狀態持續的含意時，則被動詞與「-어 있다」結合使用較為自然。主要用於「놓이다、걸리다、열리다、닫히다、잠기다」等字。

例 집에 돌아와 보니 책상 위에 편지가 **놓였다**. (X)

집에 돌아와 보니 책상 위에 편지가 **놓여 있었다**. (○)

回到家後發現書桌上放著一封信。

카페 벽에 '모나리자' 그림이 **걸려 있어요**.

咖啡店牆壁上掛著一幅蒙娜麗莎的畫像。

집에 돌아오니 창문이 활짝 **열려 있었다**.

回到家後發現窗戶開開的。

아침에 일찍 출근했는데 사무실 문이 **잠겨 있었다**.

早上很早上班，但是辦公室門卻鎖著。

➕ '보이다, 들리다, 팔리다, 끊기다' 등과 같이 일시적인 동작을 나타내는 경우에는 '-어 있다'와 결합하지 않는다.

「보이다、들리다、팔리다、끊기다」等表示暫時性動作的字詞，不與「-어 있다」結合使用。

例 카페에서 바다가 **보여 있어요**. (X)

카페에서 바다가 **보여요**. (○)

在咖啡店可以看到大海。

第7課

1. V-았다가/었다가 做了…又…

🔑 하나의 동작이 끝난 후에 다른 동작으로 전환함을 나타낸다.

一個動作結束之後，轉而進行另一個動作。

🔗 동사 뒤에 쓴다.

接於動詞之後。

	ㅏ, ㅗ	하다	ㅓ, ㅜ, ㅣ ……
動詞	가다 → **갔다가**	하다 → **했다가**	쓰다 → **썼다가**

例 학교에 **갔다가** 머리가 아파서 집에 일찍 돌아왔어요.

去了學校，但因為頭痛，所以很早就回家了。

약속**했다가** 급한 일이 있어서 취소했어요.

原本跟人家約好了，卻因為臨時有急事，所以取消了。

편지를 **썼다가** 찢어버렸어요. 信寫好後，又撕掉了。

➕ 앞뒤 문장의 주어가 동일하다.

前後句主詞應一致。

> 例 나는 불을 **껐다가** 다시 켰어요. (○) 我關燈再開燈。
>
> 나는 불을 **껐다가** 동생이 다시 켰어요. (X) 我關燈，弟弟再開燈。

➕ 앞뒤 문장의 동사는 의미상 반대이거나 관련이 있어야 한다.

前、後句動詞意思上應互為對立或有相關性。

> 例 문을 열**었다가** 닫았다. (○) 我開門又關門。
>
> 신발을 신**었다가** 벗었다. (○) 我穿鞋又脫鞋。
>
> 신발을 신**었다가** 들어갔다. (X) 我穿鞋再進去。

➕ 'V-았다가/었다가'와 'V-다가(2급 7과)'와의 비교

「V-았다가／었다가」與「V-다가」（2A第7課）的比較

V-았다가/었다가	V-다가
• 앞의 동작이 완료된 이후에 다른 동작으로 전환됨을 나타낸다. 完成前面動作後，轉換成其他動作。 例 시장에 **갔다가** 급한 약속이 생각나서 학교로 갔다. 到了市場後，臨時想到有個緊急的約定，所以又去了學校。 (=시장에 도착한 후에 생각이 났어요.) （=抵達市場後才想到。） 밥을 먹**었다가** 전화를 받았어요. (X) 吃完飯後接了電話。	• 앞의 동작이 완전히 안 끝난 상태에서 동작이 중단되고 다른 동작으로 바뀌거나 새로운 일이 생기는 것을 나타낸다. 在前面動作尚未完全結束的狀態下，中斷該動作並轉而進行其他動作，或轉變成發生其他新活動。 例 시장에 가**다가** 급한 약속이 생각나서 학교로 갔다. 去市場的途中，臨時想到有個緊急的約定，所以去了學校。 (=시장에 도착하기 전에 생각이 났어요.) （=抵達市場之前已經想到。） 밥을 먹**다가** 전화를 받았어요. (○) 吃飯吃到一半，接了電話。
• 후행절의 동사는 반드시 'V-았다가/었다가' 동사와 관련이 있어야 하고 의미상 반대일 때가 많다. 後行句動作一定要與「V-았다가／었다가」結合的動作有相關性，且前、後動作意思上常互為對立、相反。 例 숙제를 **했다가** 잘못해서 다 고쳤어요. (○) 做完作業後，因為做錯，所以全部修正。 숙제를 **했다가** 전화를 받았어요. (X) 做完作業後，接了電話。	• 후행절의 동사에는 제약이 없다. 後行句的動作並無限制。 例 숙제를 하**다가** 전화를 받았어요. (○) 作業做到一半，接了電話。 숙제를 하**다가** 영화를 보러 갔어요. (○) 作業做到一半，就跑去看電影了。

2. A-(으)ㄴ데도, V-는데도, N인데도   即使…也…

🔎 선행절의 내용과 상관없이 예상하지 않은 다른 상황이 일어날 때 쓰는 표현이다.

表示不論先行句的內容為何，還是出現了沒有預想到的其他狀況。

✏ 형용사, 동사, 명사와 결합한다.

與形容詞、動詞、名詞結合使用。

	終聲 X	終聲 O
形容詞	비싸다 → 비싼데도	작다 → 작은데도
動詞	오다 → 오는데도	먹다 → 먹는데도
名詞	휴가 → 휴가인데도	여름 → 여름인데도

例 그 가게는 물건값이 비**싼데도** 항상 손님이 많아요.

那家店東西儘管價格很貴，但客人依舊絡繹不絕。

마이클 씨는 키가 작**은데도** 농구를 잘하네요.

麥可儘管個子不高，但籃球打得很好。

너무 말라서 걱정이에요. 많이 먹**는데도** 살이 안 쪄요.

身材太瘦真令人擔心。就算吃很多還是不會變胖。

일이 너무 많아서 휴일**인데도** 쉴 수가 없어요.

事情太多了，就算是假日仍無法休息。

➕ 과거형은 'A/V-았는데도/었는데도, N였는데도/이었는데도'로 쓴다.

過去式以「A／V-았는데도／었는데도」、「N였는데도／이었는데도」來表現。

例 어제는 날씨가 꽤 추**웠는데도** 공원에서 운동을 하는 사람이 많던데요.

儘管昨天天氣非常地冷，在公園運動的人們仍然很多。

열심히 공부**했는데도** 시험을 잘 못 봤어요. 너무 긴장해서 답이 생각이 안 났어요.

儘管很努力念書，考試還是沒考好。實在是太緊張了，讓我想不起答案。

3. A/V-더니   表示對照或結果

🔖 과거에 다른 사람이 하는 행동을 관찰하여 경험한 것이 시간이 지나면서 그 후에 어떻게 변했는지 이야기할 때 사용한다. 앞뒤 문장의 내용은 주로 대조나 결과의 의미를 가진다.

陳述觀察其他人事物過去的行為狀態，而該行為狀態隨著時間推移，之後又有哪些變化時所使用。前、後句內容常拿來相互比較或互為事實因果。

✏ 형용사, 동사와 결합하며 주로 동사가 오는 경우가 많고 형용사는 다소 제한적이다.

與形容詞、動詞結合使用，但與動詞結合使用的情況為多，形容詞在使用上多少有侷限性。

	終聲 X	終聲 O
形容詞	예쁘다 → 예쁘더니	귀엽다 → 귀엽더니
動詞	가다 → 가더니	먹다 → 먹더니

例 작년에는 눈이 많이 오**더니** 올해는 별로 안 오네요. (대조)

去年雪下得很多，今年就沒下那麼多。（對照）

동생이 어렸을 때는 작**더니** 지금은 저보다 더 커요. (대조)

弟弟小時候很矮小，現在卻比我還要高大。（對照）

그녀가 편지를 읽**더니** 울었어요. (결과) 她讀了信之後就哭了。（結果）

아이가 많이 먹**더니** 배탈이 났어요. (결과) 小孩子吃太多，結果拉肚子。（結果）

➕ 주어는 보통 2, 3인칭이며 앞뒤 문장의 주어는 같다.

主詞常為第2、3人稱，且前、後句主詞應一致。

➕ 내가 나를 관찰할 수 있는 경우(주로 기분이나 몸 상태를 말할 때) 1인칭도 가능하다.

若為自我觀察的情況（主要係描述心情或身體狀況），亦可以使用第1人稱。

例 어제는 피곤하**더니** 오늘은 괜찮다. 我昨天很疲累，今天就還好。

➕ '-더니'를 2가지 좁은 의미로 나누어서 제시했지만 넓은 의미로 시간의 흐름에 따른 변화는 대체적으로 '-더니'로 연결하여 표현할 수 있다.

前面儘管將「-더니」的解釋分成2大類來說明，但廣義上來說，若欲表現「隨著時間推移而產生變化」時，即可使用「-더니」來表現。

例 전에는 여기가 공장**이더니** 지금은 공원으로 바뀌었네.

這裡之前是座工廠，現在則變成了公園。

4. V-도록 하다　讓…、使…

🔧 '-도록'에 '하다'가 결합된 형태로 격식을 차리며 이야기할 때 쓴다. 주로 '-(으)세요', '-겠습니다'와 함께 써서 명령, 의지의 의미를 강조한다.

「도록」後加上「하다」用於講究格式的對話中。主要與「-(으)세요」、「-겠습니다」結合使用，具有強調命令與意志的含意。

🔗 동사와 결합한다.

與動詞結合使用。

	終聲 X	終聲 O
動詞	가다 → 가**도록** 하다	먹다 → 먹**도록** 하다

例 숙제를 매일 하**도록 하세요**. 請每天做作業。

모두 자리에 앉**도록 하세요**. 請大家坐在位子上。

점심시간 이외에는 외출을 하지 않**도록 하세요**. 除了中餐時間，請大家不要外出。

‼ '-도록'을 사용하지 않아도 기본 뜻에는 큰 의미 차이가 없다.

即便不使用「-도록」，基本的意思並無太大差異。

> 例 다음 주 금요일까지 보고서를 제출**하도록 하세요**.
>
> (= 다음 주 금요일까지 보고서를 제출하세요.)
>
> 下週五前，請繳交報告。
>
> 모든 일에 최선을 다하**도록 하겠습니다**.
>
> (= 모든 일에 최선을 다하겠습니다.)
>
> 我將盡力來做所有的事情。

第8課

1. V-다(가)   做…到一半，後來…

🔍 앞에서 한 행동이 뒤에 일어나는 부정적인 상황의 원인이나 근거가 됨을 나타낸다.

表示前面所做的行為、動作，為後面否定、負面狀況的原因或根據。

🔗 동사와 결합한다.

與動詞結合使用。

	終聲 X	終聲 O
動詞	가다 → 가**다가**	먹다 → 먹**다가**

> 例 버스를 타고 가**다가** 멀미를 해서 약을 먹었어요.
>
> 搭公車搭到暈車，所以吃了藥。
>
> 알리 씨는 맛있는 빵을 아무도 안 주고 혼자 먹**다가** 배탈이 났대요.
>
> 聽說阿里不與其他人分享好吃的麵包，自己一人獨享，結果吃到拉肚子。
>
> 아이가 공원에서 놀**다가** 넘어져서 얼굴을 다쳤어요.
>
> 小孩在公園玩耍玩到摔倒，傷到了臉蛋。
>
> 이렇게 쉬지 않고 일만 하**다가** 병이 나면 어떡해요? 좀 쉬세요.
>
> 你這樣不休息只顧著工作，忙到生病該怎麼辦？稍微休息一下吧。

‼ 앞 문장과 뒤 문장의 주어나 상황의 주체가 같아야 한다. 이때 뒤 문장의 주어는 쓰지 않는다.

前、後句的主詞或狀況的主體應一致，此時後句的主詞不寫出來。

> 例 샤오밍 씨가 계단에서 뛰**다가** (샤오밍 씨가) 넘어졌다. (○)
>
> 小明在樓梯上奔跑，結果（小明）摔倒了。

샤오밍 씨가 뛰어가**다가** 유진 씨가 다쳤다. (X)

小明跑來跑去，結果宥珍受傷了。

➕ '-다가'는 '-다'로 줄여 쓸 수 있다.

「-다가」可以縮寫成「-다」。

> 例 밤늦게까지 컴퓨터 게임을 하**다**(=하다가) 숙제를 못 하고 그냥 잤어요.
>
> 玩電腦遊戲玩到很晚，結果作業也沒寫就睡著了。
>
> 창문을 열어 놓고 자**다**(=자다가) 모기에 물려서 얼굴이 엉망이에요.
>
> 開著窗戶睡覺，結果睡到被蚊子咬得滿臉紅腫。

➕ 'V-다가'와의 비교(2급 7과)

與「V-다가」（2A第7課）的比較

V-다가	V-다가
• 어떤 동작이 뒤에 오는 부정적인 상황의 원인이 될 때 사용한다. 表示某行為動作為後面否定、負面狀況的原因。 例 쉬지 않고 운동하**다가** 몸살이 났어요. 　一直運動都沒休息，結果生病了。 • 청유형이나 명령형 문장을 만들 수 없다. 後行句不得為請誘句或命令句。 例 빨리 달리**다가** 사고를 내세요. (X) 　跑很快，請造成事故發生。 친구와 이야기를 하**다가** 학교에 지각합시다. (X) 　我們和朋友聊天，聊到上學遲到吧。 • 형용사와 결합하지 않는다. 不與形容詞結合使用。 例 날씨가 계속 춥**다가** 감기에 걸렸어요. (X) 　天氣一直很冷，結果感冒了。	• 어떤 동작이나 상태가 중간에 다른 것으로 바뀔 때 사용한다. 表示某個動作或狀態中途變換成另一情形。 例 회사에 다니**다가** 한국에 유학 왔어요. 　上班上到一半，來韓國留學了。 • 청유형이나 명령형 문장을 만들 수 있다. 後行句可以是請誘句或命令句。 例 똑바로 가**다가** 오른쪽으로 돌아가세요. 　請先直走，走到一半再往右轉。 조금만 더 일하**다가** 커피 마시러 갑시다. 　再工作一下，我們就去喝咖啡吧。

2. A-다고(요), V-ㄴ다고/는다고(요), N(이)라고(요)　　說…

🔍 다른 사람의 말을 듣고 난 후 다시 확인할 때 쓰는 표현이다. 뜻밖의 이야기나 놀라운 이야기를 듣고 놀라움을 표현할 때에도 쓴다.

用以表達聽完別人說的話之後，再進行確認。亦可用於在聽了令人意外或驚訝的事情後，表達自我震驚的情形。

🔗 형용사, 동사, 명사와 결합한다.

與形容詞、動詞、名詞結合使用。

	終聲 X	終聲 O
形容詞	크다 → 크**다고요**	작다 → 작**다고요**
動詞	다니다 → 다닌**다고요**	먹다 → 먹**는다고요**
名詞	의사 → 의사**라고요**	선생님 → 선생님**이라고요**

例 A : 머리가 아파요. 頭好痛。

B : 머리가 아프**다고요**? 그럼 이 약을 드셔 보세요. 금방 괜찮아질 거예요.

　　你說頭好痛嗎？那吃吃看這個藥，馬上就能舒緩了。

A : 이번 주말에 비가 많이 온대. 聽說這個週末會下大雨。

B : 주말에 비가 **온다고**? 그럼 놀이동산은 다음에 가야겠네.

　　你說週末會下雨？那看來得下次再去遊樂園了。

A : 지연 씨 생일이 모레예요. 後天是智妍的生日。

B : 네? 지연 씨 생일이 언제**라고요**? 시끄러워서 잘 못 들었어요.

　　啊？你說智妍的生日是什麼時候？剛剛太吵我沒聽清楚。

➕ 과거형과 미래형으로도 쓴다.

亦可用於過去式與未來式的句子。

例 A : 어제 관악산에 갔다 왔어. 昨天去了一趟冠岳山。

B : 어디에 갔다 왔**다고**? 엘리베이터 안이라서 잘 안 들렸어.

　　你說去了趟哪裡？我在電梯內所以聽不太清楚。

A : 지난 토요일에 명동에서 스티븐 씨를 만났어요. 上週六我在明洞遇見了史提芬。

B : 네? 스티븐 씨를 만났**다고요**? 啊？你是說遇見了史提芬嗎？

A : 주말에 친구 선물을 사러 동대문시장에 갈 거예요.

　　週末我要去東大門市場買朋友的禮物。

B : 네? 어디에 갈 거**라고요**? 啊？你說你要去哪裡？

A : 다음 달에 고향에 돌아갈 거예요. 下個月我要回家鄉。

B : 네? 고향에 돌아갈 거**라고요**? 啊？你說你要回家鄉嗎？

➕ 상대방의 재확인 질문에 대한 대답으로도 쓴다.

亦可以用來回答對方為確認所再次做的提問。

例 A : 이번 시험이 정말 어려웠어. 這次考試真的好難。

B : 뭐**라고**? 잠깐 다른 생각하느라고 잘 못 들었어.

　　你說什麼？我剛好在想的事情沒聽清楚。

A : 이번 시험이 어려웠**다고**. 我說這次考試真的好難。

首爾大學韓國語

➕ '-(으)라고(요), -자고(요), -(으)냐고(요), -느냐고(요)'의 형태로도 쓴다.

亦可以「-(으)라고(요)」、「-자고(요)」、「-(으)냐고(요)」、「-느냐고(요)」等句型來表現。

> 例 A : 아홉 시까지 회사 앞으로 오세요. 請在9點之前到公司前面來。
>
> B : 몇 시까지 오**라고요**? 你是說幾點前到呢？
>
> A : 한강공원에 자전거 타러 갑시다. 我們去漢江公園騎腳踏車吧。
>
> B : 뭘 타러 가**자고요**? 你說要去騎什麼呢？
>
> A : 점심에 뭘 먹을 거예요? 中午要吃什麼呢？
>
> B : 점심에 뭘 먹을 거**냐고요**? 你是問說中午要吃什麼嗎？

3. 아무리 A/V-아도/어도　不管再怎麼…也…

📌 앞선 행위나 상태를 강조할 때 쓰는 표현으로 정도가 매우 심함을 나타낼 때 쓴다.

用以強調前面的行為或狀態，並表示程度之深。

🔗 형용사, 동사와 결합한다.

與形容詞、動詞結合使用。

	終聲 X	終聲 O
形容詞	예쁘다 → **아무리 예뻐도**	작다 → **아무리 작아도**
動詞	말하다 → **아무리 말해도**	먹다 → **아무리 먹어도**

> 例 저는 **아무리** 바**빠도** 아침은 꼭 먹고 다녀요.
>
> 不管再怎麼忙碌，我也一定會吃早餐。
>
> 혹시 차 열쇠 못 봤어요? 책상 위에 둔 것 같은데 **아무리** 찾아도 없네요.
>
> 不曉得你有沒有看到車鑰匙呢？我好像放在書桌上，但卻怎麼找也找不到。
>
> 남자 친구에게 약속 시간을 잘 지키라고 **아무리** 말해도 듣지 않아요.
>
> 不管我怎麼告訴男友約會要準時，他就是不聽。

4. A/V-아야/어야 할 텐데(요)　應該要…、必須要…

📌 어떤 일이 꼭 일어나기를 바라면서 걱정할 때 사용한다.

表示希望某事一定要實現，或用於擔心、煩惱某事時。

🔗 형용사, 동사와 결합한다.

與形容詞、動詞結合使用。

	終聲 X	終聲 O
形容詞	싸다 → 싸**야 할 텐데**	좋다 → 좋**아야 할 텐데**
動詞	가다 → 가**야 할 텐데**	먹다 → 먹**어야 할 텐데**

例 부모님과 설악산으로 여행 가기로 했어요. 날씨가 좋**아야 할 텐데**요.

我和父母親約好要一起去雪嶽山，希望天氣能夠好一點。

생각보다 손님이 많이 오셨어요. 음식이 모자라지 않**아야 할 텐데** 걱정이에요.

客人比想像中來得多，食物可不能不夠啊…真令人擔心。

동생이 회사 면접시험을 보고 왔어요. 이번에는 꼭 취직**해야 할 텐데** 걱정이에요.

弟弟工作面試結束回來了。這次一定要錄取啊…真令人擔心。

A : 아이가 아파서 약을 사 왔어요. 因為小孩身體不舒服，所以買了藥回來。

B : 아이가 약을 잘 먹**어야 할 텐데**요. 小孩得好好吃藥才行啊…

➕ '-아야/어야 하다'(의무) + '-(으)ㄹ 텐데'(추측)가 결합된 형태이다.

此句型為表示「必要性」的「-아야／어야 하다」與「推測」的「-(으)ㄹ 텐데」的組合。

➕ 'A/V-아야/어야 할 텐데'와 'A/V-(으)ㄹ 텐데'(3급 3과)와의 비교

「A／V-아야／어야 할 텐데」與「A／V-(으)ㄹ 텐데」（3A第3課）的比較

A/V-아야/어야 할 텐데	A/V-(으)ㄹ 텐데
• 선행절에는 바라는 상황이 오고 후행절에는 그로 인한 걱정을 표현할 때 사용한다. 先行句為話者希望的情形，後行句則是因為期望所產生的煩惱、憂慮。 例 가뭄이 심해요. 빨리 비가 **와야 할 텐데** 걱정이에요. (O) 가뭄이 심해요. 빨리 비가 **올 텐데** 걱정이에요. (X) 乾旱如此嚴重，得快點下雨才行啊…真令人擔心。	• 선행절에서 단순한 추측을 하거나 걱정되는 상황에 말할 때 사용한다. 先行句純粹為話者的推測或擔憂。 例 오후에 비가 **올 텐데** 우산을 가져가세요. (O) 오후에 비가 **와야 할 텐데** 우산을 가져가세요. (X) 下午可能會下雨，記得帶雨傘去。

首爾大學韓國語

第 9 課

1. N을/를 위해(서), V-기 위해(서) 為了…

🖊 행동의 목적을 나타낼 때 쓴다.

表示行動的目的。

🔗 명사, 동사와 결합한다.

與名詞、動詞結合使用。

	終聲 X	終聲 O
名詞	어린이 → 어린이**를 위해서**	부모님 → 부모님**을 위해서**
動詞	유학하다 → 유학하**기 위해서**	돈을 벌다 → 돈을 벌**기 위해서**

> 例 군인은 나라**를 위해서** 목숨을 바친다. 軍人為國家貢獻生命。
>
> 아버지는 가족**을 위해서** 일을 하신다. 父親為了家人而工作。
>
> 시장 조사를 하**기 위해서** 미국으로 출장을 갔다. 為了市場調查，到美國出差。
>
> 집을 새로 짓**기 위해서** 필요한 재료를 알아봤다. 為了蓋新房子，打聽了些必要的材料。

➕ '-(으)려고'보다 문어적이므로 공식적인 상황이나 글에서 사용하기에 더 적당하다.

跟「-(으)려고」比起來，此句型更偏向書面語，因此使用於正式的場合或文章中更為恰當。

> 例 한국말을 배우**기 위해서** 한국에 왔습니다.
>
> 한국어를 배우**려고** 한국에 왔어요.
>
> 為了學韓文而來到韓國。

➕ 형용사는 보통 '건강하게 살기 위해', '행복하게 살기 위해'로 쓰거나 '건강을 위해', '행복을 위해'로 쓰는 게 자연스럽다.

形容詞通常會先變成副詞後，再搭配動詞來使用。例如：「건강하게 살기 위해」、「행복하게 살기 위해」，或是以形容詞語幹中的名詞來結合使用較為自然，例如：「건강을 위해」、「행복을 위해」。

> 例 건강**을 위해** 아침마다 30분씩 운동을 합니다.
>
> 건강하게 살**기 위해** 아침마다 30분씩 운동을 합니다.
>
> 건강하**기 위해** 아침마다 30분씩 운동을 합니다. (X)
>
> 為了活得健康，每天早上都做30分鐘的運動。

2. V-아지다/어지다   被…

📌 다른 힘에 의하여 행동을 하게 됨을 나타낼 때 쓰는 피동 표현으로 주로 주어를 밝힐 필요가 없거나 모를 때 쓴다.

此為受其他外力而行動的被動表現，主要用於不知道或不需揭露主詞的時候。

🔗 주로 결합하는 동사가 한정되어 있다. 다음은 자주 결합되는 동사의 목록이다.

與此文法搭配使用的動詞有限，以下是經常搭配使用的動詞。

고치다 → 고쳐지다	쓰다 → 써지다
깨다 → 깨지다	알리다 → 알려지다
끄다 → 꺼지다	외우다 → 외워지다
끊다 → 끊어지다	정하다 → 정해지다
느끼다 → 느껴지다	지우다 → 지워지다
만들다 → 만들어지다	지키다 → 지켜지다
믿다 → 믿어지다	짓다 → 지어지다
세우다 → 세워지다	찢다 → 찢어지다

例 신사임당은 훌륭한 어머니로 **알려진** 분입니다.

申師任堂以優秀母親之名，而廣為人知。

성균관은 조선 시대 때 **지어진** 건물입니다.

成均館是朝鮮時代所蓋的建築。

손톱을 깨무는 습관을 고치고 싶은데 잘 **고쳐지지** 않네요.

我很想改掉咬手指甲的習慣，但總是改不掉。

공원이나 버스 정류장 등도 금연 구역인데 금연이 잘 **지켜지지** 않고 있어요.

公園或公車站等也是禁菸區，但人們總是不太遵守禁菸規定。

➕ 'V-아지다/어지다'와 'A-아지다/어지다'(2급 15과)의 비교

「V-아지다／어지다」與「A-아지다／어지다」（2B第15課）的比較

V-아지다/어지다	A-아지다/어지다
• 피동 표현 表示被動。 例 밤에 공부하고 있는데 갑자기 불이 **꺼져서** 무서웠어요. 晚上正在念書，燈突然熄滅了，讓我覺得好恐怖。	• 변화를 나타내는 표현 表示變化。 例 10년 전과 비교하면 한국은 많이 **달라졌습니다**. 與10年前相比的話，韓國真的變得很多。

3. A-(으)ㄴ데도 불구하고, V-는데도 불구하고, N인데도 불구하고
即便…、不管…

🔑 선행절의 상황에 뒤따르는 결과가 예상과 다른 것을 강조할 때 쓰는 표현이다.

強調根據先行句的狀況而發生的結果，與先前預想的不一樣。

🔗 형용사, 동사, 명사와 결합한다.

與形容詞、動詞、名詞結合使用。

	終聲 X	終聲 O
形容詞	비싸다 → 비싼데도 불구하고	작다 → 작은데도 불구하고
動詞	오다 → 오는데도 불구하고	먹다 → 먹는데도 불구하고
名詞	휴가 → 휴가인데도 불구하고	여름 → 여름인데도 불구하고

例 바쁘신데도 불구하고 제 송별회에 참석해 주셔서 감사합니다.

感謝您百忙之中仍撥冗參加我的歡送會。

폭우가 쏟아지는데도 불구하고 축구 경기가 열리고 있습니다.

儘管雨勢猛烈，足球比賽仍舊如期展開。

켈리 씨는 호주 사람인데도 불구하고 매운 음식을 아주 잘 먹습니다.

凱莉雖然是澳洲人，但卻很能吃辣的食物。

마이클 씨는 한국에서 10년 넘게 살았는데도 불구하고 아직 한국말을 잘 못해서 답답하다고 합니다.

麥可說他雖然已經在韓國生活超過10年，但韓文還是說不好，因此相當鬱悶。

➕ 과거형으로도 쓴다.

亦可與過去式結合使用。

例 알리 씨는 심한 감기에 걸렸는데도 불구하고 마라톤 대회에 나갔어요.

阿里儘管罹患了重感冒，還是去參加了馬拉松大賽。

➕ 후행절에는 앞에 나오는 상황에서 일어날 가능성이 낮은 행동을 써야 자연스럽다.

後行句所出現的行動，應以在前面情況的背景之下，不太可能發生的事情為宜。

例 일이 많은데도 불구하고 집에 못 갔어요. (X)

儘管事情很多，還是無法回家。

일이 많은데도 불구하고 일찍 퇴근해서 친구를 만났어요. (O)

儘管事情很多，還是很早下班跟朋友見面。

➕ '–았는데도/었는데도'(3급 7과)와 같은 의미이지만 '불구하다'라는 동사와 결합하여 상황이 좋지 않지만 그것에 얽매이지 않는다는 점을 강조한다. 문어적이므로 공식적인 상황이나 글에서 사용하는 것이 자연스럽다.

與「–았는데도／었는데도」（3A第7課）意思儘管相同，但與動詞「불구하다」結合後，更強調雖然情況不佳，但並不受限於此。此句型屬於書面語，因此使用於正式的場合或文章中更為恰當。

4. N에 대해(서), N에 대한 N　針對…、對於…

🔨 말하거나 생각하는 대상으로 삼는다는 뜻으로 쓰는 표현이다.

將某事物做為談論或思考的對象。

🔗 명사와 결합한다.

與名詞結合使用。

	終聲 X	終聲 O
名詞	문화 → 문화에 대해서	음악 → 음악에 대해서
	문화 → 문화에 대한	음악 → 음악에 대한

例 저는 아시아 역사에 **대해서** 발표하려고 합니다.

我打算報告有關亞洲歷史的主題。

김치의 종류에 **대해서** 알고 싶은데 어떻게 하면 좋을까요?

我想瞭解泡菜的種類，我應該怎麼做呢？

다음 달까지 예술의전당에서 바다에 **대한** 전시회를 한대요.

聽說到下個月前，在藝術的殿堂要舉辦關於海洋的展示會。

➕ 발표나 설명을 할 때 많이 쓴다.

經常用於主題報告或說明解釋時。

例 지금부터 한국의 위인에 **대해서** 발표하겠습니다.

現在起我要就韓國的偉人來進行報告。

세계의 역사에 **대해서** 더 알고 싶으면 이 책을 한번 읽어 보세요.

如果你想更進一步瞭解世界的歷史，那就請你讀一讀這本書。

그 나라의 문화에 **대해** 관심이 있으면 그 나라 말도 빨리 배웁니다.

如果你對那國家的文化有興趣的話，那麼該國的語言也會學得很快。

문화 해설 文化Q&A

第1課 한국의 호칭 韓國人的稱謂

ⓠ 나이 어린 선배, 나이 많은 동기는 어떻게 불러야 합니까?

該如何稱呼年紀比自己小的前輩與年紀比自己大的同期生呢？

ⓐ 나이 어린 선배도 선배라고 꼭 불러야 하고 존대해야 합니다. 단, 선배가 말을 놓으라고 하는 경우엔 말을 놓을 수는 있지만 그래도 선배라는 호칭은 꼭 붙여야 합니다. 그리고 나이 많은 동기의 경우도, '언니, 오빠, 누나, 형' 등의 호칭으로 부르는 것이 좋습니다.

對於年紀比自己小的前輩，也務必要稱他們為「선배（前輩）」以表示尊敬才行。除非前輩告訴你，對他不用說敬語時，才可以向前輩使用半語，但即便如此，也一定要使用「선배（前輩）」這個稱謂。還有，對於年紀比自己大的同期生，建議使用「언니（女稱姐姐）、오빠（女稱哥哥）、누나（男稱姐姐）、형（男稱哥哥）」為宜。

ⓠ 식당이나 가게에서 일하는 사람 혹은 하숙집 주인을 어떻게 불러야 할까요?

該如何稱呼在餐廳、商店工作的人及住宿的房東呢？

ⓐ 보통은 '아줌마', '아저씨'라고 부르면 됩니다. 요즘은 친근한 느낌을 주기 위해서 '언니', '이모', '삼촌' 등의 가족 호칭을 사용하기도 합니다. 처음에는 '아줌마', '아저씨'라고 부르고 친해진 후에 가족 호칭을 사용하는 것이 자연스럽습니다. 그리고 단순히 주문을 위해 부르는 경우라면 호칭 없이 '여기요, 저기요' 등의 표현을 사용하면 됩니다.

通常叫他們「아줌마（大嬸）」、「아저씨（大叔）」即可。最近人們也常使用讓人更有親切感的家人稱謂，像是「언니（姐姐）、이모（阿姨）、삼촌（叔叔）」等。一剛開始先稱呼他們為「아줌마（大嬸）」、「아저씨（大叔）」，等熟了之後，再使用像家人一樣的稱謂會比較自然。還有，若只是單純要點餐而呼喚對方時，不需要用到任何稱謂，直接使用「여기요」、「저기요」即可。

第2課 전래 동화 〈 소가 된 게으름뱅이 〉 民間故事〈變成牛的懶人〉

ⓠ 한국 사람들은 밥을 먹자마자 누우면 소가 된다고 말하는데 왜 하필 '소'가 된다고 할까요?

韓國有此一說，如果一吃飽飯就躺著，以後就會變成牛。為何韓國人要說會變成「牛」呢？

ⓐ 옛날 한국에서 가장 중요한 산업은 농업이었습니다. 농사일은 일손이 많이 필요하고 협동심이 요구되기 때문에 밥을 먹고 나서 일하지 않고 잠을 자는 것은 다른 사람에게 피해를 주는 행동이었습니다. 그리고 소는 농사일을 하거나 무거운 짐을 옮길 때 가장 일을 많이 하는 가축이었습니다. 그래서 게으름을 피우면 나중에 평생 힘든 일만 하는 소로 다시 태어나는 벌을 받게 되니까 지금 부지런히 일하라는 경고와 교훈이 담겨 있습니다. '소가 된 게으름뱅이' 이야기에서도 그러한 의미를 전달하려고 한 것입니다.

以前韓國最重要的產業是農業，農活是需要很多人力，且需要大家齊心協力的工作，因此如果一吃飽飯，不工作而去睡覺的話，這樣的行為會帶給群體很大的不便。而牛不管是在做農活或是搬運笨重的物品時，都是出最多力的家畜。因此愛偷懶的話，投胎時就會受到懲罰，變成一

輩子都得辛苦工作的牛。這樣的說法其實蘊含著現在就應該勤勉工作的警告與訓誡在內。〈變成牛的懶人〉這則故事也是想要傳達這樣的含意。

第3課 날씨에 관한 비유 표현 有關天氣的比喻

Q 날씨에 관한 비유 표현에는 어떤 것이 있습니까?

有關天氣的比喻有哪些呢？

A 맑은 날 잠깐 내리고 그치는 비를 '여우비'라고 하는데 한국 사람들은 여우비가 내리는 걸 보고 여우가 시집가는 비, 또는 호랑이가 장가가는 비라고 합니다. 여우비라는 말은 우리가 알고 있는 여우가 아니라 '옅은 비'라는 의미에서 왔다고도 해석합니다. 그리고 이른 봄, 꽃이 필 무렵의 추위를 '꽃샘추위'라고 하는데 봄이 오는 걸 시샘하는 겨울이 꽃이 피지 못하게 추위를 몰고 온다는 뜻으로 사용합니다. 마지막으로 겨울철에 찾아오는 맹추위를 '동장군'이라고 하는데 '동장군이 기승을 부린다', '동장군이 엄습했다' 등의 표현으로 자주 사용됩니다. 그리고 겨울철에는 3일 정도 추위가 계속되다가 4일 정도 따뜻한 날씨가 지속되는 기후 현상을 보이는데 이를 '삼한사온'이라고 합니다. 이외에도 '가마솥더위', '찜통더위'라는 말이 있습니다. 가마솥과 찜통 속의 열기처럼 매우 덥다는 뜻으로 무더운 여름 날씨를 비유하는 표현입니다. 이처럼 한국에는 날씨와 관련된 재미있는 표현들이 많이 있습니다.

我們把陽光普照的時候，暫時飄落的雨稱為「여우비（太陽雨）」，韓國人看到太陽雨，也會把它稱做是「狐狸出嫁的雨」或「老虎娶妻的雨」。另外，也有人說「여우비」與我們所說的狐狸（狐狸）其實沒關係，而是從「옅은 비（細雨）」這個字變化而來的。還有在初春，也就是花朵正要開的時候所降臨的寒氣稱為「꽃샘추위（春寒）」，韓國人認為這是因為冬天嫉妒春天的到來，所以刻意驅使寒氣，讓花朵無法綻放。最後，韓國人稱冬季的強烈寒流為「冬將軍」，經常使用例如：「동장군이 기승을 부린다（冬將軍發威）」、「동장군이 엄습했다（冬將軍奇襲）」等表現。冬季還有連續3天寒冷天氣過後，緊接4天溫暖天氣的氣候現象，韓國人把這個稱為「삼한사온（三寒四溫）」。除此之外，還有「가마솥더위（字面意思為「鐵鍋熱氣」）」、「찜통더위（字面意思為「蒸籠熱氣」）」的表現，用來比喻夏天的天氣如同鐵鍋與蒸籠裡頭的熱氣一樣，非常之熱。韓語中像這樣與天氣相關的有趣表現相當地多。

第4課 떡 年糕

Q 한국에는 왜 떡의 종류가 많은가요?

韓國年糕的種類為何如此之多？

A 떡은 결혼식, 장례식, 제사, 생일, 명절 등 특별한 날에 빠지는 적이 없을 정도로 한국 사람들에게 특별한 음식입니다. 떡을 먹기 시작한 것은 원시 농경 시대부터인 것으로 추측되고 있습니다. 떡의 종류는 재료와 만드는 방법에 따라 100가지도 넘습니다. 보통 설날에는 가래떡으로 떡국을 끓여 먹고 추석에는 송편을 먹습니다. 처녀가 송편을 예쁘게 빚으면 좋은 신랑을 만나고 임신한 여자가 송편을 예쁘게 빚으면 예쁜 딸을 낳는다는 말도 있습니다. 계절로는 주로 추수한 후인 가을과 겨울에 떡을 많이 해서 이웃, 친척과 나누어 먹었습니다. 예전부터 마을에 새로 이사 온 집은 이웃에게 팥시루떡을 돌리는 풍속이

있었는데 이 풍속은 지금도 남아 있습니다. 그 밖에 자주 먹는 떡으로는 인절미, 무지개떡, 절편 등이 있습니다.

年糕對韓國人而言可說是相當特別的食物，不管是在婚禮、喪禮、祭祀、生日或節慶等特別的日子幾乎沒有缺席過。韓國人吃年糕的歷史可追溯到原始農耕時代，而年糕種類根據它的材料與製作方法的不同，超過100多種。通常在農曆春節會以가래떡（條形年糕）來煮年糕湯，中秋節則會吃송편（松糕）。韓國有這樣的說法，在包松糕的時候，還沒結婚的女子如果包得漂亮，就會嫁到好丈夫；而懷孕的女子如果包松糕包得漂亮，以後就會生出一個漂亮的女兒。就季節上來說，韓國人主要在秋收之後，即秋天與冬天之際會做很多年糕，並分送給鄰居與親戚吃。從以前就有分送팥시루떡（豆沙蒸糕）給新搬來村子鄰居的習俗，這樣的習俗至今還有。除此之外，韓國人經常吃的年糕還有인절미（豆粉切糕）、무지개떡（彩虹年糕）、절편（切片年糕）等。

（豆粉切糕）
인절미

（豆沙蒸糕）
팥시루떡

（彩虹年糕）
무지개떡

（切片年糕）
절편

第5課　옷과 신발 치수　衣服與鞋子的尺寸

Ｑ 한국의 옷 치수를 표시하는 법이 달라서 쇼핑할 때 힘든데 어떻게 하면 편하게 쇼핑할수 있을까요?

由於韓國衣服尺寸的標示方法不同，常造成購物時的困擾，該怎麼做才可以輕鬆購物呢？

Ａ 한국에서는 치수를 표기할 때 기본적으로 cm를 사용하고 있습니다. 셔츠나 재킷은 가슴둘레를 기준으로 사이즈가 정해지므로 가슴둘레를 cm로 알아 두면 옷 사기가 편합니다. 와이셔츠를 살 때에는 자기의 목둘레와 소매 길이를 알면 딱 맞는 옷을 살 수 있습니다. 바지는 보통 허리둘레를 기준으로 치수가 정해지는데 남자 바지의 치수는 인치로 표시되어 있는 경우도 있습니다. 바지 길이는 보통 사람마다 모두 다르므로 한국의 옷 가게에서는 무료 또는 약간의 수선비만 받고 고객이 원하는 길이로 수선해 주는 곳이 많습니다. 자기에게 잘 맞는 옷의 치수를 미리 재서 알아 두면 한국에서도 편리하게 쇼핑할 수 있을 것입니다.

在韓國基本上會使用cm（公分）來標示尺寸。襯衫或夾克會以胸圍大小為基準，來做一定的尺寸分類，因此若事先將自己的胸圍換算成cm（公分），再去購買衣服的話會較為方便。另外，買襯衫時如果知道自己的領圍與袖長的話，就可以買到合身的衣服。褲子通常也會以腰圍大小為基準，做一定的尺寸分類，但男生褲子的尺寸有時也會以英吋來標示。褲子的長度則因人而異，在韓國有很多服飾店會免費或酌收一點修改費用，來幫顧客將褲子修改成他們希望的長度。若能事先測量並記下適合自己的衣服尺寸，那麼在韓國就可以輕鬆愉快地購物囉。

Ｑ 한국에서 옷을 살 때 S, M, L로 쓰여 있지만 우리 나라와 치수가 다른 것 같아요. 이 치수의 기준은 무엇인가요?

在韓國購買衣服時，儘管用S、M、L來標示尺寸大小，但實際尺寸好像跟我們國家不太一樣。這尺寸的基準究竟是什麼呢？

A 나라마다 기준 치수는 조금씩 다릅니다. 한국의 치수 기준은 다음의 표를 참고하세요.

每個國家的尺寸大小都有些微的差異。韓國尺寸的基準如下表所示，提供給大家參考。

남자의 경우 男性尺寸

胸圍 / 身高	98cm (98~100)	102cm (100~104)	106cm (104~108)	110cm (108~112)	114cm (112~116)	118cm (116~120)
160cm (155~160)	S					
165cm (160~170)		M				
170cm (170~175)			L			
175cm (175~180)				XL		
180cm (180~185)					XXL	
185cm (180~190)						3XL

여자의 경우 女性尺寸

胸圍 / 身高	86cm (82~90)	90cm (86~94)	94cm (90~98)	98cm (94~102)	102cm (98~106)	106cm (102~110)
160cm (155~165)	S					
165cm (160~170)		M				
170cm (165~175)			L			
175cm (170~180)					XL	
180cm (175~185)					XXL	
185cm (178~188)						XXXL

第6課 한국의 다방 문화 韓國的茶館文化

Q 한국에는 커피숍이 많은 것 같은데 사람들이 언제부터 커피를 마시기 시작했나요?

韓國似乎有很多的咖啡店，人們是從什麼時候開始喝咖啡的呢？

A 한국에 커피가 들어온 것은 약 130년 전의 일입니다. 1976년에는 세계 최초로 '커피믹스'라는 제품이 나왔는데 이를 계기로 언제 어디에서나 편리하게 커피를 마실 수 있게 되었습니다. 그 후 자동판매기에서 판매하는 커피가 생기면서 꼭 다방에 가지 않더라도 손쉽게 커피를 마실 수 있게 되었습니다. 이런 이유로 다방이 사라질 위기를 겪기도 했습니다. 하지만, 1990년대에 들어와서 원두커피가 인기를 끌면서 커피 전문점이 생겨나기 시작했습니다. 그리고 2000년대에 들어와 다양한 메뉴와 고급스러운 분위기의 커피숍이 유행하기 시작하면서 커피를 마시는 인구도 급속도로 늘어났습니다. 한국 사람들이 하루에 소비하는 커피의 양은 300톤에 달하며 한 사람이 하루에 약 1.5잔 정도를 마신다고 합니다. (2012년 현재) 커피 수입량도 꾸준히 늘고 있어 앞으로도 커피를 마시는 인구가 계속해서 늘어날 것으로 보입니다.

咖啡輸入韓國大約是130年前的事，但在1976年「coffee mix」的產品上市，成為世界首創，這也成為讓人們不論何時或在什麼地方都可以更輕鬆地享用咖啡。之後，隨著自動販賣機也開始販售咖啡，就算不去茶館（茶館亦販售咖啡），人們也可以輕易地喝到咖啡，而這也讓茶館面臨消逝的危機。進入1990年代後，隨著原豆咖啡受到人們喜愛，各地也開始開設咖啡專賣店。2000年代起更因多樣風味的菜單與高檔氛圍咖啡店的興起，讓喝咖啡的人口急速增加。韓國人平均一天所消費的咖啡量達300噸，平均一人一天要喝1.5杯左右的咖啡。今日（以2012年為基準）韓國的咖啡進口量仍持續增加，未來喝咖啡的人口勢必會持續成長。

第 7 課　신체 관련 관용 표현　與身體部位相關的慣用表現

Ⓠ '손'에 대한 관용 표현이 더 있습니까?

韓語中有沒有其他跟「手」相關的語彙呢？

Ⓐ '손이 부족하다, 손을 놓다, 손발이 맞다'라는 표현이 있습니다. '손이 부족하다'는 할 일은 많은데 일할 사람이 부족할 때 사용하는 표현입니다. '손을 놓다'는 포기하거나 그만둔다는 뜻으로 사용합니다. 또 '손발이 맞다'는 함께 일할 때 생각이나 의견이 잘 맞는다는 뜻입니다.

韓語中還有像「손이 부족하다」、「손을 놓다」與「손발이 맞다」等與「手」相關的語彙。「손이 부족하다」指要做的事情很多，但是人手卻不夠；「손을 놓다」則做為放棄或作罷的解釋；「손발이 맞다」則是指一起做事的時候，彼此的想法或意見契合的意思。

Ⓠ '손' 이외에 신체와 관련된 다른 관용 표현이 있습니까?

除了「手」之外，還有哪些跟身體部位相關的慣用表現呢？

Ⓐ '귀가 가렵다, 얼굴이 두껍다, 발이 넓다, 배꼽이 빠지다' 등의 표현이 있습니다. '귀가 가렵다'는 다른 사람이 자기에 대해 이야기를 하고 있는 것 같다고 느낄 때 사용하는 표현입니다. '얼굴이 두껍다'는 부끄러움이나 창피함을 잘 느끼지 않는 사람에게 사용합니다. 또 '발이 넓다'는 주변에 아는 사람이 많은 사람에게 사용하는 표현입니다. 아주 재미있고 웃기는 이야기를 들었을 때는 '배꼽이 빠지게 웃었다'고 표현합니다. 이와 같이 한국어는 신체와 관련된 관용 표현이 발달되어 있는 편입니다.

有「귀가 가렵다」、「얼굴이 두껍다」、「발이 넓다」與「배꼽이 빠지다」等與身體部分相關的表現。「귀가 가렵다」是指感覺到別人好像在說自己什麼事情的樣子；「얼굴이 두껍다」則用來形容那些不容易感到害羞或丟臉的人；「발이 넓다」是用來指稱那些交際廣泛之人；當聽到好玩又有趣的故事時，就可以使用「배꼽이 빠지게 웃었다」來表現。韓語中像這樣跟身體部位相關的慣用表現相當發達。

第 8 課　한국에서의 주의 표지　韓國的警告標誌

Ⓠ 한국에는 어떤 주의 표지가 있나요?

在韓國有哪些警告標誌呢？

Ⓐ 주의 표지는 보통 그림과 기호로 표시되는데 다른 나라와 공통적인 것이 많습니다. 내용은 안전이나 교통, 화재 등과 관련된 것이 대부분입니다. 이런 표지 외에 표어도 많이 사용됩니다. 표어는 주로 짧은 구절이나 문장으로 구성되어 있으며 길거리 현수막이나 광고에 제시되어 사람들이 안전에 주의를 기울이도록 하는 역할을 합니다. 안전띠, 과속 운전, 정지선 지키기, 불조심 등 안전 관련 내용, 금연이나 쓰레기 투기 금지 등 공중도덕 관련 내용 등이 많습니다. 최근에는 직접적이고 딱딱한 표현으로 '○○ 금지'라고 쓰기보다는 부드럽고 재미있는 표현을 활용하여 실천하고 싶게 만들려고 노력하고 있습니다.

警告標誌通常以圖案或記號來標示，因此與其他國家有很多的共通點。內容則大部分與安全、交通及火災等主題相關。除了標誌之外，標語也經常被使用。標語主要由簡短的口號或句子構成，揭示於街道上的布條或廣告中，扮演提醒人們注意安全的角色。內容多以「繫安全帶」、「嚴禁超速行駛」、「勿超出停止線」與「小心火燭」等安全主題相關，還有像「禁止吸煙」

及「嚴禁亂丟垃圾」等與公共道德相關的內容。近來的標語多摒棄如「禁止○○」等直接且生硬的表現，改採用較委婉、有趣的字句，透過這樣的字句表現努力促使人們進一步身體力行。

第9課　젊은이들의 기념일 문화　年輕人的紀念日文化

Q 한국 친구들은 매달 14일만 되면 여러 가지 이름의 기념일을 정해 놓고 지키는 것 같아요. 이 기념일들이 재미있기는 하지만 기념일마다 친구들에게 선물을 하지 않으면 안 될 것 같아서 부담도 돼요. 한국엔 왜 이렇게 기념일이 많지요?

每個月只要一到14日，韓國朋友好像就有個約定俗成的紀念日要慶祝。這些不同名字的紀念日雖然有趣，但每到這些紀念日，好像就不能不送點東西給朋友，因此也令人有點負擔。韓國為什麼會有這麼多紀念日呢？

A 14일 기념일은 요즘 한국의 젊은이와 청소년들 사이에서 유행하고 있는 놀이 문화입니다. 이 기념일 문화는 외국에서 들어온 밸런타인데이(2월 14일)가 여자가 남자에게 초콜릿을 선물하는 날로 유행하면서 시작되었습니다. 그래서 3월 14일은 남자가 여자에게 사탕을 주는 날, 4월 14일은 애인이 없는 사람들끼리 짜장면 먹는 날이 되었고 차츰 다른 달 14일도 모두 이름과 주고받는 선물이 정해지게 되었습니다. 친구들끼리 작은 선물을 주고받으며 우정이나 사랑이 더 커질 수도 있겠지만 과자나 장미꽃, 액세서리 회사의 상술이 이 새로운 기념일 문화를 부추기고 있다는 비판도 많습니다. 이외에도 사귄 지 100일을 기념하는 100일 기념일도 젊은이들 사이에 지켜지는 기념일 중의 하나인데 이 날을 기념해서 커플링이라고 하는 똑같은 모양의 반지를 만들어 끼는 것이 유행입니다.

近來每月14日的紀念日流行於韓國年輕人與青少年之間，這可說是一種娛樂文化。這些紀念日的流行，始於國外的情人節（2月14日），這天也是女生要送男生巧克力的日子。後來變成3月14日男生要送女生糖果、4月14日沒有男女朋友的人要聚在一起吃炸醬麵，漸漸地，其他月份的14日也被冠上名稱，並有特定要送的禮物。朋友之間送點小禮物雖然可以增進彼此之間的情感，但在這些日子送餅乾、玫瑰與裝飾品等，也被批評成是商業公司的行銷手法在助長這些紀念日文化的推行。此外，交往100天的「百天紀念」也是年輕人之間會去紀念的日子之一，為了紀念這一天，年輕人流行去訂做一對相同樣式的「情侶對戒」來戴。

1과 듣기

잘 듣고 이야기해 보세요.

남 장학금을 신청하고 싶은데요. 언제까지 신청하면 돼요?

여 이번 주 금요일까지 신청하시면 돼요.

남 신청서는 어디에 있어요?

여 장학금 신청은 인터넷으로 하시면 돼요. 인터넷 게시판에 자세한 안내가 있어요.

듣기 1

남 동아리 설명회를 한다고 하는데 같이 갈래요?

여 동아리에 가입하려고요?

남 네, 선배가 동아리 활동이 대학 생활에서 아주 중요하다고 했어요. 한국 친구들과 어울릴 수 있는 기회가 많기 때문에 유학 생활에 도움이 된대요.

여 저도 그렇다고 들었어요. 알리 씨는 무슨 동아리에 가입하려고 해요?

남 아직 잘 모르겠어요. 그래서 여러 동아리 설명회에 참석해 보고 어느 동아리에 가입할지 정하려고요.

여 알리 씨는 사진 찍는 걸 좋아하니까 사진 동아리에 가입하면 좋겠네요.

남 글쎄요. 저는 자원봉사에 더 관심이 많아서요. 유진 씨는 운동 좋아하죠? 우리 학교 스키 동아리가 유명하다고 들었는데 관심 없어요?

여 그래요? 스키 동아리가 유명하대요? 그럼 저도 가 보고 싶어요. 함께 가요.

듣기 2

서울대학교는 내일부터 사흘 동안 가을 축제를 엽니다. 학생들의 노래자랑부터 씨름 대회까지 다양하고 재미있는 행사들이 준비되어 있다고 하는군요.

축제 기간 동안에 학생들이 가장 기다리는 행사는 마지막 날 저녁에 열리는 유명 가수들의 공연이라고 합니다. 이번 서울대학교 축제 공연에는 이 학교 졸업생인 강산 씨와 라이유, 4PM 등 유명 가수들이 많이 나온다고 하는데요. 근처에 사는 주민들도 공연을 보기 위해 많이 올 거라고 하니까 앞자리에 앉으려면 일찍 서둘러야 할 것 같습니다.

또한 학생들이 축제 기간 동안 학생회관 앞에서 직접 만든 음식을 판다고 합니다. 음식을 팔아서 모은 돈은 모두 생활이 어려운 이웃에게 나눠 줄 거라고 합니다. 지금까지 리포터 김민지였습니다.

2과 듣기

잘 듣고 이야기해 보세요.

여 너 아까부터 왜 이렇게 다리를 떨어?

남 버릇이야. 어릴 때부터 그랬어.

여 엄마가 뭐라고 안 하셔? 난 다리 떨면 엄마한테 야단맞아.

남 우리 엄마도 다리 좀 그만 떨라고 하시지. 그래도 잘 안 고쳐지는 걸 어떡해?

듣기 1

남 요즘 왜 그렇게 바빠?

여 응. 면접 보러 다니느라고. 내일도 면접이 있는데 걱정이야.

남 잘됐으면 좋겠다. 참, 오늘 아침 신문 읽었어? 면접 볼 때 조심해야 하는 행동에 대한 기사가 났던데.

여 그래? 뭘 조심하래?

남 사람들은 긴장을 하거나 불안해지면 자기도 모르게 이상한 행동을 한대. 의자에 앉자마자 다리를 떨고 머리나 귀도 만지고. 그런데 면접 볼 때 이런 행동을 하면 좋은 점수 받기가 어렵대.

여 어떡하지? 난 긴장하면 다리 떠는데.

남 그럼 안 된대. 그러면 자신 없어 보인대.

여 알았어. 조심할게.

듣기 2

여 저, 늦어서 죄송합니다.

남 지금이 몇 시입니까? 9시가 훨씬 넘었는데 이제 오면 어떡합니까?

여 죄송합니다. 다음부터는 늦지 않겠습니다.

남 오늘은 또 왜 늦었어요?

여 이번에는 지각하지 않으려고 일찍 나왔는데 서류를 집에 놓고 나와서 다시 갔다 오느라고 늦었습니다.

남 경숙 씨는 지각하는 게 습관이 된 것 같아요. 이렇게 자주 늦으면 정말 곤란해요.

여 정말 죄송합니다. 앞으로 조심하겠습니다.

남 회의는 끝났으니까 회의 내용은 미나 씨한테 알려 달라고 하세요.

여 네, 알겠습니다.

3과 듣기

잘 듣고 이야기해 보세요. 🔊24

여 오늘 날씨 너무 좋다. 하늘도 파랗고 바람도 시원하고.

남 우리 주말에 등산 갈까? 단풍 구경하러.

여 나도 단풍 구경 가고 싶어서 일기 예보 봤는데 주말에 비 온대. 바람도 심하게 불 거래.

남 그럼 등산은 가지 말자.

듣기 1 🔊31

내일의 날씨를 말씀드리겠습니다. 내일 서울의 날씨는 맑겠습니다. 서울 최저 기온은 21도, 최고 기온은 33도까지 올라가겠습니다. 부산은 아침에는 맑겠지만 오후부터 흐려져서 저녁에는 비가 조금 내리겠습니다. 아침 최저 23도, 낮 최고 28도가 되겠습니다. 다음은 광주입니다. 광주는 매우 덥고 바람이 없는 맑은 날씨가 되겠습니다. 제주도는 아침부터 흐리겠습니다. 저녁부터는 태풍 때문에 바람이 강하게 불고 비가 많이 내리겠습니다. 이 태풍은 이번 주말쯤에 서울까지 올라오겠습니다. 태풍에 대한 준비를 하셔야겠습니다. 지금까지 내일의 날씨였습니다.

듣기 2 🔊32

스티븐 여보세요? 유진이니? 아침에 뉴스 들었어?

유진 무슨 뉴스?

스티븐 어젯밤부터 내린 폭우 때문에 시내 여기저기에 홍수가 났대.

유진 그랬구나. 천둥 번개가 쳐서 나도 한숨도 못 잤어. 근데 오늘 친구들이랑 한강에 놀러 가기로 한 거 어떡하지?

스티븐 그래서 전화했어. 한강은 다음에 가는 게 좋을 것 같아.

유진 그래? 그러면 한강 말고 박물관 갈까? 친구들한테 박물관에 가겠느냐고 물어볼까?

스티븐 지금 가로수가 쓰러져서 길도 엉망이고 버스나 지하철 타기도 어렵대. 오늘은 그냥 집에서 쉬고 날씨 좋을 때 만나자.

유진 알았어. 그러면 내가 친구들한테 전화할게.

4과 듣기

잘 듣고 이야기해 보세요. 🔊35

여 배가 좀 고픈데 영화 보기 전에 간단하게 뭐 좀 먹을까?

남 그냥 극장에서 팝콘이나 사 먹자.

여 아냐. 여기 먹을 거 많이 파니까 여기서 이것저것 사 먹자.

남 알았어. 종류가 많아서 뭘 먹어야 될지 모르겠다. 뭐 먹고 싶어?

여 호떡도 먹고 싶고 붕어빵도 먹고 싶어. 두 가지 다 사서 나눠 먹을까?

남 좋아. 그러자.

듣기 1 🔊42

남 벌써 4시가 넘었네. 좀 출출하다.

여 그래. 오랜만에 시장 와서 이것저것 사느라 시간 가는 줄 몰랐어.

남 우리 저거 사 먹을까? 가게 앞에 사람들이 줄을 길게 서 있는 걸 보니 맛있나 보다.

여 야채 호떡이네? 나도 이 시장 야채 호떡이 맛있다고 들었어. 우리도 빨리 줄 서자.

남 어? 근데 왜 갑자기 사람들이 그냥 돌아가지? 호떡도 안 사고.

여 그러게. 내가 가서 물어볼게.

남 어떻게 된 거야?

여 물어보니까 오늘 준비한 재료를 다 써

首爾大學韓國語

서 문을 닫는대. 보통 4시 전에 와야
살 수 있나 봐.

남 그래? 아쉽네. 오늘은 저기 가서 만두
나 먹자. 저것도 맛있어 보인다.

듣기 2

여 여러분 안녕하십니까? '나도 요리사'
시간입니다.
오늘은 김종호 요리사님을 모시고 삼
계탕을 만들어 보겠습니다. 선생님, 더
운 여름에 왜 뜨거운 삼계탕을 많이
먹나요?

남 여름에는 보통 찬 음식을 많이 먹어서
배탈이 나기 쉬워요. 더운 날씨 때문
에 기운도 없지요. 그런데 인삼이 몸
을 따뜻하게 하고 닭고기를 먹으면 힘
이 나기 때문에 여름에 삼계탕을 먹으
면 좋아요.

여 그렇군요. 삼계탕을 만들려면 어떤 재료
가 필요합니까? 닭은 큰 게 좋겠지요?

남 그렇지 않아요. 큰 닭보다 작은 닭이
고기가 연해서 더 좋아요. 그리고 인삼
하고 마늘, 찹쌀 등을 준비합니다. 찹
쌀은 1시간 전에 미리 씻어 놓으세요.

여 재료가 다 준비되었는데요. 어떻게 만
듭니까?

남 깨끗이 씻은 닭 배 속에 준비한 재료
를 넣으세요. 이제 1시간 정도 푹 끓
이면 됩니다.

여 어머, 생각보다 간단하네요.

남 네, 그렇죠? 뜨거운 삼계탕 드시고 여
러분 모두 더 건강해지세요.

5과 듣기

잘 듣고 이야기해 보세요.

여 1 아휴, 속상해. 큰맘 먹고 샀는
데……

여 2 원피스가 마음에 안 들어? 색깔도
예쁘고 길이도 적당한데……. 왜?

여 1 허리가 너무 꽉 끼어.

여 2 그래? 내가 보기에는 괜찮은데 불편
한가 보구나.

여 1 그리고 소매도 너무 짧아. 아무래도
반품해야겠어.

듣기 1

직원 한국 홈쇼핑입니다.

여 지금 방송하는 옷을 사려고 하는데요.

직원 정장 바지 말씀이십니까?

여 네, 다섯 벌 다 주는 건가요?

직원 아니요, 다섯 개 색상 중에서 원하시
는 색상으로 세 벌 고르시면 됩니다.

여 어, 방송에서 다섯 벌 보여 줘서 다
주는 줄 알았는데요.

직원 죄송합니다, 고객님. 세 벌에 육만
오천 원입니다. 구입하시겠습니까?

여 네, 살게요. 허리는 28인치이고요.
검정색, 흰색, 회색으로 보내 주세요.

직원 검정색은 방금 매진되었습니다. 현
재 남색 바지는 주문이 가능한데 어
떠십니까?

여 그럼 남색 바지라도 보내 주세요.
조금만 더 빨리 전화할걸 그랬네요.
참, 물빨래해도 되나요?

직원 네, 물빨래가 가능합니다만 처음 세
탁하실 때에는 드라이클리닝을 해
주시는 게 좋습니다.

듣기 2

직원 안녕하십니까? 고객님. 뭘 도와 드
릴까요?

여 얼마 전에 방송을 보고 바지를 샀는
데요. 배송받은 바지가 방송에서 본
바지랑 색깔이 달라서요.

직원 그러세요? 일주일 전에 보라색, 흰
색, 회색 바지를 구입하셨지요?

여 네? 보라색 바지요? 전 남색 바지
를 주문했는데요.

직원 잠시만 기다려 주세요. 바로 확인해
보겠습니다. 죄송합니다. 제품이 잘
못 배송된 것 같습니다. 남색 바지
로 바로 교환해 드리겠습니다.

여 저기, 잠깐만요. 그럼 또 며칠을 기
다려야겠네요. 사지 말걸……

직원 정말 죄송합니다. 최대한 빨리 교환
해 드리겠습니다.

여 근데 바지통도 좁고 너무 꽉 끼어서
불편하던데. 저 그냥 환불할게요.

직원 네, 알겠습니다. 주문하신 상품은 착
용 후에는 반품이 안 되는 상품입니
다. 혹시 입고 나가신 적이 있으십

니까?

여 아니요, 없어요.

직원 알겠습니다. 환불 처리해 드리겠습니다.

6과 듣기

잘 듣고 이야기해 보세요.

남 다음 주 수요일이 네 생일이지? 그날 만날 수 있어?

여 수요일에는 가족끼리 저녁을 먹기로 했는데 목요일은 어때?

남 어, 목요일에는 회식이 있어서 안 되는데. 토요일은 어때? 다른 약속 있어?

여 토요일에는 대학교 친구들 만나기로 했는데…….

남 그럼 일요일에 보지, 뭐. 일요일에 만나자.

여 정말 미안한데 일요일에는 회사 사람들하고 바다에 놀러 가기로 했어.

남 너 정말 바쁘구나. 난 너 주려고 벌써 선물도 사 놨는데…….

듣기 1

여 어떻게 된 거야? 왜 이렇게 전화 안 받아?

남 그게 아니라 받으면 아무 소리도 안 들리고 그냥 끊기던데? 내가 뭐 좀 찾느라고 지하실에 있었거든.

여 지하실이라고 전화가 안 걸리진 않을 텐데……. 어쨌든 그건 그렇고 오늘 약속 잊지 않았지?

남 응. 미술관에서 만나서 같이 전시 보기로 했지.

여 그거 때문에 전화했어. 친구가 그 근처 지나가다가 봤는데 미술관 문 닫혀 있대. 당분간 휴관이라고 쓰여 있대.

남 그럼 어떡하지? 그냥 영화나 볼까? 얼마 전에 개봉한 영화 재밌다던데.

여 알았어. 영화라도 보자. 미술관 가고 싶었는데 할 수 없지, 뭐.

듣기 2

아주머니 네, 설악펜션입니다.

김민수 여보세요? 저는 다음 주말에 2박 예약한 사람인데요. 이름은 김민수라고 하고요.

아주머니 김민수 님이라고 하셨지요? 네, 27일부터 2박, 예약되어 있네요.

김민수 저희 일정이 바뀌어서요. 혹시 그 다음 주말로 예약을 바꿀 수 있나요?

아주머니 그 다음 주말이면 8월 4일 말씀이시지요? 죄송합니다만 그 날은 빈방이 없습니다.

김민수 그럼 5일은 어때요? 5일, 6일 이틀도 괜찮은데…….

아주머니 5일 6일은 방이 하나 있는데 그날로 정하시겠습니까?

김민수 네. 좋아요. 그런데 지난번 방에서는 바다가 보인다고 하셨는데 이번 방도 그런가요?

아주머니 이 방에서는 바다가 안 보여요. 대신 설악산이 보이기 때문에 경치는 좋은 편이에요. 분위기가 아늑해서 바다보다 산 쪽을 더 좋아하시는 분들도 많던데요.

김민수 그럼 그걸로 예약해 주세요. 저, 근데 방은 깨끗하겠죠? 외국 친구랑 같이 갈 거거든요.

아주머니 네, 아무 걱정 하지 마세요. 저희 펜션은 호텔처럼 아주 깔끔하니까요.

김민수 네, 알겠습니다. 그럼 8월 5일에 갈게요.

아주머니 감사합니다. 손님, 그날 뵙겠습니다.

7과 듣기

잘 듣고 이야기해 보세요.

여 텔레비전 소리 좀 줄여요. 소리가 너무 커요.

남 그래요? 알았어요. 어, 이게 왜 이러지?

여 왜요? 리모컨이 안 돼요?

남 이상한데요. 소리 조절이 안 돼요.

여 그럼 다른 버튼을 한번 눌러 봐요.

남 리모컨이 고장 났나? 전원 버튼을 눌러도 텔레비전이 안 꺼지네. 우선 수리 센터에 한번 전화해 봐야겠어요.

듣기 1

여 과장님. 사무실 복사기가 또 고장 났

首爾大學韓國語

어요. 며칠 전에도 고장 나서 수리 기사가 다녀갔는데 오늘 또 안 돼요. 회의 자료 복사해야 되는데 큰일이에요.

남 어디 좀 봐요. 전원을 한번 껐다가 켜 볼까요?
아, 저 안쪽에 종이가 걸려 있네요.

여 네, 복사를 하면 종이가 자꾸 걸려요.

남 그럼 복사는 2층 사무실에 가서 해 오세요.

여 네, 알겠습니다. 그런데 내일도 복사할 게 많은데 큰 고장이면 어떻게 하죠?

남 내일 기사를 불러 보고 고치기 힘들다고 하면 1층 사무실도 새 복사기로 바꾸자고 해야겠어요.

듣기 2 🔊75

수리 기사 안녕하세요? 고객님. 수리 기사입니다. 컴퓨터 수리 신청하셨지요?

손님 네. 맞아요.

수리 기사 어디가 어떻게 고장 났는지 자세히 말씀해 주세요.

손님 며칠 전부터 컴퓨터에서 이상한 소리가 나더니 오늘은 갑자기 컴퓨터가 안 돼요.

수리 기사 아, 그렇습니까? 혹시 오랫동안 컴퓨터를 켜 두셨나요?

손님 아니요. 이상한 소리가 나서 잠깐씩만 사용했는데 오늘은 전원이 안 켜지네요.

수리 기사 알겠습니다. 언제쯤 방문하면 좋을까요?

손님 좀 빨리 와 주시면 좋겠어요. 내일 중요한 발표가 있어서 오늘 컴퓨터를 꼭 써야 하거든요.

수리 기사 그럼 오늘 오후 2시쯤 가겠습니다. 주소 좀 말씀해 주세요.

손님 서울시 관악구 관악일로 행복아파트 101동 304호예요.

수리 기사 네, 그럼 이따 뵙겠습니다.

8과 듣기

잘 듣고 이야기해 보세요. 🔊78

교통사고 소식입니다. 어제 저녁 6시쯤 서울 신림동 영화빌딩 앞 교차로에서 사고

가 났습니다. 횡단보도에서 오토바이와 승용차가 부딪쳤습니다. 이 사고로 오토바이 운전자 23살 강 모씨가 크게 다쳐서 병원으로 옮겨졌습니다. 경찰은 승용차 운전자가 신호를 지키지 않아 사고를 낸 것으로 보고 있습니다. 지금까지 보도국에서 전해 드렸습니다.

듣기 1 🔊85

다음 역은 사당, 사당역입니다. 내리실 문은 오른쪽입니다. 계속해서 서울역, 상계로 가실 분은 4호선으로 갈아타시기 바랍니다. 이번 역은 열차와 승강장 사이가 넓습니다. 내리실 때 조심하시기 바랍니다. 오늘도 저희 서울 지하철을 이용해 주셔서 감사합니다. 승객 여러분, 요즘 문에 끼이는 사고가 자주 일어나고 있습니다. 열차를 타고 내리실 때에 무리하게 타거나 내리지 마시고 문에 기대지 말아 주십시오. 또 열차 안에 위험한 물건을 가지고 있는 사람이 있으면 즉시 직원에게 연락해 주십시오. 지하철 열차 안 비상 전화로 언제든지 통화하실 수 있습니다. 저희 서울 지하철은 승객 여러분의 안전과 행복을 위해 항상 최선을 다하겠습니다. 감사합니다.

듣기 2 🔊86

남 네, 경찰서입니다.

여 저희 집에 도둑이 든 것 같아요. 여행 갔다가 오늘 돌아왔는데 집이 엉망이에요.

남 네? 집에 도둑이 들었다고요? 지금 댁에 혼자 계십니까?

여 아니요, 가족들하고 같이 있어요. 집에 돌아왔을 때는 아무도 없었고요.

남 혹시 없어진 물건이 있으십니까?

여 네, 제 결혼반지하고 목걸이가 없어진 것 같아요. 아무리 찾아도 안 보여요.

남 혹시 또 이상한 점은 없었습니까?

여 출발하기 전에 창문을 모두 잠그고 나갔는데 돌아와 보니까 베란다 창문이 열려 있었어요. 안방 서랍도 모두 열려 있었고요. 어? 제 노트북도 안 보이네요. 어떡하지요? 없어진 물건을 꼭 찾아야 할 텐데 도둑을 잡을 수 있을까요?

남 우선 진정하시고요. 지금 바로 경찰관을 댁으로 보내겠습니다. 주소가 어떻게 되십니까?

여 서울시 관악구 관악일로 한국아파트 5동 110호예요.

남 네, 알겠습니다.

9과 듣기

잘 듣고 이야기해 보세요.

여 벌써 10월이네요. 그런데 10월에는 공휴일이 참 많네요.

남 10월엔 기념일들이 많거든요. 21일부터 사흘 동안은 추석 연휴고 3일은 개천절, 한국이 처음 세워진 날이고 9일은 한글날이에요.

여 한글날요? 그 날은 어떤 날이에요?

남 한글날은 세종대왕이 한글을 만든 것을 기념하는 날이에요.

듣기 1

안녕하세요? 자연을 사랑하는 시민 여러분, 이번 주 토요일은 식목일입니다. 서울시에서는 이번 식목일을 맞아 도시를 아름답게 만들기 위한 행사를 하려고 합니다. 먼저 식목일 아침에는 '자연을 사랑하는 모임'의 회원들이 모여서 나무 오백 그루를 산에 심을 예정입니다. 그리고 이후 한 달 동안 집과 직장에서 이 행사를 계속하려고 합니다. 시민 여러분들의 도움이 필요합니다. 4월 5일부터 5월 5일까지 오전 10시에 시청 공원으로 나오시면 나무를 무료로 나누어 드립니다. 나무를 받아 가서 학교와 직장에 심고 아름다운 서울시를 함께 만들어 갑시다. 감사합니다.

듣기 2

마리코 오늘이 성년의 날이라고 하던데 성년의 날이 뭐예요?

지연 성년의 날요? 어른이 된 걸 축하하기 위해 만들어진 날이에요.

마리코 아, 일본에서는 성인의 날이라고 하는데 그날 아주 큰 행사를 해요. 한국은 어때요?

지연 한국에서는 성년의 날 행사를 크게 하지 않아요. 일본에서는 어떤 행사를 하는데요?

마리코 보통은 전통 옷을 입고 기념사진을 찍어요. 그리고 성인이 된 사람을 위해서 좋은 선물도 준비해야 돼요.

지연 한국에서도 요즘 젊은 사람들 사이에서는 향수와 장미 20송이를 선물하는 게 유행이래요.

마리코 참, 한국에서는 성인이 되면 뭘 할 수 있어요?

지연 스무 살이 되면 부모님의 허락 없이 결혼을 할 수 있고 휴대폰이나 신용 카드를 만들 수 있어요. 그리고 술을 마셔도 되고 투표도 할 수 있어요.

마리코 그건 일본하고 비슷하네요. 일본에서도 스무 살이 되면 술을 마시고 담배를 피울 수 있어요.

首爾大學韓國語

모범 답안 標準答案

1 과

듣고 말하기
1. 1) ①   2) ①
2. 1) ①   2) ②

읽고 쓰기
1) ③

2) ①

2 과

듣고 말하기
1. 1) ①   2) ①
2. 1) ③   2) ③

읽고 쓰기
1) ②

2) ②

3) ③ 말로만 하겠다고 하지 않고 실천한다.

　 ④ 오늘 해야 할 일을 내일로 미루지
　　 않는다.

　 ⑤ 어렵고 하기 싫은 일은 자기가 한다.

3 과

듣고 말하기
1. 1) 서울

	날씨	맑음
부산	최고 기온	33℃
	최저 기온	21℃

	날씨	저녁 : 비
2) ②	최고 기온	28℃
	최저 기온	23℃

2. 1) ①   2) ③   3) ②

읽고 쓰기
1) ③   2) ①   3) ①

4 과

듣고 말하기
1. 1) ②   2) ②
2. 1) ②   2) ②   3) ②

읽고 쓰기
1) ③

2) ③

3) ⑤, ④, ①, ⑥

5 과

듣고 말하기
1. 1) ②   2) ③
2. 1) ③   2) ①   3) ①

읽고 쓰기
1) ①

2) ②

3) ① ○   ② ○   ③ X

6 과

듣고 말하기
1. 1) ③   2) ②   3) ①
2. 1) ②   2) ②

　 3) 여행 날짜 : 8월 5일~6일
　　 숙박 장소 : 설악펜션
　　 함께 여행할 사람 : 외국 친구들

읽고 쓰기

1) ①

2) ③

7 과

듣고 말하기

1. 1) ①

2) 문제점 : 종이가 자꾸 걸린다.

해결 방법 : 기사를 부른다.

(고칠 수 없으면 새 복사기를 산다.)

2. 1) ②

2) 고장 난 물건 : 컴퓨터

문제점 : (이상한 소리가 나더니)

컴퓨터가 안 켜진다.

해결 방법 : 수리 기사를 부른다.

읽고 쓰기

2) ③

3) ④

4) ②

5) ⑥

6) ⑤

8 과

듣고 말하기

1. 1) ③　　2) ③

2. 1) ①　　2) ③　　3) ②

읽고 쓰기

1) ③

2) ③

9 과

듣고 말하기

1. 1) ③　　2) ①

2. 1) ②　　2) ③　　3) ①

읽고 쓰기

1) 다 → 나 → 라 → 가

2) ②

3) ②

어휘 색인　單字索引

ㄱ

가격이 저렴하다	價格低廉
가래떡	長條年糕
가뭄이 들다	鬧乾旱
가요	流行音樂
(동아리에) 가입하다	加入（社團）
간단하다	簡單
간식	點心
간장	醬油
(엘리베이터에) 갇히다	被關在（電梯）裡
갈다	替換
강당	禮堂
강의	課程
개강파티	始業派對
개발하다	開發
개천절	開天節
거품	泡沫
건강식품	健康食品
건물	建築物
(시동을) 걸다/ 끄다	啟動／熄火（開關）
검사를 받다	接受檢查
검색하다	搜尋
게다가	除此之外
게시판	布告欄
게으르다	懶惰
게으름뱅이	懶人
격려	鼓勵
결제하다	結帳
계단	樓梯
고객	顧客
고등학생	高中生
고소하다	美味可口
고추장	辣椒醬
곳곳	各個地方
공휴일	國定假日
과목	課目

과속을 하다	超速駕駛
과장님	科長
관광객	觀光客
광복절	光復節
괴롭다	難受、痛苦
구입하다	購買
국기를 달다	懸掛國旗
굵다	粗大
굽다	烤
굽이 높다	鞋跟高
권력	權力
귀신	鬼
귀찮다	厭煩
귓속말	耳語、悄悄話
그저께	前天
그치다	停止
근로자의 날	勞動節
근무 시간	上班時間
금방	立即、馬上
금액	金額
기계	機器
기념식을 하다	舉行紀念儀式
기념하다	紀念
기대다	倚靠
기억나다	想起、有記憶
기온이 떨어지다	降溫
기회	機會
깁스를 하다	上石膏
깔끔하다	整潔
깜빡	一下子
깨	芝麻
깨다	清醒
꺼내다	拿出來
꺼지다	熄滅
껌을 씹다	嚼口香糖
꽁꽁	（凍得）硬梆梆
(플러그를) 꽂다/ 빼다	插／拔（插頭）
꽃을 달다	配戴花朵

꽉 끼다	卡得緊緊的	독감	流行性感冒
꿀	蜂蜜	독립하다	獨立
꿰매다	縫合	독일어	德語
끓이다	煮	돈을 벌다	賺錢
(먼지가) 끼다	積（灰塵）	동아리	社團
(지하철 문에) 끼이다	被（地鐵門）夾到	뒤집다	翻轉
		뒤척거리다	來回翻身
		들키다	被發現

ㄴ

나라를 세우다	建國	따라 하다	跟著做
나무를 심다	植樹	따로	另外
넉넉하다	綽綽有餘、足夠、充裕	딱 맞다	正剛好
노래자랑	歌唱大賽	딴	其他的、不相關的
놀이터	遊戲區	때리다	打
느낌	感覺	(땅에) 떨어뜨리다	掉到（地）上
		떨어지다	掉落
		뛰어가다	奔跑

ㄷ

다듬다	修整		
다리를 꼬다	蹺腳		
다리를 떨다	抖腳	**ㄹ**	
다방	茶館	리터	公升
다지다	搗碎	리필	續杯
닳다	耗損		
담다	盛、裝	**ㅁ**	
담당	負責、擔任	마늘	蒜頭
담양	潭陽（地名）	마리	隻（單位詞）
답변	回覆	마음대로	隨意
당시	當時	마음먹다	下決心
대나무	竹子	마중 나오다	出來迎接
대신	補償、以…取代…	마지막으로	最後
대충	大概	마찬가지	一樣
대형	大型	만화책	漫畫書
더럽다	骯髒	(국에) 말다	浸泡於（湯）
데	地方	망설이다	躊躇、猶豫
데뷔하다	出道	맞은편	對面
도	度	매니큐어	指甲油
도구	工具	매콤하다	稍辣
도망가다	逃跑	머리를 긁다	抓頭
도움이 되다	有幫助	메뉴가 다양하다	菜單豐富
		명예	名譽

首爾大學韓國語

(김) 모	（金）某人	복도	走廊
모래	沙	복사기	影印機
목격자	目擊者	복사하다	影印
몸조리를 하다	調養身體	볶다	炒
무너지다	倒塌	부딪치다	碰撞
묵념	默禱、默哀	부러지다	斷裂
묵다	暫住	부럽다	羨慕
문병을 가다	探病	부서지다	破裂
(뱀에) 물리다	被（蛇）咬	부지런하다	勤勞
(눈길에) 미끄러지다	（雪地裡）滑倒	부치다	煎
미루다	拖延	분명히	明明
미팅	聚會	분위기가 좋다	氣氛好
밀가루	麵粉	불꽃놀이를 하다	放煙火

ㅂ

바느질	針線活	불만	不滿
바라보다	望、看	불조심	小心火燭
(빵에) 바르다	塗抹於（麵包）	불평을 하다	抱怨
바삭하다	酥脆	붐비다	擁擠
밖	外面	블라우스	女式襯衫
반대	反對	비밀	祕密
반대하다	反對	비상 전화	緊急電話
반드시	務必	빗방울	雨滴
반죽	麵糊、麵團	빗소리	雨聲
반품하다	退貨	빗줄기	雨勢
밤새도록	徹夜	빛나다	發光
배송비	運費	(물에) 빠뜨리다	落入（水）中
배터리	電池	(물에) 빠지다	掉到（水裡）
백설기	白米蒸糕	삐다	扭傷
백일	一百天		
뱃속	肚子內部		

ㅅ

버릇을 고치다	改掉習慣	사고가 나다	出事
버리다	丟棄	사고를 내다	肇事
버튼	按鈕	사고를 당하다	遇到意外
번개가 치다	閃電	사망하다	死亡
베이컨	培根	사업	事業
베이킹파우더	泡打粉	사용 설명서	使用說明書
변경	變更	사정이 있다	有事情
		사하라	撒哈拉
		사회	社會

살을 빼다	減肥	습관을 기르다	養成習慣
살짝	稍稍、輕輕地	시집가다	出嫁
삶다	燙	식목일	植樹節
삼일절	三一節（獨立運動紀念日）	신고하다	舉報
상금	獎金	신입생 환영회	迎新活動
상담	諮詢	(장학금을) 신청하다	申請（獎學金）
상태	狀態	신호를 어기다	違反交通號誌
상품	商品	실내 장식	室內裝飾
새우	蝦	실은	其實、事實上
생크림	鮮奶油	실천하다	實踐
섞다	混合	실패하다	失敗
설마	該不會	(상추에) 싸다	包（生菜葉）
설명회	說明會	썰다	切
설악산	雪嶽山	(음료수를) 쏟다	打翻（飲料）
설탕	糖	쓰러지다	傾倒
성공하다	成功	쓰레기봉투	垃圾袋
성년식	成年禮	씨름	摔角
성적	成績		
세기	強度		
세상	世上	**ㅇ**	
소나기가 오다	下陣雨	아끼다	珍惜、愛惜
소매가 없다	無袖	아늑하다	幽靜
속	內部	아랍어	阿拉伯語
손보다	修理	아무래도	不管如何
손질하다	修整	안개가 끼다	起霧
손톱을 깨물다	咬手指甲	안전띠	安全帶
수강	聽課	안전벨트를 매다	繫安全帶
수도꼭지	水龍頭	안전선	安全線
수리 기사	維修師傅	액세서리	飾品
수많은	許多的	액정이 나가다	液晶破損
수상 소감	得獎感言	야단을 치다	罵人
수상자	得獎者	약	大約
수수	高粱	약간	稍微
수술하다	手術	양념	調味料
수족관	水族館	양파	洋蔥
숙박	住宿	(시간을) 어기다	耽誤（時間）
숲길	樹林小徑	어린이날	兒童節
스승의 날	教師節	어묵	黑輪、魚板
		어버이날	父母親節

어쩔 수가 없다	無奈	이상한 소리가 나다	發出奇怪的聲音
얼룩	斑點	이해	理解
얼어붙다 ·	凍結	익다	熟
엉망이다	亂七八糟	인기가 많다	受歡迎
엉키다	纏繞	인생	人生
엔진	引擎	1인실	1人房
여쭈다	詢問（敬語）	일교차	日夜溫差
역시	果然還是	일기 예보	氣象預報
연예인	演藝人員	일단	暫先
연주회장	演奏會場	일반 쓰레기	一般垃圾
영상	零上	일시	日期時間
영하	零下	일시불	一次付清
예를 들면	舉例來說	입국	入境
예방 주사	預防針	입원하다	住院
예술가	藝術家	입이 심심하다	想吃東西
오리엔테이션	新生訓練	입학식	開學典禮
오지	偏僻地區		
오징어	魷魚		

ㅈ

온도 조절이 안 되다	無法調整溫度	자라다	成長
온라인	線上	자신 있다	有自信
올레길	濟州小路	자원봉사	志工服務
올해	今年	작가	作家
옮기다	搬遷、移送	잔소리를 하다	嘮叨
와이셔츠	襯衫	잠꼬대를 하다	說夢話
왕이 태어나다	國王誕生	(날짜를) 잡다	訂定（日期）
왜냐하면	因為	장미	玫瑰
우선	首先	장식	裝飾
우수하다	優秀	장점	優點
워크숍	研討會	장학금	獎學金
원두커피	原豆咖啡	재료가 신선하다	食材新鮮
위로	安慰	재킷	夾克
윙	嗡嗡地	재활용 쓰레기	可回收垃圾
유람선	遊覽船	적다	填寫
음식이 입에 맞다	食物合胃口	적당하다	適當的
음악을 틀다	開音樂	(며칠) 전	（幾天）前
음주 운전을 하다	酒後駕車	전공	主修
이를 갈다	磨牙	전문점	專賣店
이상	異常	전원이 꺼지다	電源關閉

전자 제품	電子產品	참고하다	參考
전체	整體	참기름	芝麻油
전화가 끊기다	電話斷線	(입학식에) 참석하다	參加（開學典禮）
절대로	絕對（不）…	찹쌀	糯米
점점	漸漸	채소가 얼다	蔬菜結冰
접시	盤子	채팅을 하다	聊天
젓다	攪拌	챙기다	帶、準備
정지선	停止線	천둥이 치다	打雷
(장소를) 정하다	決定（場地）	철학	哲學
제공하다	提供	촬영	拍攝
제품	產品	최고 기온	最高氣溫
제한 속도를 지키다	遵守速限	최저 기온	最低氣溫
조교	助教	축제	慶典
조언(을) 하다	給予建議	출출하다	有點餓
졸업식	畢業典禮	치수가 작다	尺寸小
종이가 걸리다	卡紙	치이다	被撞
주위를 살피다	注意周圍	칠하다	塗漆
주의	注意		
주제	主題		
주차장	停車場		

ㅋ

캔	鐵鋁罐
(전원을) 켜다/ 끄다	開／關（電源）
코를 골다	打呼
코뼈	鼻樑
코코넛 밀크	椰奶
크림소스	奶油醬
큰불	大火
클래식	古典音樂
클릭하다	點擊

준비물	準備物品		
줄이다	縮短、減少		
줌	把（單位詞）		
(대학교에) 지원하다	申請（大學）		
(약속을) 지키다	遵守（約定）		
진심	真心		
진심으로	真心地		
진하다	濃、深		
진해	鎮海（地名）		
짜리	表示具有的份量		
찌다	蒸		
(간장에) 찍다	沾（醬油）		
찢다	撕		
찢어지다	撕裂		

ㅌ

탈수가 안 되다	無法脫水
탈춤 축제	假面舞慶典
태풍이 오다	刮颱風
터지다	收訊良好
통이 넓다	口徑寬
통일하다	統一
퇴원하다	出院
투표	投票

ㅊ

찬밥	冷飯
(체육 대회에) 참가하다	參加（體育大會）

튀기다	炸	한자	漢字
튀다	顯眼	할부	分期付款
특이하다	獨特	할인	折扣
(수돗물을) 틀다/ 잠그다	打開／關閉（自來水）	(시험에) 합격하다	（考試）合格
		해결	解決

ㅍ

파	蔥
팥떡	紅豆糕
펴다	打開、翻開
편안하다	舒服
편찮으시다	身體不舒服（敬語）
평가	評價
평범하다	平凡
포기하다	放棄
폭설이 내리다	下暴雪
폭우가 내리다	下暴雨
표시되다	被標示
표어	標語
표지	標誌
품이 크다	（衣服）胸圍大
프라이팬	平底鍋
핀	別針
필수	必須、必要

ㅎ

하는 수 없다	沒辦法
하늘의 별 따기	摘天上的星星（比喻事情非 常困難）
하룻밤	一夜
하수구	水溝
학기	學期
학점	學分
한	某
한글날	韓文日
한산하다	悠閒
한숨도 못 자다	沒能好好睡覺
한숨을 쉬다	嘆氣

해수욕장	海水浴場
해장국	醒酒湯
햄	火腿
행진을 하다	遊行
향수	香水
헐렁하다	鬆垮垮的
현충일	顯忠日
홈쇼핑	電視購物
홍삼 제품	紅蔘產品
홍수가 나다	鬧水災
홍콩	香港
화를 풀다	消氣
화면이 안 나오다	畫面不清
환승 할인	換乘優惠
후기	心得、評論
후추	胡椒
휴식	休息
(화면이) 흐려지다	畫面變模糊
흔들리다	搖晃
힘이 나다	產生力量
힘이 되다	成為力量

附錄　單字索引

執筆

崔銀圭
首爾大學國語國文學系博士
首爾大學語言教育院韓國語教育中心待遇副教授

鄭瑛美
韓國學中央研究院韓國學碩士
首爾大學語言教育院韓國語教育中心待遇專任講師

金廷炫
慶熙大學對外韓國語教育學系碩士
首爾大學語言教育院韓國語教育中心講師

金顯京
韓國外國語大學對外韓國語教育學系碩士
首爾大學語言教育院韓國語教育中心待遇專任講師

翻譯

Robert Carrubba
首爾大學韓國語教育學系博士生
韓國語教育者及翻譯

翻譯監修

李素英
梨花女子大學教育工學系博士生
首爾大學語言教育院韓國語教育中心待遇專任講師

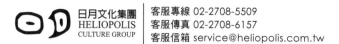

日月文化集團 HELIOPOLIS CULTURE GROUP

客服專線 02-2708-5509
客服傳真 02-2708-6157
客服信箱 service@heliopolis.com.tw

日月文化集團 讀者服務部 收

10658 台北市信義路三段151號8樓

對折黏貼後，即可直接郵寄

日月文化網址：**www.heliopolis.com.tw**

最新消息、活動，請參考 FB 粉絲團

大量訂購，另有折扣優惠，請洽客服中心（詳見本頁上方所示連絡方式）。

日月文化

EZ TALK

EZ Japan

EZ Korea

大好書屋・寶鼎出版・山岳文化・洪圖出版　EZ叢書館　EZ Korea　EZ TALK　EZ Japan

日月文化集團
HELIOPOLIS
CULTURE GROUP

感謝您購買 首爾大學韓國語 3A

為提供完整服務與快速資訊,請詳細填寫以下資料,傳真至02-2708-6157或免貼郵票寄回,我們將不定期提供您最新資訊及最新優惠。

1. 姓名:_____ 性別:□男 □女

2. 生日:_____年_____月_____日 職業:_____

3. 電話:（請務必填寫一種聯絡方式）

 （日）_____ （夜）_____ （手機）_____

4. 地址:□□□_____

5. 電子信箱:_____

6. 您從何處購買此書?□_____ 縣/市_____ 書店/量販超商

 □_____ 網路書店 □書展 □郵購 □其他

7. 您何時購買此書? 年 月 日

8. 您購買此書的原因:（可複選）

 □對書的主題有興趣 □作者 □出版社 □工作所需 □生活所需

 □資訊豐富 □價格合理（若不合理,您覺得合理價格應為_____）

 □封面/版面編排 □其他_____

9. 您從何處得知這本書的消息: □書店 □網路／電子報 □量販超商 □報紙

 □雜誌 □廣播 □電視 □他人推薦 □其他

10. 您對本書的評價:（1.非常滿意 2.滿意 3.普通 4.不滿意 5.非常不滿意）

 書名_____ 內容_____ 封面設計_____ 版面編排_____ 文/譯筆_____

11. 您通常以何種方式購書?□書店 □網路 □傳真訂購 □郵政劃撥 □其他

12. 您最喜歡在何處買書?

 □_____ 縣/市_____ 書店/量販超商 □網路書店

13. 您希望我們未來出版何種主題的書?_____

14. 您認為本書還須改進的地方?提供我們的建議?

_____

_____

_____

_____